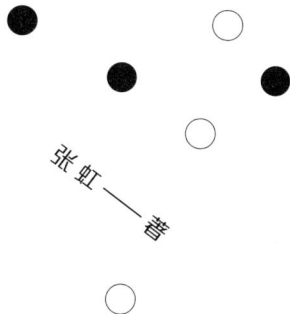

广厦

张虹——著

人民东方出版传媒
东方出版社

图书在版编目（CIP）数据

广厦 / 张虹 著 . — 北京：东方出版社，2020.3
ISBN 978-7-5207-1154-8

Ⅰ.①广… Ⅱ.①张… Ⅲ.①长篇小说—中国—当代 Ⅳ.① I247.5

中国版本图书馆 CIP 数据核字（2019）第 186452 号

广厦

（GUANGSHA）

作　　者：张　虹
策　　划：陈　卓
责任编辑：王金伟
责任审校：谷轶波　赵鹏丽
出　　版：东方出版社
发　　行：人民东方出版传媒有限公司
地　　址：北京市朝阳区西坝河北里 51 号
邮　　编：100028
印　　刷：北京联兴盛业印刷股份有限公司
版　　次：2020 年 3 月第 1 版
印　　次：2020 年 3 月第 1 次印刷
开　　本：880 毫米 × 1230 毫米　1/32
印　　张：10.75
字　　数：236 千字
书　　号：ISBN 978-7-5207-1154-8
定　　价：52.00 元
发行电话：（010）85924663　85924644　85924641

目录

写在前面

1

广厦巍巍，耸立在帝都东南，京津冀交汇处，一柱擎天。

广厦原址是老旧县城的棋盘街。"厦长"神武，当年率领一干兄弟，盖起这座80层的大楼，旧貌换了新颜。广厦各层卖高档精品、卖房、卖岛、卖马、卖豪车、卖各种"高大上"，是"京津冀周边游"的必到之处。

广厦就叫"广厦"，每位来客都会想到杜甫的名句"安得广厦千万间，大庇天下寒士俱欢颜，风雨不动安如山"。对，广厦就有这样的气势。

广厦里的人物，形形色色，其中，女有"三艳"，男有"三杜"。

"三艳"是广厦物业部主任陈妍，陈妍的大学同学罗晓雁，广厦三层金丝楠木店经理刘燕。妍、雁、燕，三位好姐们儿，夜游广厦，艳绝一时，人称"三艳"。

三艳都是单身，人工智能还没火的时候，三艳就寻思，能否开发一款"人工智能渣男识别器"？此器在手，冲着男人一照，原形毕现，让女人少受多少折腾！广厦里有现成的实验对象，男"三杜"，验验他们仨，到底谁更渣？

男"三杜"，都姓杜，保卫处处长杜安山，公关部导游杜奇峰，保卫处干事杜建军。

杜安山，人称"杜处"，老资格，广厦封顶之前就在此坐镇，严防死守，防火防贼。

"老杜"杜奇峰没拍成电影，没当上大编剧，壮志未酬，沦落到广厦当导游，耍嘴皮子吃饭，口吐莲花。

"小杜"杜建军没上过大学，混过社会，混过剧组，靠抖机灵吃饭。保卫处招收"危机情境物业管理"（简称"危境物"），小杜应招而来。

"危境物"算是什么岗位？"危"从何来？

原来，广厦的日子不好过，赶上消费降级，卖不动"高大上"，连电费都交不上。厦长决策，把广厦51—80层会展厅改造为小户型袖珍公寓，平均20平方米一套。21—50层空着，静观其变。高大上精品店集中到1—20层，保住门脸。

袖珍公寓卖得火，一抢而空。广厦有钱了，保卫处处长杜安山愁了。

底层精品店要笑迎高端客户，现在，高层小户型公寓却住进一群低端业主（有钱人谁住20平方米的房子？），穷人跑到底层来，仗着业主身份，胡搞乱整，败坏了广厦形象。保安查证验身，又怕得罪了高端主顾，坏了广厦的生意。保安应该笑脸迎谁？瞪眼防谁？

广厦本来就名声在外，来广厦作秀的、蹭热度的、闪聚的、自杀的、打横幅闹事的，防不胜防，乱上加乱。

所谓"危境物"，就是在复杂情境下，果断、机智处理危机的高素质人才，兼有保安、物业、公关职责。

杜安山认为，"危境物"必须由保卫处主导，物业部辅助。物业部主任陈妍不同意。物业部不只负责打扫卫生、水电维修，她手里有罗晓雁研制的"人工智能管家"。

美女刘燕甘当"试机员"，在自家金丝楠木店装了一台，人工智能的本事，让杜安山吃了一惊。

人工智能门扇立在精品店入口，能说会道，识别穷人、富人，分得清谁来花钱，谁来捣乱。

人工智能大盖帽戴在头上，火眼金睛，瞄得准谁是贼，谁是爷。

杜奇峰不干导游了，先给顶层小户型客户服务，后给人工智能门童设计台词，还爱上了大美女刘燕。他和杜安山当然不知道，人工智能管家是"渣男识别器"的初级版，先识"渣"，再识人。

这人工智能管家竟然挑出了保卫处的破绽，挑战保卫处的权威，杜安山哪肯服输？跟人工智能搞了一场"人机大战"。

人工智能不是能识别无照摊贩吗？我手下的保安蒙着眼睛都能闻出来！

人工智能不是能识别乞丐吗？我家的狗也能！

那还是在"阿尔法狗"战胜李世石之前两年，人工智能智商低，犯低级错误，人工智能门童把贪官当成贵宾，把素颜明星当成问题青年，惹了一堆麻烦。

厦长发话，把人工智能拆了，三艳的"渣男识别器"实验也跟着泡了汤。罗晓雁、陈妍哪肯罢休，发誓一定带着人工智能卷土重来。

2016年3月，"阿尔法狗"一战成名，人工智能火遍地球，围棋也成了香饽饽。

厦长决策，邀请创意公司入驻21—50层，开"创意角"，筹备"十年厦庆"，大搞人工智能，下一盘很大的棋。

2

三艳没忘研制"渣男识别器"的初衷。刘燕创意，罗晓雁研制，陈妍执行，搞出了人工智能领带、人工智能裤子、人工智能手套，以广厦工作服的名义，让三杜穿上。

三艳还要拍摄广厦宣传片。宣传片的剧本是老杜写的穿越剧《烂柯》。三杜来摄影棚拍片入戏，实际上是进了人工智能实验室，人工智能仪器藏在古代服装里，不放过渣男的每一个角落。想不到，厦长主动来客串，罗晓雁、陈妍借坡下驴，把"渣男识别器"的试验推向全厦。

这回，人工智能不再是门童、门扇、大盖帽，而是摇身一变，成了人工智能考官，用现代科技、人工智能的慧眼在广厦挑选英才。上至副厦长，下至清洁工，都可以接受它的公正考验。人工智能考官的考题很简单，只有一句话：如果厦长跳楼，你跟不跟着跳？

既然人工智能考官敢问神问题，广厦人就敢做神回复，反正是冲着机器讲，真真假假，任由人工智能考官去听吧。

人工智能之风吹遍广厦，围棋之花开遍广厦，连保洁姑娘冯薇在广厦里私养的一群蚂蚱都学会了下棋。

天有不测风云。"厦庆"仪式上，厦长遇袭。行凶者是广厦原址的老住户，因拆迁待遇差，怀恨在心，偷了冯薇的工作服，伪装成保洁员，手执利斧，找厦长算账。

广厦宣传片是《烂柯》，"厦庆"主题也是烂柯，这是为厦长量身定做的。"烂柯"的故事相传发生在晋朝，樵夫王质进山砍柴，遇见仙人下棋。棋局终了，王质的斧子烂了木柄。下山回家，物是人非，不知不觉时间已过百年。讲"烂柯"故事，本是拍厦长马屁，不承想，行凶者的斧子戳中了厦长的隐痛，马屁拍到了马蹄上。

安保工作发生如此重大纰漏，杜安山、老杜、小杜被撤职，陈妍写检查，冯薇被开除。

三杜、三艳，最后只剩下罗晓雁还留在广厦，人工智能的盛会未完待续。

3

三杜倒了霉，共患难，攒在一起创业。最大的本钱是冯薇手里的蚂蚱。蚂蚱跟着冯薇离开广厦时，已经下得一手好棋。

创业需要砸钱。三杜听说，三峡奇峰山风景区邀请巨富马腾东、大棋手、手机大腕齐聚一堂，论道谈棋。当年老杜为奇峰山做过策划。再来奇峰山，几位杜氏后人是为了投资。

三杜在奇峰山还遇到陈妍、罗晓雁。陈妍带来人工智能对弈软件，准备与大棋手"人机大战"。罗晓雁神秘兮兮，还在实验"人工智能识天机"。

大老板马腾东忙，三杜找不到机会搭话，起了恶搞之心，临时起意，让冯薇带着神奇蚂蚱来奇峰山。计划在"峰会"现场外搞一场"人虫大战"。

冯薇带着神奇蚂蚱匆匆赶到，会场封路，无法进山。冯薇冒险攀上悬崖，坠崖身亡。

三杜为冯薇之死羞愧不已，更让他们气恼的是，罗晓雁声称：会下棋的蚂蚱是她研制的人工智能机器，蚂蚱下棋是人工智能实验的一部分，三杜、冯薇，都被人工智能耍了。

此时，人工智能轮值厦长已经在广厦上岗，充分发扬民主协商作风，指挥若定，高效周全。

三杜起诉广厦，诉广厦草菅人命。既然人工智能能下围棋，能当厦长，就应该为冯薇之死负责。

舆论把广厦推上风口浪尖，厦长却在此时神秘失联。冯薇的官司怎么打？没人做主，主管们把责任推给人工智能厦长。

久拖不决，三杜闯进"厦委会"会场。人工智能厦长宣布：它要跳楼偿命，做一个有担当的"人"。

还记得人工智能考官的考题吗？厦长跳楼，你跟着跳吗？

面对这样的考题，广厦主管如何回答？三杜如何回答？三杜中谁是渣男？谁是英才？

第一章

广厦如烟

广厦导游杜奇峰

1

您一出地铁口，迎面一个"黑摩的"大叔，绿军大衣，棉帽子，毛耳朵垂着，口罩耷拉在下巴上，膝盖上围着厚厚的护膝，高帮皮靴，杨子荣与座山雕的混搭装扮。

"DBC 五块钱，DBC 五块钱，车里有暖气。"

"广厦，多少钱？"

"五块钱。"

"走。"

DBC 位于帝都东南八十公里，地铁 28 号线，亿达投资，一座新城拔地而起。

您第一次来，第一次坐有暖气的"摩的"。摩托车里有个煤炉，铁皮罩着，怕烫到人，细烟囱把煤气排到车外。大叔特热情：

"刚添的煤，暖和吧？"

"烧的什么煤？"

"蜂窝煤，一炉两块。"

"雾霾重的时候，你这车也禁燃吧？"

"有人查，就把火灭了，照跑，冻着呗。"

"新煤存哪儿？"

"座位底下。"

您记起来，刚才地铁出口排着一溜"摩的"，少说也有二十辆，每辆都有一根细细的烟囱通到玻璃罩外，闻惯了混合型雾霾，纯正的煤烟味会勾起您的怀旧之情。上了马路，两边是刚拆完的民房。形容拆迁后的图景，最合适的词是核爆之后，寸草不生，片瓦不留，新城的常规景象，没什么好说的。

"拆迁费贵吧？通州县城当年拆迁，一平方米三万，你这也差不多了吧？"

"三万可没人走。"

"师傅家拆了吗？"

"拆了，给了五套房，七环以外。"

"不错，有房，又有钱，还不在家享福？"

"在家窝着没劲，憋出毛病了，还不如出来拉活。"

说着，到地儿了。您觉得不对劲，这是一座四层老楼，灰头土脸，拆得半空，一楼店面摆着"甩卖"的招牌，楼顶写着"格五光大厦"。师傅听错了，您要去的是"广厦"。

DBC"摩的"师傅素质高，原路返回，没收您车钱，还告诉您，应该从地铁 A、B 口出，出来就能看见"广厦"。A、B 口与 C、D 口之间隔着一条高速，C、D 口在高速路这边，是农村，叫冯氏西村，高速路那边叫 DBC。

没错，CBD 只有一个，通州新城号称第二 CBD，这里号称第三 CBD。一生二，二生三，三生万物。三也是新的开始，所以叫 DBC，京津冀一体化，CBD1—CBD2—DBC 之间开通了三地城铁，号称 3D 城铁。

您重下地铁，走 A 口，果然，走廊宽大，滚梯奇高，比那传说中的莫斯科地铁还高五倍。滚梯旁贴着广告，一个英俊的西服小生，手里拿着英文版的《经济学人》，袖口露出 Apple Watch，旁边的阿联酋航空公司空姐偷眼瞄着他，广告词是：

从CBD到迪拜，七个小时，坐飞机。从CBD到DBC，城铁二十分钟，也到迪拜：DUBAI Center——DBC。

您随着人群走出闸口，如同过了机场边检，一脚踏进迪拜。

从空中俯瞰DBC犹如一张棋盘。

这里原是县城的棋盘街，现在倒像是德州扑克牌桌。每个玩家面前都摆着方方正正的格子，每个格子里，码着高高的筹码。有的筹码码得规矩，直上直下，像圆筒状的玻璃大厦，层次分明，道上的人一搭眼，就能知道，起码值个十亿。最高的那一摞，便是您要找的广厦。

导游杜奇峰在地铁口已经恭候多时了。

2

各位三山五岳、五湖四海的朋友，能聚到一起就是缘分，欢迎来到广厦。

看这位大哥戴着佛珠，小叶紫檀的，修行中人。佛祖说的话，大哥您一定同意，百年修得同船渡。十几个人坐船过河，半个钟头到对岸，各走各路，这半个钟头在一起的缘分，就得修炼百年。这位美女说了，这效率也太差了，夫妻结婚，祝他们百年好合；小孩出生，祝他长命百岁。一起在船上待了30分钟，怎么就得耗百年修行呢？有一百年的工夫，都当爷爷的爷爷了。

那歌是怎么唱的？老式年间日子过得慢，吃得慢，拉得慢，吵个架也慢，一封家书在路上邮半年，等寄到家，娃都能认字了；等老爸从边关回家，妈改嫁了，娃都不认爸了。

现在日子快，一天抵十年。咱们今天共游广厦的缘分也得修行一个月，还得是蜜月。

还没自我介绍，我是您的广厦导游杜奇峰，人长得旧，同事爱叫我老杜，越叫人越显老，您叫我杜导游，杜导，杜儿，都行。我将陪伴各位完成您参加的京津冀周边游的最高潮，广厦登高，昂首天外。

咱们广厦，巍巍乎高哉，城里那些大厦、购物中心，什么湾，什么港，有名无实。种两棵枫树就自称北美风情，挖一个喷泉就敢叫罗马广场。

咱们广厦高80层，看广厦，东西南北各不同，一天四时也不同。

从东边看广厦，最佳时间是夕阳西下，堪比老北京八景之一银锭观山。在银锭桥上早看不到西山了，视线被楼挡着。不怕，您往东南走八十公里，白日依厦尽，黄河入海流，欲穷千里目，您来广厦游。

您从北边看广厦，最佳时间是月圆之时。月亮像是广厦挂的灯笼，嫦娥一蹦，能从月亮跳到广厦一层奢侈品店买包。广厦不动，月亮围着它转，这月亮爱找高楼，就像喜鹊爱攀高枝。

您家住在西边，一大早看广厦最震撼。太阳还没出地平线，厦顶就着了太阳光，金光灿灿，戴上王冠。太阳再高一点儿，广厦上半身锃光瓦亮。这位大哥，您戴的表，应该是宝玑经典款，阳光照在表上，反光打到十几米远，晃人眼睛。同样的道理，广厦的窗户迎着太阳一开，反光射到十公里之外。您住广厦东边，晃得睁不开眼，您住西边，正瞅见广厦像一炷香点着了香头，太阳一升，佛光四射，当下您就跪了。

从南边看广厦可好玩了。一百公里以南的住户把广厦当成雾霾检测仪。能看见厦顶"广厦"两个字，空气质量优。能看见广厦的窗户棱，分得清几层，空气质量良。查视力，不用看视力表，看广厦的窗户就行。问你，第10层几扇窗户？答对了，你左眼视力1.0。再问你，第25层右边第30个窗户是开是关？答对了，右眼视力1.2。第68层左边把角窗户，挂的是什么颜色的遮光帘？答错了，说明您该配眼镜了。换一天您再测，1.2变成0.8，甭问，您眼睛没毛病，是雾霾来了，中度污染。再隔一天，您1.2视力变成0.2，看广厦影影绰绰，不用看霾表，一定是重度污染。

从南边看广厦的最佳观赏时间恰恰是重度污染的时候，雾霾从北边来，像一块灰毛巾挡在广厦胸前，60层以上，神清气爽，舒眉广目，帅过邓超好几个窦骁；60层以下，雾气沼沼，如同帅哥站在温泉水池里，不知道穿没穿衣服。现在治理大气污染效果显著，雾霾天气越来越少，欣赏雾霾广厦的机会越发珍稀。上个月雾霾发作，有人专门驱车赶到南边一百公里的最佳欣赏地点。我导游任务重，没法换班，错失良机。听同事回来讲，就四个字：海市蜃楼。

这是远观广厦。北京老话讲得俏皮，远看媳妇近看猪，横看麦子竖看谷。挑媳妇要看气质，要远处看全景。买猪要看肥瘦，要近处拿捏。横看麦田，能看出长势，麦浪滚滚，必是好收成。竖看谷子，谷穗虚，谷子抬头，必有麻烦。看我们广厦，远观近瞧，横挑鼻子竖挑眼，都禁得住您炯炯有神的双眼。

刚才说的是远看广厦，近看广厦看什么？一看厦长爬楼。

我们厦长三上珠峰，珠峰海拔8848米，他在80层的办公室门牌号是8848。没有见识的人以为，那里一定有座360度旋转的餐厅，一张上下摇动的大床。我们厦长哪是那种俗人？厦长办公室的窗外，立着一座攀岩岩壁，天没亮，厦长不系保护绳，攀上岩壁，伸手能摘星星。

广厦周边居民，每见厦顶人形晃动，便呼朋唤友，仰头观瞧，还有小贩兜售望远镜。

老张搬个小马扎，手中蒲扇戳戳点点，对下棋的老李说："你小子，当年还当过民兵连长，爬杆比这爬楼的老小子强多了，你不上去比比？"

下棋的老李斜眼看了一下广厦："不跟找死的人比。"

老妈送孩子上学，告诫儿子："人家身上有降落伞呢，不怕摔，你可别学他。"儿子说："他是不是忘带钥匙了？爬窗户进屋。"

女孩和男朋友并肩站立着，男朋友说："他是不是偷了人家老婆？被老公堵在门口，只能跳楼？"

一般百姓怎么会理解厦长的境界？底层思维，不用跟他们理论。

看完厦长爬楼，再看美女进楼。

上午九点，广厦周边有一群土老帽，骑着摩托、电动三轮，在路边挤成一排。过去公审犯人，宣判大会开完，犯人押上卡车，县城里转一圈，游街示众。路边人挨人挤着，瞪着眼睛，伸着脖子。赶上女犯人，树上、电线杆、邮筒上都站了人，举着望远镜，喘着粗气。还有臭不要脸的，蹦出几句浑话，招来一片浪笑。谁家厉害的媳妇抬手扇老公两个巴掌。

现在广厦周围这群人，不为看女犯人押送刑场，只为看美女上班。从城铁出口到广厦入口 300 米，有人骑着电动三轮尾随。美女顾客来广厦谈业务，这群土老帽跟到广厦车库，追着美女上楼。上午十点钟过后，各路美女陆续来广厦购物，广厦一到三层的精品店比城里三里屯货全，招来三里屯的美女顾客，也招来三里屯的土老帽摄影师。胡子拉碴，趿拉着拖鞋，端个单反相机，插着长焦镜头，抓拍夏天清凉装、冬天超短裙、秋天高跟鞋、春天新发型。有不要脸的，镜头都戳到了美女的胸口。

广厦可不能变成网红作秀的地方。保安围着广厦拉了一道隔离区，不叫警戒区，不叫防备区，对外名称叫礼宾区，动机不纯的人都拦在外边，进入礼宾区的人，都是像您几位这样的贵宾。

礼宾区不装围墙，不竖铁栅栏，完全靠保安的见识和本领。

没见识的人，来广厦看美女；有见识的人，来广厦看保安执勤。至于怎么执勤，我先不剧透，如果您愿意来广厦投资开店，我们广厦市场部会向您仔细介绍。

近看广厦，一看厦长爬楼，二看美女进楼，三看保安守楼，四看物业洗楼。咱该说第四了。

北方盖大楼最头疼的是清洁，大风一刮，暴土扬尘，玻璃幕墙灰头土脸，英俊小生变成泥猴，钢铁大厦变成土窑，谁还愿意来购物谈生意？

广厦每天下午三点准时洗楼，堪称一景。广厦这么大，不可能每天洗一遍。广厦由高至低，分成九个区域。第一天，一区检测；第二天，二区维修；第三天，三区除垢；第四天，四区防晒；第五天，五区施水；第六天，六区擦洗；第七天，七区喷光；第八天，八区打蜡；第九天，九区复查。这么讲太枯燥，不好玩，跟您打个比方：广厦是一位九头身的美女，标准美女的身高等于九个头加在一起的高度，我们广厦就有九个头、九张脸，每张脸就是一个作业区。第一天，第一张脸擦洗面奶；第二天，把第二张脸用清水洗净；第三天，第三张脸抹护肤水；第四天，第四张脸抹日霜；第五天，第五张脸抹晚霜；第六天，第六张脸抹精华素；第七天，第七张脸敷粉底；第八天，第八张脸涂眼影；第九天，第九张脸喷定妆水。下一个周期，每张脸做下一道工序，九九八十一天下来，九张脸都享受了全套服务。

您别笑，我单身，化妆的次序说反了、说错了，美女您别笑话，我就是为向您说明，物业工人像呵护自己的脸孔一样呵护广厦的每一寸"皮肤"，和美女做脸部护理差不多。广厦保洁员有蜘蛛侠一般的身手、钢铁侠一般的体魄、闪电侠一般的敏捷，他们乘坐的工作平台正在改造，除了水平移动、上下移动之外，正在试验像钟表指针一样的圆周移动、汽车雨刷器一样的扇面移动。等实验成功，洗楼工人就像杂技团演员一样，变辛苦工作为特技表演，每天来一场空中飞人秀。

这位帅哥说我忽悠，没错，导游嘛，可不得忽悠？北京相声、东北二人转，哪个不忽悠？三分看，七分讲，广厦正申请 4A 级旅游景区，我这套导游词是初级版，要根据游客反馈不断加工。我陪您转一趟，逗您一乐，您给个好评，点个赞，我就心满意足了。您烦我，嫌我话多，您给写个意见反馈，我们立刻改进。

总之，广厦有外表，更有内涵。看完外面，咱该进里面了。

您抬头看，广厦挑高中庭，每周一、三、五上午十点，一道飞瀑从天而降，这是亚洲最高的人工室内瀑布。

广厦 79—75 层是一片冰天雪地，那里的商家不卖企鹅肉，不卖北极熊熊掌，卖"三极房产"。一处在南极，独栋别墅，带私家滑雪场；

一处在北极，破冰船屋，锚定在北极的冰层；第三处在珠峰大本营，海拔 5200 米，活动房屋，车拽可走。

74—70 层是高空马厩，住着全球顶级的赛马，阿拉伯纯种马、中亚汗血宝马、英国王室御用马。每个房间都以马为名，如"马到成功""马云深处""马化腾龙"……

广厦西北两公里处，广厦的阴影可以覆盖的地方，据说将建成全国第一家带投注的赛马场。为占得先机，广厦建了空中马厩，两百多匹骏马入住。每层一片上百平方米的沙土场地，那是骏马遛腿的地方。中庭瀑布是骏马的饮水处，伸出脖子就能喝到天水。您从一层抬头仰望，看到高处探出马头，鬃毛飘飘，马打个响鼻，鼻涕星子溅您一脸。您不觉得这里是弼马温孙悟空看守的天庭马房吗？

广厦 70 层还搭了牧马人帐篷，随处是草原景物，勒勒车、套马杆、牛栏羊圈、蒙古金帐。公司经理喜欢海子，这层风景仿海子的诗意：坐在天梯上，看着这一片草原，多少匹马，多少只羊，多少个金头箭壶，多少顶望不到边的金帐，如此荒凉，将我的夜歌歌唱。

瀑布流到 69 层，一直到 55 层，这几层海水荡漾，不是海底乐园，这里卖私家海岛。

买一座岛赠送两只美人鱼、两只海龟，为您看家护院。55 层还停着一艘双体帆船，坐上它，您可以环游世界，视察您在各大洋的岛家。

这位大姐刚才小声嘀咕什么，我可听见了，您的问题很有代表性，换作是我也要问，这广厦是什么布局，顶层冰雪屋，给广厦扣了个冰帽子，这不是发烧病人顶的冰袋吗？

高空马厩，那马粪怎么往外运啊，广厦里有没有味道？招不招苍蝇？得了马上疯，是人传染了马，还是马传染的人呢？

69—55 层卖海岛，68 层是人工沙滩，62 层是迷你龙宫，58 层是人造潮汐，55 层是海底温泉。防水怎么做啊，漏水怎么办啊？你们厦长是脑袋进水，这几层就是挂吊瓶输液。

大姐您是这么想的吧？您没说出口，我替您说了。敢于自嘲，是自信的表现。不瞒您说，一开始我也看不懂，后来我纳过闷儿来了，我不懂，是因为我站得不够高。

您想，站在太空俯瞰地球，最顶端的是不是冰雪极地？终年冰雪覆盖，北极熊、企鹅，一北一南。再往下，寒带，温带草原，风吹草低，野马驰骋。再往下，大海茫茫，波涛汹涌，环岛耸立。

咱广厦仿的是地球，咱们厦长胸怀全局，放眼世界。这就叫气魄，这就叫视角，这就叫大手笔。当然了，这是我自己总结的，厦长当年建厦的时候，创意一定比我想的还牛。

趁现在没人，我给您透露点消息，我一说，您一听，风吹过耳。广厦跳过三位董事长，是跳楼，不是跳槽。第一位从60层跳的，后几位越跳越高，第二位从65层跳的，第三位从70层跳的。邪气越蹿越高，现任厦长说，必须镇住。

高层冰雪屋，这叫保持头脑冷静，杜绝头脑发热。

广厦没苍蝇，厦长特地在马厩里养了苍蝇。这位大姐说到"马上疯"，我们厦长讲的是"马上赢（蝇）"。马在厦里转圈，这叫"马上赚（转）"。

高空卖岛、海水上楼，这叫蓝海战略。现在房地产市场饱和，蛋糕早切完了，我们连渣儿都捞不着，好地界、好位置哪轮得上我们。广厦这块地，二不挂五,十三不靠，前不着村，后不着店，为什么在这里盖广厦？因为这里是蓝海。

富贵险中求，棋逢断处生，广厦要在夹缝中杀出一条血路，在别人看不上的地面盖起一座大庇天下寒士俱欢颜的巍巍广厦。杜甫老先生的诗咱们都学过，安得广厦千万间，广厦就在您面前。

周边学校语文课讲到这篇课文，老师带着学生来广厦参观。杜甫老先生一辈子都没踏上过这片地界，但是杜甫老爷子的理想在我们这片土地上实现了。

各位游客，咱们广厦游是从广厦顶部开始，您从 79 层到 75 层，可以和南极企鹅合影，那可是活企鹅，黄嘴黄爪的帝王企鹅，您可以走进因纽特人的雪屋，乘坐圣诞老人坐过的雪橇。如果您愿意，可以换上毛皮大衣，戴上狗皮帽子，与我们的销售经理聊聊极地置业。

74—70 层，您可以一睹宝马的风采，付一定的费用，可以换上骑士服、马靴、马裤，策马扬鞭，在广厦马场一试身手，广厦马上转，出厦马上赚。谁骂我们广厦是马上疯？我们是马上风，站在风口，被风投家疯投。

在蓝海层，您登上双体帆船，这可是世界上海拔最高的双体船，从 55 层直挂云帆济沧海，飞向远方，飞向您的梦想之岛。这是名副其实的高端旅游，顶层体验。

我前面讲了，老师带学生集体参观，团体优惠价，普通游客按成人票价收费，每人两百元，金卡客户可以私人定制参观路线，包括我们厦长位于 80 层、房号为 8848 的办公室。

当然，您不上楼参观也没关系。我可不是某省的毒舌导游，游客不花钱买东西就挤对死人家。我和大家一见面就说，百年修得同船渡，一月聚缘同厦游。

您几位见多识广，去过北极点，见过北极熊，还在乎我们顶层的雪屋吗？

您家里养了十几匹马，一匹马住的地方比我家客厅都大，还在乎马上赚、马上赢吗？

您自己就是桃花岛岛主，黄药师是您的物业经理，黄蓉给您打工，我们广厦卖的岛是您当年挑剩下的，广厦您不逛也罢，我陪各位在 54—52 层休息。

我们广厦可不是每层都是卖场，广厦讲究人文关怀，顾客体验，不像城里的购物城，一座大楼里连个座儿都找不着，每家店里就摆一张沙发，生怕闲人在店里免费吹空调。

为什么实体店衰落？大商场一个接着一个关张？就是因为他们不为顾客休息着想。相反，广厦在54—52层设放松区。您在楼上谈完极地置业，来54层餐厅，坐坐鹿皮椅子，尝尝烤驯鹿肉。您儿子可以去52层的儿童活动区，用食用材料搭广厦模型，饼干当墙体，巧克力当窗户，糖浆做水泥，果胶做霓虹灯，想搭几层搭几层，当工艺品摆在家里，当饭后甜点吃了，随您的意。

您要是哪儿都不想去，还有我陪您聊天呢。

您说了，全中国有几个人买得起海岛？去海岛也是支个草棚子，掏鸟粪，捞海鲜卖钱。有几个人能买马？买辆土造奔驰、山寨宝马已经算有钱人了，还有多少人，钱就够买辆电动自行车。甭提南极北极了，北冰洋汽水喝过，南极人保暖内衣穿过，北冰洋在哪儿，南极在哪儿啊，是北村的集（极）？还是南城的集（极）？跟我有什么关系！

我跟您说，广厦高大上，广厦也脚踏实地，我们喜迎八方客，笑送万家人。不管您是开豪车来的，还是地铁转"摩的"来的，健身跑着来的，搭送货车来的，骑快递摩托来的，您在我们广厦都会不虚此行。

现在我们就开始广厦游的第二阶段。您不烦，我就接着跟您忽悠。

广厦51—30层销售特价特色屋。

既有特色，还要便宜。什么房子便宜？卖不出去的房子便宜。什么样的房子卖不出去？凶宅！房里闹过血光之灾，发生过命案，谁还敢住？房屋中介，手里有凶宅，肯定藏着掖着，生怕买家知道，而我们51—48层的公司，专门收凶宅，越凶越好，越血腥越不怕。人家在凶宅门口贴一张介绍，某年某月某日，某人持凶伤人，三死两伤，惊天血案，照片为证。屋里电视上放着纪录片，采访当事警察，此地就是案发现场。您问了，这房子有人敢住吗？问这问题的大姐，您平时一定不爱看鬼片，《午夜凶铃》《古堡僵尸》《暮光吸血鬼》，越吓人越有人着迷。光看电影还不过瘾，这帮人专门去住吸血鬼旧居、僵尸故居。旧居和旧居还打架，吵着闹着找警察证明自己才是正宗，对方是假冒。

这家公司用鬼屋文化包装凶宅，真实的场景加上艺术化的恐怖片，1+1＞20，吓死你的凶宅变成爽死你的鬼屋，长租、短住、旅馆、民宿，填补了房地产开发死角，还满足了鬼屋文化爱好者的需求。

47—42 层是一家树屋制作公司。公司 CEO 立志建造 10 万栋树屋，向人类走出非洲森林 30 万周年致敬。公司与林业局达成战略合作关系，在全国选定 100 万株宜居大树。

41—39 层是古典名宅复原中心，创建人认为，私宅精舍是中国文化之卵的蛋壳。苏东坡的"朱阁绮户"，白居易的"庐山草堂"，李笠翁的"层园"，均可重现人间。公司最先筹建陶渊明的"山境庐"，每一句诗文可以落成实物。设计图以 500 万的价格卖给了江西桃源洞旅游开发公司。

其实这"山境庐"泥墙泥地，木门木窗，和贫困山区的破房子没区别，但是有了教授复原的陈设、摆件，加上陶渊明的诗句，一间土坯房就能卖出商品房的价。

就说我们广厦，这是进京赶考的人必经之地，元明清历史上有名有姓的人物都在这儿歇脚过夜。如果按照历史原貌，搭建一片简易房，取名举子驿站，均价每平方米 500 元；陆游咏梅馆，每平方米 650 元；赵孟頫习字室，每平方米 700 元；梁启超饮冰读书房，每平方米 800 元。买了可以自己改造啊，还白捡一个名人的前房东。您说这房子能卖不出去吗？

38—35 层，祖宅追讨法律咨询中心。顾名思义，老地主的孙子、大老爷的私生女，带着清朝的房契、民国的房本，讨要祖先留下的房产。

您爱酷，去看鬼屋。您求实惠，去看复原古宅。您追求浪漫，我带您去看树屋。您要为老祖宗讨说法，我领你去这层。杜甫老先生今天复生，广厦也有办法，把他老人家那间草棚子估个千八百万，补偿他老人家拆迁费。

34—31 层是房屋改造中心，推出老区、老屋改造方案。把您的一室一厅变成一个大阳台，教你超级集纳术，电梯、厕所亦可安居，楼梯间、停车场就是您的后花园。帮您在灰瓦屋顶上搭建三角形天台，灰瓦地板，烟囱马桶，喜鹊保安，喵星人室友。

细逛咱们广厦要逛半年，走马观花也要三个小时。我这人平时不爱喝水，喝矿泉水还过敏，真的，矿泉水里边的钠、镁、硒一到我嘴里就犯毛病，脸红上头，喝多了酒一样。跟您各位走一圈，说了一圈，嘴里也不渴。您要是想听广厦的事，我给您说三天，能不重样。

城里国贸、蓝色港湾有的品牌，我们广厦都有。城里没有的，法国戛纳、瑞士苏黎世有的，我们也有。纽约、东京没有的，不好意思，我们照样有。世界上其他地方都没有，地球上独一份的，还就在广厦有，这就是从我们现在的第30层到第4层的室内垂直赛车道。

您各位坐电梯上上下下都坐腻了，咱们从这层开始，换一种逛法，咱们坐车下楼。传统的旅游方式，下车拍照、停车撒尿、上车睡觉，您从30层上车，我保证您睡不着觉。

厦长上个月在30层亲自鸣枪，主持了发车仪式。对，您没有听错，发车仪式。30—4层，有一条螺旋形双向车道，是世界上最大的房车销售驿站，开着房车在广厦里绕上绕下，一直不停，耗光了一箱油，累计500公里。厦长本想在广厦建一个加油站，因存在消防隐患，只能作罢，不然在广厦可以搞世界第一个室内汽车拉力挑战赛。

您愿意骑马下楼，咱从高空马厩给您牵匹马来，赛道上垫土、垫沙子。您想坐船、冲浪下来，从人造沙滩拖来一辆双体帆船，接上中庭瀑布，赛车道就成了急流回旋的水道。您想滑冰下来，容易，水直接冻成冰。

我们厦长还正计划着加几台人工造雪机，大夏天，外边40摄氏度，请您来广厦越野滑雪。您滑一圈不过瘾，您穿上雪服，坐电梯再上5层，电梯里您遇见牵着马的骑手、戴着头盔的车手、夹着冲浪板的玩家，您呢，夹着两块雪板，冲人家点点头，这一幕多牛啊！这是我们广厦宣传片的创意。我准备卖给厦长。

您又要问了，广厦得修多大的电梯啊？

初进广厦的人问这样的傻问题，他们受应试教育毒害太深，总是从一个维度上看问题。带您上下转一圈，您的思维模式会发生巨大的变化，您为什么不逆向思维：

人为什么不能住在树上？

马为什么不能在半空跑圈？

我为什么不能以天地为厦、房车为家？

阿拉伯水烟

厦长开会从不废话，厦里面的事情千头万绪，厦长三言两语，砍瓜切菜，手起刀落，走你。下一个问题。

下面人说，生活体验馆三楼洋葱素萃取店，两个月没交租金，店主讲，他原本看上三楼电梯口的 A01 档位，结果被金丝楠木店占了，分给他的位置不值一个月 30 万租金。

厦长说，三天之内不交钱，拿他的洋葱当鸡蛋，滚蛋。

管动力的人说，电力公司催交电费，一周之内不交就拉闸。

厦长说，你先把洋葱店的电断了，看他的洋葱里能不能萃出鼻涕来。

管招商的人说，谈了四家影院，都看中五楼。但是嫌广厦客源少，不出票房。

厦长说，你告诉他们，城铁一年后通车，车站在广厦东边。一趟车下来一百来号人，一天 35 趟往返，顾客逛街逛累了肯定会看场电影。电影院再谈不下来，五楼改 VR 迷宫探秘。

管行政的人说，地震局来人，想在咱广厦东南边设探测点。

厦长说，不成，那块地方谁也不能占，气象局要建观象站，高速路要修服务区。文物局说，那是宋朝兵工厂遗址，造箭的地方。都是听那个算命和尚瞎忽悠，说那是龙脉尾巴，金龙摆尾，一飞上天。你们工程部死死捂着那块地皮，盖两间仓库，养几只狗，钱找财务要。

管公关的人说，遵照厦长指示，我们搞了一个广厦营销战略设想，分五大步骤，每个步骤分三个阶段，每个阶段有七个关键点。

厦长说，没工夫听你扯，我就问问你们，广厦怎么挣钱？你们79层"三极"房地产卖了几套房？

下面人答，正等着联合国极地开发公约组织批地。

厦长说，70层马场卖了几匹马？

下面人回答，亚洲马业协会正为20匹汗血宝马办护照，两个月才能发签证。

厦长再问，60层卖岛的有成交吗？

下面有人答，日本福岛核泄漏，东海水域受到污染，有几个有签约意向的客户正在观望。我们每周与他们保持联系。

答话的是层长，由高及低，下面的层长挨个汇报。

47层层长说，经过一个月的筛查，我们订了200棵巨树，准备验证它们的坚韧度和承重力，这需要工程部的专业技术人员提供翔实可靠的参数，不然树屋盖的样板间塌了，丢人事小，伤人事大。

30层高空赛车道层长说，工程图已经完成。太行山汽车联合会要求广厦与赛事组织方签订合作协议，广厦的市场部还没给我们明确答复。

广厦的管理建制为八横八纵，横者为层，每一层有层长，上面说的都是层的事。竖者为线，物流线、动力线、通信线、财务线、企业公关线、市场营销线、成本控制线。每线的负责人称为线长。层是有形的，线是隐形的。层与线交叉点也有负责人，称为点长。

层与层的间距时大时小。A层长今天管1层，后天可能管10层。线与线的分工动态变化，伺机而定。A线长今天管物流，后天可能监管动力和财务。

厦长说，线是战线，战斗在哪里发生，线长的指挥所就在哪里。固守一线，顽踞一层，那叫故步自封，第五次反"围剿"就是这么失败的。线在变，层在变，广厦才是生动的、有机的，线与层的交叉点才是灵动的、闪耀的。

线与层围住不同的面积，正方形、长方体、菱形、六棱形，这称为块。比如资源储存块、市场愿景纵深块、文化产业探索块、体育赛事开发块、高端房产运营块。厦长把这套运营管理模式这样总结，线是纵深，层是前沿，块是战役。简称"层线块"。

2018年后出现的区块链，广厦在十年前就玩过了。区不就是层吗？链不就是线吗？块不还是块吗？有什么新鲜的？

古典名宅复原层层长说，我们拿出了陶渊明故居"山境庐"的设计方案，那是美国斯坦福大学东亚艺术研究中心的陈教授的毕生心血。现在面临的问题是，一共有三个桃源镇，都说陶渊明在他们那里生活过。名宅建在一地，另外两个地方就要起诉我们。建在广厦，三地就一同起诉我们。我们正与广厦法律部协商解决。

鬼屋层长说，鬼片电影越拍越烂，鬼魅文化正被电游、仙幻文化取代。名鬼不如电游里的名魔，我们正考虑调整方向，开发一款电游产品，最好以广厦的故事为背景，卖火了游戏，炒红了名魔、名鬼，再卖鬼屋。

厦长一声不吭，层长不敢再说话了。

厦长有个习惯，用鼻音表达意见。鼻子哼哼，有四声之别。鼻腔上提，气息上走前额，拖音带共鸣，发第一声。这表示"你接着说"。

鼻翼收紧，气息在鼻腔里拐了个弯，哼发第三声，这表示"怎么回事？你给我解释清楚"。

鼻腔松紧适中，气息短促，像马驹子喷鼻，突突出一连串大哼小哼，这表示厦长不耐烦了，你小子赶紧住嘴。

层长、块长、线长最爱听的鼻音是"嗯"字的第四声。气息像蜷曲的腿终于伸直，从厦长鼻孔里奔拉下来。当然那不是鼻涕，那是赞许。厦长从不说"不错""很好""干得漂亮"，厦长嘴里吐出的最高奖励是，"像我的兵"，这是千载难逢的。层长、块长、线长如果得到厦长鼻孔里流淌出的哼哼溪水，就足够让别的层长、块长、线长嫉妒一个礼拜了。

这回不同，层长接连发言，厦长的鼻子什么动静也没有。

厦长突然问，40层，四合院灰屋顶盖鸟巢，那谁，你们进行得怎么样了？

40层层长说，上次厦长视察时批评我们的格局小，与广厦高端、大气的品质不符，我们立即整改，从零开始，拿出一个让厦长满意的方案。

厦长站起身，踱步到窗前，像是自言自语，你们说咱们广厦像什么？

50层层长说，咱们的广告语是竖起大拇指就是广厦。

厦长说，你说像大拇指，还会有人说像中指，不就是一根手指头吗？又有人说像小拇指，我看也挺像。

60层层长说，广厦像一尊鼎，一鼎定京畿。

厦长说，不好，鼎是祭神用的，咱们广厦东南20里正修一座大庙，要供从五台山请来的一尊明朝佛像，他们说广厦就是一炷香，求他们大佛保佑的；鼎也是插香的，一肚子香灰，还是求他们。

70层层长说，咱们就是一根金箍棒，什么佛、道，搅了他的天庭。

厦长的鼻子里"嗯"了一声，那是鼻子里拐弯的第三声。

厦长说，在座的中层领导身居广厦，高高在上，以为站得高，看得远，想的是南极东海，盼的是大闹天庭。你们就没能从广厦的根基看广厦，从广厦的基层看广厦。广厦像什么？我前天在广厦的门口听到广厦导游的一番话，倒是有启发。今天我把这位基层员工请到会议现场，请大家听听，他心里的广厦是什么样子。

秘书引进门的是老杜。老杜手里攥着一个东西，细长、晶亮。老杜把这东西放在桌上，厦长示意开讲。

老杜说，各位领导，我就是广厦的一个小导游，宣传广厦、介绍广厦是本职工作，没想到厦长微服出访，听到我班门弄斧。我当时向游客介绍，咱们广厦就像一把阿拉伯水烟壶，五行俱全，上下贯通，看着美，吸着爽，咽着醉，吐着香。

这把阿拉伯水烟壶，分三部分。最上面这层烟锅，里面放烟膏，可以挑选没有尼古丁的水果味、鲜花味，也可以选含尼古丁的烤烟味、烟斗味。烟膏放进烟锅，用锡纸包紧，点燃的木炭放在锡纸上，热力把烟膏烤熟，逼着烟气向下进入铜管。中间的铜管一通到底，像我们广厦的顶天立地的中庭，把烟气送到底层，这里是富丽堂皇的玻璃壶。

这是水烟壶最漂亮的部分，像广厦的生活体验馆，玻璃雕花，晶莹剔透。壁上描画着王公贵族、胡姬舞女。这玻璃壶里水盛了三分之二，烟气通过铜管，一头扎进水里，变成气泡，咕咕嘟嘟冒到水上，经过过滤，攒在玻璃壶中。非茶非酒，非雨非露，非雪非风，用吸管轻轻一嘬，这仙气就顺着橡皮管、木烟嘴传到您嘴里，给您的口腔、鼻腔做一番异域风情的按摩。

我用这把阿拉伯水烟壶比喻广厦，在游客中引起不小的共鸣。咱们广厦挺拔，就像这水烟壶高挑。厦顶高耸入云，正像这烟锅，含云蕴雾。厦身直上直下，正像这烟壶的铜管，传云到地，输烟到壶。水壶是广厦的底层，梦幻之境，显贵之气。外绘锦衣玉食，内含云蒸霞蔚。来到广厦的人，被广厦的气息折服，抽了一口还想抽，抽完一锅再来一锅。自己抽了不过瘾，再拉上朋友。你一口，我一口，舍不得离，舍不得走。这才是我们的广厦。

各位领导，这水烟壶里最重要的是什么？是水烟壶顶端烟锅里的烟膏。广厦最核心的是什么？那就是我们领导层的思想。

老杜没听到厦长鼻子里连续发出的哼哼，还要说下去，厦长打断了他，杜导游，这把水烟壶是你的吗？

老杜说，我从城里阿拉伯餐厅借的，两千块钱押金，说好今天晚上还给人家。

厦长说，财务，你带杜导游去找会计，领四千块钱，两千块钱买这把水烟壶，两千块钱给杜导游发奖金，去吧。

一屋子层长、线长、块长无语。

厦长说，我顺着这位导游的话提个问题，咱们广厦最核心的是什么？我听谁嘟囔了一句，你大点声，是什么？对，最核心的是钱，最缺的也是钱。没有钱，就像这烟锅里没有烟膏，烟枪再漂亮，管蛋用。

这把水烟壶，烟锅是陶瓷的，这是土，烟锅上顶着炭，这是火。这根管是铜的，算金。玻璃壶里是水，金、木、水、火、土，全了。咱们广厦，五行什么都不缺，我们五行缺钱，没钱谁也没得烟抽。

我决定广厦80—51层，腾出30层房子，卖不出钱的楼层全撤。什么岛主、鬼屋、极地冰屋，全给我滚蛋，改小户型，一户20平方米，先卖出钱来。先让这烟锅里有东西！

广厦改造论证会

厦长给了一个月时间，让中层领导拿出80—51层的整改方案。各块、各层、各线，统一到会，先开一个如何开会的会。

厦长不在，会开得热闹。

首先要明确一个月之内会议的议题：法律问题、工程问题、市场问题、广厦未来的定位问题、安保问题。

刚列出五个问题，主持会议的总块长说，厦长交代，法律问题，咱们甭管，我们只研究具体操作。

好吧。

——30层楼面，30万平方米。从高端会展转变为小户型住宅，不是旧楼改造，不是危房拆迁，更不是原地盖房。80—51层全部为大开间，怎么改？

——这有什么难？你没去过福建土楼吗？中间大天井，围着一圈格子间，想隔几间就隔几间。

——废话，我问你，土楼有上下水吗？土楼有冲水马桶、中央空调吗？一层楼原来只有三个公共厕所，我们怎么卖？

——兄弟，厕所单卖。买主自己改造，留一坑自用，其他坑填平。小便池拆了，改酒吧。洗手盆扒了，做客厅。人家卖楼，卖独立卫生间，咱们卖独栋卫生间。

——好主意。这卫生间你先卖给我。我、你、他，咱们仨人先包十层楼的卫生间，一个人买十间，现在就交首付，谁也别跟我们抢。买了卫生间，不改造，坐门口收钱。小的一次五块钱，大的一次十块钱。一层起码卖出200户吧，一户算三个人，一人一天上厕所三次。三次乘以三人，再乘以200，再乘以五块钱，这是九千。这只是小的。大的，算一天一人一次，六千。一天就把一个月的房贷还了。怎么样？陈线长，咱俩关系不错，你来上厕所，我给你打五折。

——你这礼太大，我不敢接。老子有志气，站得高，尿得远。我推开窗户站窗台上就解决了。

——不成，窗户一定得锁死，严禁这种不文明行为。同时，公共厕所一定要限购。过去老北京淘厕所出过粪霸，咱们广厦不能出空中粪霸。

——咱们干脆在天台开片菜地，当花园卖，一户卖一片。花园主人到自己地里方便，连浇水带施肥，一举两得。

——不成不成，早高峰、晚高峰咋办？天台上乌泱乌泱蹲了一大片。咱们广厦50层以下的住户咋办呢？一群买小户型的穷小子，天天骑在我们头上拉屎撒尿。

——你这人就不会换位思考，顶层的人去底层上厕所，底层的人可以收钱呀。

——就算上公共厕所，洗澡咋办？一层楼搞一个公共澡堂子？

——怎么不行？！刚才那仨块长把厕所抢购了，我现在掏全款买公共浴室，一个人洗一次澡收二十块钱。

——那上下水怎么办？广厦51—80层是按商用会展设计的。改住家，一天出多少污水？电路、燃气都得改。

——一层三个公共厨房，大伙过集体生活。你们家炒菜缺葱，跟我家借半段。我们家没酱油了，抄起你们家瓶子就倒。

——赶紧，厕所、澡堂子都卖出去了，公共厨房也要快点出手，过时不候。一个灶眼仨小时收十块钱，燃气免费。

——那垃圾呢？

——我有一主意，每十层设一个垃圾站，第39层，就是你们陶渊明古宅复原中心那层，改成化粪池。30层的污水不出厦，就地解决。

——还是咱张块长有创意。世界上最高的化粪池，夏天跑味，大风吹到山东，广厦自己人闻不到，熏不着，厉害。要是漏了可咋办呢。干脆连上中庭瀑布，顺着瀑布流下去更简单。

——我们营销块推出智能独立马桶，不用水冲，用蓄电池，自带降解功能，变废为宝。一宿之后，液体浇花，固体做狗粮。对，买一送一，还带按摩功能。买一间房，送一只马桶，不愿意掏钱的，可以自带马桶。过去江南人家嫁女儿，彩礼装在马桶里捎到婆家。复兴马桶文化，绿色环保。

——没错没错，物业部雇专人倒马桶，一桶二十块钱，早上五点钟上门收货，走货梯。

——你就不怕有味？你的马桶是怎么做的？红酒木桶还是啤酒钢桶？

——不是我说你，你就是故步自封，没有市场思维。我们卖房子时告诉客户，安的是太空飞船上宇航员用的马桶。你住在80层高楼上，云彩在50层，50层下雨，你在80层一边坐马桶，一边晒太阳。

——那不还是一只马桶吗？

——就算是一只马桶，也是宇航级马桶。卫生间小，也是飞机头等舱的卫生间。

——我问你，一层200户，每户一只头等舱马桶，加一户一只泡澡盆、一户一口水缸、一只汰水盆，这水怎么排出去？

每家窗户外边吊一个壁挂式污水桶？就像肾病病人挂的尿袋，趁晚上没人瞧见，顺广厦外墙送到地面，粪车拉走，腾空再拉上来。

——嫌桶多，一只桶做大点，十户一只，外形做酷点，金属装饰，摆成矩阵，打远处一看以为是摩尔斯密码。

——亏你想得出来。我们正和客户谈业务，窗户外边掉下一只桶，桶绳卡住了，在外边晃荡。客户问，你们广厦上面有人叫外卖吗？我说对，一桶多能，工人站上去也能洗楼。人家客户说了，真厉害，也让我上去体验一把。我得跟人解释，太危险，这是机器人干的活，您想登高，我们有专门的客梯。

——刚遮掩过去，你那太空桶不争气，广厦在下风口，厦越高，风越大，把你这桶吹成秋千，哐当哐当铁锤似的，桶底砸玻璃。一只桶自重加上内含，少说一吨。客户问我们，机器人是不是饿了，敲窗户跟咱们讨口食吃！

我跟人家解释，他在向 VIP 客户打招呼，欢迎您的到来。客户说，他不是要砸玻璃抢东西？我还得白话，机器人干活累了也发脾气，该给他放两天假。正说着，你那桶磕漏了一道缝，广厦玻璃多结实，生生把桶磕裂了。汤没漏，不寒碜，我告诉你，还不如漏汤呢，大夏天憋了一宿的臭气，可找着出口了。

——各位学过农吗？知道过去农村的沼气池吗？人畜粪便沤着，沤出的气能当天然气用，遇着火星能炸。

太空马桶被大风吹得，冲着广厦钢梁就去了，那可不是鸡蛋砸脑袋。那是铁公鸡咬钢铁侠，溅出了火花，你这盛着沼气的桶变成了炸药包。

我还得给人家客户解释，为了欢迎您的到来，我们借鉴火药技术，搞了艺术装置，叫白日焰火。

客户说了，人家大艺术家，点一回火，上千吨火药，一喷方圆二十公里，你们广厦太小气，才点了这一只。这么办吧，我投资，把广厦几百只桶全变成炸药包，咱搞一个火厦。

——你们市场线也太小看我们工程线了。你们在 70 层卖马，60 层卖游艇，30 层卖豪车，东西是怎么拽上去的，别不懂装懂。现在的吊装技术你见过吗？把你光着屁股吊到半空，吊装工人遥控一支针头，从一公里外飞过来，扎你屁股蛋上，你都分不出那是公蚊子咬你，还是母蚊子咬你。

没有对骂的会不叫开会，没有动手打架的会，不叫成功的会。

这样的会开了一个月，制订了市场营销方案、宣传推广方案、人员设置方案、岗位调配方案，污水垃圾处理方案在工程改造方案中的第 17 条，这样的机密不可能在块长、层长、线长会上讨论。

人工智能马桶

经过一个月大小 20 次会议的论证，广厦块、层、线联席会得出以下结论：

1. 改造已有上下水系统，工程成本太大，相当于把各层天花板扒掉，重新铺设。

2. 必须建独立卫生间、独立洗浴间。公共卫生间、公共浴室，卖相太差，还存在管理隐患。

3. 排水、排污、垃圾处理，有三个选项，供厦长定夺。

（1）外挂式，垂直物理运送，即会议讨论中的粪桶式。

（2）内部隐蔽消化式，即 39 层修造厦内化粪池。

（3）引进人工智能马桶，变废为宝。

撰写可行性报告的人知道，第三个方案是正选，前面两个是陪着相亲的灯泡。灯泡很重要，像灯光师，把相亲的姑娘照成明星。

把人工智能技术引入广厦的物业主任陈妍与阿尔法保姆罗晓雁早已成竹在胸，前 19 次会议绝不能亮出底牌。亮早了会被各块、各层、各线撬走创意。

罗晓雁留学美国，带着人工智能——阿尔法技术回国，想在广厦一试身手。

阿尔法早已经学会了卧薪尝胆的隐忍哲学。两年之后的 2016 年 3 月，计算机软件 AlphaGo 战胜韩国围棋九段选手李世石。中国人把 AlphaGo 翻译为"阿尔法狗"。其实 GO 的本意是勾，越王勾践的勾，诱人上钩的钩。Go，一音多字，换成了英文字母，中国人以为是狗。狗就狗吧。

话扯远了。阿尔法狗的前辈"阿尔法马桶"不但有勇尝粪便的勇气，还有大口吞食的能力、一气呵成的决心，更有分析桶内液体、固体的智慧。

它的外形与飞机卫生间的马桶一模一样。马桶下垫着长度为 40 厘米的台子，台子里，藏着阿尔法狗的发愤图强之心。液体污物，烘干、提纯、萃取收进小匣子，积少成多，十年之后会送给主人一袋舍利子模样的东西。

你别难为情，大城市里卖猫屎咖啡，你喝得兴高采烈；卖大象屎草纸，你在上面写情书。见到你自己的结晶之作，你会有死后的灵魂看见自己骨灰的感想。想试试吗？先买广厦的房子，买一赠一，送十年使用费。

至于固体污物，阿尔法马桶分门别类，盛进五彩胶囊。

红胶囊装未消化的肉质蛋白、动物纤维。

黄胶囊盛养生书籍里盛赞的黄金大便、上乘之作，直接送到农作物种植基地。

棕色胶囊存中等水平的产品，需要在一周产量的基础上再加工，去粗取精。

黑色胶囊放纯废物渣子。要知道，与红、黄、棕相比，黑色胶囊体量相同，即使肠胃最差的人，黑胶囊的数量也不会超过总量的四分之一。

阿尔法马桶会告诉你，即使最渣的人，也不是全由渣做成的。

透明胶囊，记录着使用者的健康信息、食谱分析、血液指标，免除你去医院验血、查器官的麻烦。

看明白了吧，智能马桶是你的私人医生。它本来是要投放到医疗仪器市场的。广厦太空舱为了保证宇航员身体健康才拿来用。广厦的业主们，如果有幸住进广厦，就有幸坐在窗前的高级马桶上鸟瞰大地，今生遨游太空的梦想就可以实现了。

对，这样高级的智能马桶，一定要放在舱内最好的位置。临窗马桶，这是广厦太空舱的卖点之一。

你们去过城里大厦的高空厕所吧，蹲看繁华世界，胯下滚滚车辆。你坐在马桶上，看到千里之外。马桶旁边是淋浴喷头，你在80层洗澡，能窥见你身体的只有老鹰和外星人。

你如果愿意，可以在马桶前支一张桌子，写字吃饭，可以在窗前支一张吊床，月光给你的脚心挠痒痒，有宇航员的失重感。你可以把厨房的操作台搬到窗前，切丁、切片、切丝、切段，再拿到灶台煎炒烹炸，你的伙食可比宇航员强。你安心享受太空游，坐看云起云落，还有闲心惦记你家的生活污水是怎么排下去的吗？

阿尔法马桶里的胶囊会顺着地下运输线，走向收集站。红胶囊直行200米，见坑就跳。黄胶囊右拐，从第一个出口驶出主路，在路边待命。棕胶囊在红绿灯下等候，礼让黑胶囊优先通过，避免发生剐蹭。透明胶囊呢，装的是信息，上传到云里。云在哪呢？你看一眼窗外吧，云深不知处。

你走在51—80层的走廊里会听到脚下咯咯嗒嗒的轻响，那就是胶囊们各行其道，各找各妈，各回各家。你仿佛走在石板路上，那石板缝里穿行着成群结队的工蚁。每只蚁的头顶上插着一只粪球，不知疲倦地跑向蚁穴。

这30层住户的胶囊，会在49层汇集，那是人工智能总桶所在。你见过儿童乐园的彩球池吧，小朋友们在里边扑腾，那总桶和它差不多。小囊与小囊合并，丸子变成馒头，馒头又与馒头合并，变成各式各样的球。有的球坚硬，金属外壳，像人工智能时代的地雷；有的球扎实，硬塑外壳，像圣诞树上挂着的彩蛋；有的球疏松，软包装，像一只懒人沙发，形状可以任意改变。

所有的球都抹作金色。金属外壳的球，头上绑了一串气球，像是要空投一只保险箱。硬塑外壳的球，裹上几层气泡塑料布，像要快递一包鲜荔枝。懒人沙发球自身轻盈，从 50 层的中庭一跃而下，飘飘荡荡，打两个滚，落在地面，原地弹了起来，像一只摔不死的猫。

金属球、硬壳球，不可能像懒人沙发一摔到底。那球体外虽有保护措施，但是重力加速度，万一气球没有拽住，金属球一头砸到地面，会磕出一个坑。物业部在中庭的半空每隔十层架一道拦网。广厦的顾客看着都想自己跳下去，当一把蹦床运动员。别，每层蹦床旁边站着保安，严禁上人。那蹦网把重球卸去了重量，球才轻轻落到中庭地面上。

每天凌晨四点，是广厦金球泻地的时刻，这取代了原来中庭瀑布的奇景。

杜照长

广厦空中头等舱、探月舱、返回舱、火星登陆舱，营销活动很成功。传说中的炒房团、楼花王、月光刚需族、啃老食草族都来了，把广厦51—80层的小户型住宅一抢而空。

这把挺拔的阿拉伯水烟壶，顶端的烟锅终于点燃了。

有人买下十户，打通围墙，做了空中观景台。有人把一户隔成了三户，分租给三个滴滴司机。有人买了一户，辟出了一半面积养狗。有人买了两户，全铺上床垫，当榻榻米，进门脱鞋。有人在同一位置买上下三层，凿穿天花板，自建旋转楼梯。

买主们都不在意广厦空中舱位的房产证问题。

卖楼经理说了，你买的是我们广厦的蜂巢式店铺，不归建委、房产局管。你和广厦签的是租约，租期70年。你付给广厦的是租金，不是购房款，用不着房产证。

你租的是一家店铺，在自己店里生火做饭、拉屎睡觉，是租户的自由。广厦给你一个经营执照，你经营什么项目都可以。

你是一个美食节目主持人，你在家（你的店）做饭吃饭就是你工作的一部分。

你是一个职业失眠症治愈师，你在你家（你的诊所）睡觉，就是研究如何帮助患者。

你是一个业余天文爱好者协会秘书长。你在你家（你的办公室）扶栏仰望，就是构思第二天协会活动的发言。

你也可以是一个网购文化资深评论员。一天一夜刷屏，一件一件塞满购物车，一次一次给信用卡续钱，都是在废寝忘食地做"田野调查"。每一个快递员就是你约谈的采访对象，你出语简洁、一针见血，两句话就得到了答案，当然也不必耽误人家太多的工夫。

老杜不再是导游，在营销团队里担任职业规划师。

一个邯郸的滴滴司机来买房，不，是开店。小伙子说，我每天交四百块钱给滴滴公司，我的店是我那辆斯柯达，我在广厦的这家店该卖什么呢？

老杜说，你抽烟吧？

小伙子说，一天一包。

老杜说，你回广厦遇到邻居，让烟给他吧？

小伙子说，心情好的时候会一起抽。他鸡贼，给我的都是赖烟。

老杜说，这叫分享。你的经营执照上就写名烟品鉴会。

小伙子说，办照要注册资金的。

老杜说，你是集资，一人一根烟，相当于众筹。

小伙子说，没见到钱呀。

老杜说，你白抽了他一根烟，抵了。

老太太与老头子不合，70岁闹分居，买了广厦小户型。每天晚上在广厦前跳广场舞。

老杜说，大妈，你就办一个演艺经纪人执照吧。

大妈说，我经纪谁啊？跳舞的谁也不听我的，我就跟着瞎扭。

老杜说，敲鼓的老头听您的，我看见他跟着您学舞步，您就经纪他。

大妈说，他那笨相，左腿绊右腿，脚底下没根，不是丢人现眼嘛，谁看他啊！

老杜说，咱厦前广场、喷泉公园都是大舞台，一晚上那么多人看呢。

大妈说，那我就抬举他了，经纪就经纪吧。要是经纪他不成，你这小伙子挺聪明，我经纪你吧。

深度宅、深度腐的单身男子自称两个月不出门。方便面不论箱买，论店买。他进店门说，你家方便面我全包了。条件是把我吃剩的垃圾倒了，不打折没事。

老杜说，老弟，你有啥爱好？

方便面男生说，啥叫爱好？

老杜说，你干什么事高兴？干什么事不觉得累？

男生说，干啥事都不高兴，干什么事都累。

老杜说，兄弟，你有艺术家潜质。有个台湾行为艺术家把自己锁笼子里一年，你有望打破他的纪录，一年零一天。我给你办一个艺术工作室的执照。

男生说，随便，别进我屋就行。

老杜说，你每周传我一张照片，我攒一年，出示给工商、税务，说明你是职业艺术家，与执照内容相符。

老杜被安排进了太空舱市场销售块，专司办照，人称"照长"。

有人说了，这活儿也太清闲了，胡思乱想，胡诌八扯，就成了"长"。此言差矣，老杜还要为所有的租户（业主）写工作计划、企业愿景、季度总结、年度回顾。这些是要交给工商局的。

广厦的财务负责把业主的租金倒来倒去，形成账面流水。比如把滴滴司机的房款打给广场舞大妈，名目是一年包车。大妈把钱汇给广厦三层拉丁舞培训教室，名目是培训费。舞蹈教室再把钱转给广厦，名目是后半夜零点至五点的夜场灯光费。

再比如，把行为艺术宅男的首付打给洋葱素萃取店。账上记的是两千箱洋葱味方便面。洋葱素萃取店再把钱打给广厦，名义是罚款，因为洋葱味太冲，有扰民之嫌，认错认罚。鉴于洋葱店态度较好，广厦每平方米少收十块钱租金。

业主既然租的是店铺，干的是买卖，工商、税务就得查，行业协会就得管，有关部门来收总结，老杜就是总文案。

滴滴司机的名烟品鉴会，广场舞大妈的演艺经纪公司，草食宅男的行为艺术工作室，都在老杜的笔下愿景明确，步骤完整，行动力坚实，使命感清晰。

全厦一层200户，30层6000户。售楼之初，老杜的顾客蜂拥而至，老杜下笔如飞，倚马可待，不穿帮，不拿搪。老杜用挣到的快钱加上积蓄，买了顶层80层正南30平方米大户型。

售楼经理与老杜团结奋战了一个月，结下深厚的友谊，悄悄告诉杜照长："你家位置原来是厦长保险柜，全层最值钱的地方。你东面那三户是厦长的酒柜，西边的八户一起占了厦长的健身房。电梯口的那五户是厦长的门廊。"

杜照长问，厦长的厕所卖给谁了？

售楼经理说，厦长这一层有五个厕所，一只马桶占的面积就能卖一户。记不清在哪儿了。

揭幕仪式

广厦太空舱的揭幕仪式一共有三个。

第一个仪式在广厦会议室，参加的人是块长、层长、线长。

厦长让人把老杜买的那把阿拉伯水烟壶摆在会议桌当中。厦长说，太空舱卖出去了，各位有功，像是我的兵。广厦就是想别人不敢想的，做别人不敢做的。有人吵吵，要搞揭幕仪式，放焰火，厦里开瀑布，全被我否了。揭幕仪式就在这里搞，守着这把烟壶搞。

顶层200户住进去了，就是水烟壶顶的烟锅里塞满了烟膏。怎么揭幕？点上炭！不压炭怎么出烟？炭就是压力，人没压力轻飘飘，厦没压力不出效益。我让人买来了正宗阿拉伯烟膏，椰枣味，约旦原产，王室特供。烟嘴能换，一人一支，每人拿自己的。

大家兴致勃勃地看着秘书装上烟，用锡纸裹紧，取出三块木炭。

秘书问，谁有打火机？

块长们面面相觑，说，咱们广厦禁烟，保卫处杜处长查得严。

杜处长叫杜安山。广厦的中层领导都叫块长、层长、线长，只有保卫处既不"块"，也不"层"，更不"线"，哪儿都够不着，哪儿又都离不了，又加上杜安山脾气倔，倔起来谁都犯怵，全厦只有他被叫作"处长"，意思是"怵长"。

厦长说，杜处长为广厦的安全着想，应该。但今天这口烟是工作总结，杜处长能容我们抽一口吗？

杜处长一脚迈上了桌子。众人一惊，你这是干吗？

杜处长说，把天花板上的烟雾报警器卸了，省得它叫唤。

块长、线长们讲，杜处长仗义。火呢？没火抽不了，领会不了厦长精神。

杜处长腾出一只手，从兜里摸出一只打火机，扔给秘书。

块长们又说，杜处长藏着私货，自己躲在办公室里偷偷抽烟吧。

杜处长一指说话的人，说，要不是厦长在这，我一脚踢废了你。你手下那个杜导游，躲在楼梯间里偷偷抽烟，被我没收了打火机。他的检查归你写。

有火了，有炭了，缺一个架子放炭，缺一支夹子夹炭，不能用手拿着木炭点火。众人又忙着找东西。

张线长说，咱用两支笔，笔杆夹炭。

陈块长说，那笔杆是塑料的，烧化了，汤滴溜到炭上，难闻。

王块长说，用夹纸的夹子，去找个大夹子，小夹子容易烧着手。

李块长说，烧着手咋了，正好考验你是否对广厦忠诚。真金不怕炭烤。

陈块长说，我看王块长的眼镜架不错，名牌，当烧炭架子合适。

王块长说，只要厦长发话，眼镜算个球？

吴线长说，你们俩锤子剪子布，谁输了就用谁的东西架炭，厦长当裁判。

鲁线长在一旁掏出瑞士军刀，枝枝杈杈，一根一根地挑。

旁边的杨块长说，这支是杀羊的，这支是串羊肉的，这支是剪羊毛的，就是没夹炭的。

鲁线长说，杨块长，不是我说你，你们工程动力块就是不能转换思路。我拿剪子当夹子使，不成吗？

物业块长陈妍是全厦唯一的女块长，人们叫陈妍"主任"，以示特殊。陈妍从包里拿出一支睫毛夹，鲁线长，你那刀烧了可惜，用我的夹炭吧。

罗块长说，姐姐，别价，留下一夹子炭渣，被你当成眼影涂眼皮上，再掉眼睛里。

陈妍说，姐姐我眼里从来不揉沙子，还能掉进炭渣？

一旁的谢线长说，陈主任眼睛一瞪，两眼冒火，这炭就能点着，谁的工具都用不着。

孟块长说，陈主任，我不是可惜你的睫毛夹，我可惜你的手。火烫，你的夹子八成是铝片做的，传热快，没一会儿你手指头就焦了。

陈妍说，没事，我拿手绢包着。

邢线长说，把你的手绢点着了更要命。

这边正热闹，"金融汇聚块"的钟块长已经搭了一个架子。茶杯倒扣，底上支了十个小文具夹，一个咬一个，五个一圈，码了两层脚手架，架顶正好是个圆口。

钟块长一声不吭，旁边的郝块长拍了几下巴掌说，你们那边动嘴不动手，你看看人家钟块长，烧烤架都架好了。

围过来几个人，七嘴八舌夸钟块长手巧，不声不响另立了一个广厦，胸怀大志，出手不凡，咱们火还没点，人家都奠基了。

——钟块长设计得好，头顶上放炭正合适。可是打火机放哪儿？打火机要用手摁着才能点着，这架子小，手放不进去。一看就知道这钟块长不抽烟，要不找几张废纸，在架子底下生堆篝火？

——成，好主意。杜处长，你赶紧去把灭火器拿来，万一火着大了，你就赶紧喷。

钟块长说，有你们夸夸其谈的工夫，水烟都抽完一锅了。

谢块长说，钟块长早就教育过我们，先讲方法论，再讲操作论。我们不正做评估呢吗？烧炭、抽烟是大事，但怎么烧炭、怎么抽烟，同样是大事。

这边正说着，那边的鲁线长用瑞士军刀割开了一只可乐罐子，嘴里说，看《荒野生存》，小孩子都知道钻木取火，一屋子大活人却点不着三块炭，活见鬼。

瑞士军刀锋利，那是鲁线长在苏黎世买的限量版，切可乐罐子如同割纸。罐底一刀切掉，罐身破开，开成四瓣，叉开腿，架在三支倒扣的茶杯上，刚好能放进手和打火机。罐启子的洞，正好一个眼灶。

鲁线长造灶的工夫，厦长秘书正做自我批评，怪我粗心，没考虑到细节，准备不足，耽误大家时间。

厦长说，大姑娘嫁人，现上轿子现扎耳朵眼。

众人不知道怎么接话，冷了两秒钟场，厦长自己接着说，就怕有金耳环，没长耳朵。

众人尴尬的笑声中，三块炭烧着了。炭里加了助燃剂，点点火星在黑黑的炭身里游走，不一会儿变成暗红，像精力充沛的傻小子，荷尔蒙旺盛，必须往正道上引。

陈妍用睫毛夹夹走了第一块炭，放在烟锅的锡纸包上面。众人在一旁喝彩，陈主任，用你的睫毛夹，趁热给鲁线长烫烫头发。

谢块长用自备的午餐时用的钢筷子，夹起第二块炭。众人鼓掌，这刚出锅的炭烧猪颈肉，王块长，张嘴，让谢块长喂你一口。

姜块长把第三块炭挑在裁纸刀的刀尖上。众人鸡一嘴、鸭一嘴，姜块长小心，陈块长，还不赶紧下边伸手接着，火星掉手上也别撒，杜处长，你怎么还不拿灭火器？

三块炭被一屋子人逗得咧开了嘴，一脸傻笑，真像火力壮的半大小子，头顶上冒着腾腾热气，屁股底下烧了三把火。那锡纸里的烟膏，像泥包裹的叫花鸡，油香、肉香、调料香，气鼓鼓地无处可去。忽然发现脚底下有一个深洞，像广厦中庭一样笔直，像电影里的时空通道一样幽冥，尽头闪着猫眼一样的光，水汽沁凉。

那烟膏的香气就像投井的香妃姐妹，相互鼓着劲，壮着胆，来，跳下去，下面就是来生。

　　水烟壶底装的是水，从水里浮出的如烟香妃，如同水中诞生的维纳斯，咕嘟一声，是贝壳里吐出的一颗珍珠。咕嘟、咕嘟两声，是美人鱼打的一串饱嗝。咕嘟、咕嘟、咕嘟一片，像吵吵闹闹的青蛙王子。

　　这些咕嘟咕嘟，被一种力量吸引着，跃进半空中的另一个深洞。钻过了黄铜出口，进了一截橡皮回肠弯路，接着一段木孔，一只塑料嘴，一张肉嘴。

　　肉嘴里，牙、舌、颚，像挂满钟乳石的山洞。如烟香妃左飘右浮，不知又进了哪一个穴道。力气尽了，腿脚软了，忽然看见前面有光，又被后面推了一把，一头撞了出去，见一群人，正在会议室里说笑。

　　我说王块长，你着什么急，剪彩仪式得让厦长动剪子，第一口烟得让厦长先抽。

　　我说李线长，这你就不懂了，前两口烟淡，没味，就像我们搞前期工作的，搭好场子，才能请领导上台。我试抽两下，确保安全，才能请厦长。

　　厦长不耐烦了，抽口烟哪儿那么多废话，来，大家一人一口。

厦顶趴体

老杜与 80 层的 15 位业主一起受邀参加厦长举行的天台烧烤派对，据说，这是广厦太空舱的正式揭幕式。

上厦顶要先到 80 层，徒步爬一层楼梯，再走一圈旋转铁梯。

厦顶没有传说中的空中天湖，也没有直升机停机坪。那里扣着几只铁盖子，立着几个排气出口。

厦长说：

要是白天来，可以在铁盖子上摊鸡蛋，羊肉串腌好了，搁上面十分钟准熟，所以请大家晚上来坐一坐。

为什么请你们来呢？因为我的家被你们 15 个人瓜分了。算起来，我们算是室友。不，我是被赶出房子的地主，但是我心甘情愿地被你们扫地出门。

把我赶跑了，你们正好瞅瞅，广厦之顶是不是传说中的那个样子。有人说，我早晨起来爬楼练攀岩，我跟你们说实话，我那是擦玻璃窗外的鸟屎。杜导游还说，广厦的中庭瀑布发源于我的洗手盆。

老杜说，那是我随口编的。

厦长问，你们睡在 80 层有什么感受？

老杜说，静，但又能听见动静。

厦长说，什么动静？

8001 房的业主说，听见隔壁打呼噜。

8005 业主说，我也能听见，我还以为是隔壁 8006，敲他的门，他正打游戏呢。

8009 业主说，前天晚上我们仨在走廊里还遇见了，都在找打呼噜的人，到现在也不知道那呼噜是谁打的。

8001 说，那呼噜声特怪，鼻子、嘴一块使劲，一口一口嘬哈喇子，嘴里连汤带水，有时紧，有时慢。

8005 说，那打呼噜的哥们儿做梦一定内容丰富。一会儿激情戏，一会儿浪漫戏，一会儿重金属摇滚，一会儿小提琴。

几个人说着那神秘的打鼾人，忘记了厦长。老杜忙着打圆场，厦长你看，住在广厦，人都不做平地的梦。

8001 说，你们注意没有，宠物住在高层都有生理反应。我养的那只乌龟，住五层板楼的时候天天躲在厕所里，守着地漏。跟我住进广厦，它老人家会上桌子了，伸着脖子拱我的电脑盖，它是跟猫学的吗？

8026 说，我养了一缸金鱼，想让它们晒晒太阳，享享福，鸟瞰一下风景。我刚才下班回家，两条鱼在缸里正咬呢。我养的是鹦鹉金鱼，怎么变成金龙，改吃肉了？其中一条，鳞都被啃下来一块。

8005 说，你赶紧用隔板分开俩冤家，再遮块布，别放在窗户前边，太阳把鱼都晒爆了。

8026 说，我刚才在网上买的鱼药，今天晚上再不投药，怕撑不了一个礼拜就得死。

8114 说，我养的黄金蟒，进了广厦胃口涨了，一晚上吃三只小白鼠还嫌不够。在箱子里闹腾，我掰块火腿肠丢进去它居然也吃，我那蟒平时只吃活物的。

说话的都是年轻人，不懂得尊重领导。厦长在场，竟然自己聊上了。

还是老杜懂事，问厦长，你住 80 层的时候见过老鹰落在外边吧？

厦长说，能把老鹰招来，我这还不成天葬台了？

老杜不知道怎么接话，旁边的青年业主们好不容易站成一排，准备听厦长讲话。

8118业主迟到，来了又和身边的人聊了起来：

我回家换衣服，听见外边有打呼噜的声音，奇怪，这刚晚上七点就有人睡了。再一细听，那呼噜声跟噘面条似的，还磨牙、打嗝。我寻思是不是哪位邻居喝醉了，我说出去看看，有事报110。声音是从东拐角传来的，我走过去，啥也没有，墙角立着一个垃圾桶、一只灭火器。那声音又往前边去了。这回听着像是谁在哭，哭得有点瘆人。我心里一激灵，心说别闹鬼吧，抄起那只灭火器，扣着扳手，要是鬼，我就滋你。老子打《阴阳师》，什么阴鬼、阳鬼没见过。我正给自己壮胆，前面"咣当"一声。我拐过弯，到了电梯口，那声音又挪到前边去了，是垃圾桶被推倒了，才有刚才"咣当"那声响。我以为是什么熊孩子在恶作剧，嚷了一嗓子，前边谁啊，我报警了。前边那声音又变了调门，不哭了，改哼唧了，似笑非笑，嘟嘟囔囔。广厦可别住进一精神病吧。业主是怎么认证的，闹鬼吓邻居，吓得我一身冷汗，广厦得免我一年的物业费。这时候门里又出来一人，也是听到那怪声，手里攥着一棒球杆。前边那声音，改撞铁了，干得还挺带劲，自己给自己喊着号子。我们转弯一看，头发都竖起来了，不是人，不是鬼，是一头猪，是一头发情的猪，抱着垃圾桶在那来劲呢。不知是哪个业主养了一头宠物猪，估计是主人没关紧房门让它溜了出来。这几天晚上听到的呼噜就是它整出的动静。

物业主任陈妍、保卫处处长杜安山正陪着厦长点烧烤箱。本来安排业主代表与厦长共同见证历史时刻，但是一多半业主正围在8118业主身边，听呼噜之秘揭晓。

陈妍说，现在的孩子大惊小怪，您别在意。

厦长说，这群屁孩，罚他们去喂两年猪，什么臭毛病都能改过来。

陈妍说，现在生活条件好，年轻人养鸟养猪，还有养狼、养老虎的。

杜安山说，把广厦当动物园了。

厦长说，这么多小屁孩住进广厦，三天不打，上房揭瓦。带着自己的猪、蛇、乌龟王八，去广厦底层乱窜。人家还以为我们开农贸市场呢。

陈妍说，顶层业主都走广厦北侧的电梯，与底层的生活馆、中层的会展馆截然分开，避免素质低的业主有碍观瞻。

保卫处长说，我一直向厦长建议，广厦大门设门岗，查出入证。原来广厦顾客少，安保压力小。现在的压力来自广厦业主。

陈妍说，写字楼可以办出入证。生活体验馆对大众开放，进门查证，不是把财神爷拦外边了吗？

厦长说，你们还记得那阿拉伯水烟壶的长相吗？烟锅下边是一道圆盘。我本以为是为了好看，后来才明白，那是怕炭灰掉下来，脏了烟壶。保卫处就是那道防卫线。要烟好抽，味好闻，还不能让它在广厦落灰，不能让顶层那群臭小子露馅。

公关块的人把15个业主代表拉到了烧烤炉边，围成一排，公关块长说，这是别开生面的空中派对，世界上海拔最高的烧烤晚宴，举头一望，月明星稀，让我想起了古诗：不敢高声语，恐惊天上人。我们有这样的神奇体验，首先要感谢广厦厦长，正是他的高瞻远瞩，运筹帷幄，才有广厦一举震天下，一语惊天人。我们首先请厦长致辞。

厦长说，饿了，炭也烧好了，烧好了就开烤，开吃。

话音落下，业主们没有鼓掌，8001说，我怎么觉得有点头晕。

8005说，你饿晕了，白天没吃饭吧，就为了等这顿。

8009说，我刚才也觉得晃，以为是高原反应缺氧呢。

8114说，乘务员该广播了，我们的飞机遇到了气流颠簸，请各位系好安全带，卫生间停止使用。

厦长说，这是地震，我在广厦上住了五年，赶上过三次。刚才这下，我估计震中离广厦不远。地面地震两级，厦顶就是三级。

此时手机上已经有了消息，震中在河北、山西交界处，2.8级，没有人员伤亡。

公关块长说，我刚才讲的对吧，厦长一举震天下。

老杜说，咱们今天的入住仪式，把土地爷都惊动了，发来了一封贺电。

几位业主说，怪不得我家宠物举动异常，原来是地震先兆。

蜗居

直通小户型的电梯是沉默的。业主们懒得说话，越年轻就越惜字如金，话都存在手机里，偶尔蹦出一两句，还是对游戏里的同伙说的。

沉默是传染的，一层沉默压上另一层沉默，像一本书压住另一本书，一箱货压住另一箱货。51 层的烦躁压着 50 层的麻木，63 层的不知所措压着 62 层的无可奈何。默然相对，大家便各自安好。

一只蜗牛一路爬上广厦，停在 71 层歇口气。壳里有剩余的食物，像 71 层业主，冰箱里有剩菜，公积金里有余钱，与女朋友看着雨中的夜景，点两支铝皮浅蜡，开一瓶气泡果酒。趁着这点醉意，蜗牛继续向上。

72 层的父亲问蜗牛，我儿子今年能考上中央音乐学院吗？

73 层的小姐问蜗牛，挣足了 20 万，我能回老家开一家服装店吗？

74 层的链家经理与同事一起看球，你看意大利队的那谁，老成什么样了，赶上蜗牛爬了。

75 层的老太太每天去超市，衣服里不藏一件东西回家就不踏实，鸡蛋、肥皂、皮鞋，每件东西不值百元，小屋子已经摆满了。老太太看着窗外的蜗牛嘟囔着，你倒是随身带着包，就是盛不下东西。

76 层的男女，正行苟且之事，蜗牛自知不到 18 岁，闭上眼睛继续爬行。

蜗牛爬楼的速度比我们想象的快，它不舍昼夜，一天爬一层。广厦外壳营养丰富，风雨把草叶子吹到广厦的钢梁上，积攒在缝隙中，与黄土、雨水搅和在一起，生出了一丘绿苔。遇到雨水丰盛，在冰冷的玻璃幕墙外，给顽强的蜗牛搭了一座座补给站。蜗牛可能与厦顶家养的宠物一样，也被什么先兆搅浑了头脑，不知回头。

沉默的蜗牛，超过了灵巧的壁虎、善飞的燕子，超过了恐高的麻雀、认路的鸽子，那些飞禽都不会在陌生的广厦逗留。过往的候鸟，知道此地原住民有张网捕飞禽的恶习，广厦不在它们的飞行路径上。

沉默的蜗牛，是动物中的登厦冠军，让51层的宅男惊诧不已：它是不是被燕子带上来的？

沉默的蜗牛让77层独居的文艺青年惊诧不已：它是被广厦请来的小户型形象代言人吗？

蜗牛也让78层年轻的孕妇惊诧不已：它是被下面一层的业主放生的吗？

79层的快递员惊诧不已：兄弟，你往上爬，死路一条，太阳一出，雨一停，你就被晒成了壳。

80层的老杜一点不惊讶：这是一只创造吉尼斯纪录的蜗牛，它脚下广厦的幕墙上，一定留下上千具蜗牛的尸体，像木乃伊一样贴在墙上。这是一只聪明的蜗牛，选了一条阴凉的登厦路线。厦顶的雨水顺着这条路往下流淌，蜗牛渴了喝水，累了洗澡，每层外架钢梁有避风的死角，虫子的尸体足够它享用，这蜗牛下辈子有望转世成人。

第二章

"阿尔法狗"
前传

门扇学徒

1

广厦一到三层是奢侈品店，卖巧克力、珠宝、华服、美裳、五花包、千金裘、一瓶十万元法国酒。广厦的深处是写字楼电梯入口，玻璃门拦着，刷卡进出，保安盯着，衣冠不整者，谢绝入内。

为了广厦脸面，必须拒绝低素质人群，怎么拒？设岗、查证、搜身。这样一来，把高素质的顾客也赶走了，来广厦又不是坐飞机，还必须过安检？

保卫处杜处长提出，每家商户门口设一个保安，品牌大店设便衣内岗。

厦长说，对付这几个毛贼，你敢跟老子要一个加强连？老北京饭馆里养一种人叫"撂儿高的"，他不会做饭烧菜，只会认人。他站在门口，要饭的，轰走。光看热闹不吃饭的，指去地摊。遇上小流氓，塞上仨瓜俩枣，遇上大流氓，里边请，盘盘道。饭馆掌柜捧着他，一是因为他那张脸几乎就是招牌，二是因为他认得谁有钱，谁没钱。你吃不起，我不跟你费工夫，您吃得起，我绝不让您去第二家。没有十年的阅历，练不出这种眼力。好多主顾是冲着这位撂儿高的面子来店里吃饭的。你们保卫处缺的就是这种人才。

阿尔法保姆罗晓雁说，厦长、杜处长，我们可以给广厦定制新款保安，叫阿尔法门扇礼宾员，与保卫处紧密合作，并肩作战。保卫处严防低素质，我们礼遇高素质。朋友来了有我们，若是那豺狼来了，迎接他的是杜处长。

厦长说，是骡子是马，先拉出来遛遛呗！

物业主任陈妍说，我们在广厦3层金丝楠木店搞了个试点，请您二位指点一下。

2

礼宾员是两扇玻璃挡板，比机场候机楼的门闸宽一倍。见厦长过来，门闸左右分开，门柱发出女声：欢迎厦长莅临指导。

陈妍说，我们礼宾员特会看人下菜碟。我也想进门，您听它怎么说。

陈妍凑到门口，那女声说，请走左侧通道。

陈妍说，厦长您走的是贵宾通道，阿尔法门扇礼宾员记得住广厦所有领导的脸和名字，过目不忘。您走进任何一家店，都通行无阻，这是它的第一个功能，记住老大。

杜安山说，保洁员来扫地怎么办？

陈妍说，冯薇就在那边扫地呢，我叫她过来。

冯薇拿着拖把来到门前，阿尔法门扇说，工作繁忙，请半小时之后再来。

陈妍说，这是门扇礼宾员的第二个功能，分流次要顾客，不干扰主要顾客。

杜安山说，礼宾员不能只会拍马屁，不会认坏人。

陈妍说，认坏人不是有保安吗？溜须拍马的活儿就交给我们干呗！

厦长说，也对，没皮没脸、没羞没臊，倒是机器人的长处。

陈妍说，就是，一身正气，两袖清风，不接受红包，不搞权色交易，再漂亮的妹子，给它使眉眼都不管用。

杜安山说，你得让我见识见识。

陈妍冲罗晓雁一努嘴，雁妹妹，你给表演一下呗！

罗晓雁蹲到门扇边上，嗲声嗲气地说，阿尔法兄弟，我赶了好几千公里的路，来看我店里的刘燕妹妹，你行行好，放我进去吧。

那阿尔法门扇说，今日店内装修，请您改日再来。

金丝楠木店的女老板刘燕从里边迎到门口，说，厦长、处长，您看这罗晓雁女士再花言巧语，她也进不了门，因为我把她的脸，拉进了阿尔法黑名单了，应该叫"黑脸单"。谁让她上次来我店不买东西，还挑三拣四的，让我不爽。我就告诉阿尔法门扇，再见到这个女子，就说店内盘点，不许进门。谁素质低，我就把谁拉进黑脸单。

罗晓雁说，您瞅瞅，我陪厦长来视察，也不让我进，您得替我做主。

厦长说，你在外面嚷嚷不就把她喊出来了。

罗晓雁说，我再给您表演一下。刘燕，你这个小蹄子，敢跟老娘装洋蒜，看我不撕烂了你的嘴。

陈妍说，她这一嚷，这门锁得更死，自动鸣笛，杜处长手下的执勤保安就来了。

厦长鼻子里哼了一声，陈妍、罗晓雁听出来了，"哼"发的平声，意思是，试试看吧。

3

最聪明的阿尔法门扇被安在广厦入口，恭迎八方来客。

阿尔法门扇有个绝活：夸人。它一夸，每一个广厦访客都变得举止优雅、体态端庄。

有这绝活，是因为阿尔法门扇认字。咱们的衣服、包、鞋、眼镜上，到处有字、商标、二维码，阿尔法门扇认出一句话、一个字，就能够智能编排出迎宾词。

男顾客穿着一件 T 恤，后背写着英文：to be great。广厦大门入口的阿尔法门扇开门同时，蹦出一句英文，Man，you look great。

顾客拍拍门扇的脸，Boy，you are really clever。

门扇答，You are really great。

被扇门夸成这样，你进广厦还不多买几件。

老夫妇携手进厦，老太太肩上挂着一包，包上有字：三亚旅游纪念。

阿尔法门扇的两片玻璃像两片巧嘴唇，张嘴言道，踏遍万水千山，见识自不一般。

老太太问老头，这是谁说话呢？

老头说，机器人门童。

老太太说，你这是夸谁呢？

老头说，当然是夸你啊！

老太太说，我没问你。

阿尔法门扇说，走遍天涯海角，广厦风景独好。

老太太对老头说，听听，比你会聊天。

小姑娘一边发微信，一边进门。阿尔法门扇眼尖，认得微信收信人的名字是老妈。

门扇说，谁有这样的好女儿，偷着乐吧！

小姑娘戴着耳机，没有听到话。后面跟着她的老妈，门扇能认出母女、父子、兄弟、姐妹，紧接着来了一句，好年轻的妈妈，我还以为是姐俩。

这老妈回了一句，真没长眼，我妈在后边呢。

门扇找补一句，一对姐妹花，广厦是你家。

后面跟着的是姥姥，听着挺高兴，我闺女有那么显老吗？

阿尔法门扇知趣，它最多说三句话，言多必失，再多说就该说错话了。

您裤子上的商标掖在裤腰里边，没事，阿尔法认识裤子的款式，凡是网上有照片的，阿尔法门扇脑子里都记得住。

阿尔法门扇说，裤子好帅，Top Feeling。

那裤子主人的女朋友说，连机器人都认识你裤子的牌子，咋不夸我的包呢？

阿尔法门扇又说，Gucci Gucci，终身唯一。

阿尔法的门扇"惨"遭好评：

说的比唱的都好听。

我十进十出，就是为了听它的奉承话。

肚子里有学问，出口成章，比广厦门口姓杜的导游能白话，那姓杜的失业了吧？

老杜没失业，他被任命为试机员。

广厦试机员

1

老杜参加了三次测试，是为了锻炼阿尔法门扇认出貌不出众的有钱人、微服出访的领导、素颜出门的明星。

您说了，这还是门扇吗？它分明是门神。

您容我一样一样地说。

阿尔法门扇怎么能认出领导呢？

领导来访，必然有广厦的各级领导陪同。一位层长陪同的，多半是副处级巡视员。三位层长加两位块长陪同的，想必就是主管副局长。副厦长亲自陪同，并在门口等待十分钟以上的，起码是副县长。厦长亲自迎接，笑脸相迎，主动伸手握手的，自然是大领导。

阿尔法门扇既然认识所有广厦领导，必然会计算来访领导的级别。来访的领导见多了，脸记熟了，下次见到王秘书陪同着另外一位陌生人进厦，自然知道那个陌生人不是等闲之辈。

即使来人穿一件背心，头戴一顶草帽来到广厦门前，阿尔法门扇也会认人不认衣，开门迎贵客，张嘴说道，欢迎莅临指导广厦工作。

领导回头对王秘书讲，怎么搞的？不是说好了不惊动群众吗？

秘书说，您平时总下基层，机器人群众都认识您了。

2

老杜受命演了一回领导。

测试前一天，物业主任陈妍说，别把你相亲的衣服穿出来，不要名牌，不要西服领带，找双旧皮鞋。

老杜说，那还不好办！

老杜从洗衣机里没洗的衣服中挑了一件。

第二天早上，陈妍、杜安山在门口等着，见到老杜说，杜局长辛苦啊！是不是值了一夜的班？

老杜一秒入戏，没办法，市局抓的大案，眼睛都不敢眨。

陈妍说，我给杜局长找个地方休息一下吧。

老杜说，不用，抓紧谈工作。

陈妍、杜安山一左一右，陪着老杜进门。陈妍指着门扇，对老杜说，杜局长，看看我们新安的机器人门童。将来技术成熟了，守在车站、路口，再狡猾的坏人也逃不出您的手心。

老杜点点头，说，坏人的脸上可没有写着"坏人"俩字啊！

阿尔法门扇心里盘算，来人不是顶层业主杜奇峰吗？屁大一点官——"照长"，怎么被两个中层领导陪着？这杜奇峰一定是升官了，开口说话，向领导致敬，向领导学习。

陈妍对杜安山说，你看，这小子挺机灵。

3

阿尔法门扇能认出有钱人吗？

比如，身价两个亿，却只爱穿大裤衩、黑布鞋的金融大佬。套现三个亿的公司创始人，穿一身运动服，刚跑完马拉松，一身臭汗，一裤子泥，来广厦就为了吃一口二楼的牛肉面。

这种人，阿尔法门扇能认出来吗？不会把他们当低素质的人吗？

简单！阿尔法门扇认车不认人。

广厦地下一层的车库有两道阿尔法门扇，一道在车库入口，一道在停车场电梯口。

一辆斯柯达开进来，第一道阿尔法门扇说："请按指示方式停车。"斯柯达被引向普通车位，车主乘普通顾客电梯上楼。

有钱人再低调，也不会开斯柯达出门的，起码是奥迪、路虎、奔驰、宝马，好车、豪车被阿尔法门扇指向礼仪停车场。这里有真人礼宾员为您开门，地面上铺着红地毯，像机场值机的 VIP 柜台。第二道阿尔法门扇就安装在这里，见客人款款走来，张嘴说道：花径未曾缘客扫，蓬门今始为君开。

老杜参与测试之前，陈妍说，你别刮脸，别梳头，别抹头油，邋遢一点，我们就是要考验阿尔法门扇是不是认车不认人。

老杜又从洗衣机里挑了一件脏衣服，站在广厦路南的路口等着。陈妍开来一辆宝马 X5，这是跟美体店老板借的。老杜扮作一位远途旅行归来的 CEO，征尘未尽，满脸风霜，回程的路上进广厦吃一杯冰激凌。

宝马在阿尔法门扇的引导下，徐徐停靠，老杜对开门的服务生说，憋了泡尿，厕所在哪儿呢？

服务生说，您坐电梯，二层有贵宾专用厕所。

老杜走上红毯，门扇言道：踏遍青山人未老，风景这边独好。

物业主任陈妍、保卫处处长杜安山在二楼电梯口等着，试验成功。

4

阿尔法门扇除了认字、认领导、认豪车，还能认气质。

气质好的人未必开豪车，未必有块长和线长陪同，人如闲云野鹤，飘进厦里喝杯茶。素面朝天，一身布衣，也许分文不花，也许兴致所至，一掷千金。这样的高人，一个月逮着一个，就够本了。

阿尔法门扇有这本事吗？

罗晓雁带着阿尔法门扇参加过各种论坛峰会、演讲、开幕式。阿尔法门扇发现，所谓气质好、素质高，是被万众眼光捧出来的。气质出众，没有"众"，怎么"出"呢？阿尔法自己不懂什么叫气质，但阿尔法门扇能看出众人在看谁，那个被看的，八成就是气质好的。顺着人们的目光寻去，八九不离十。

群众的眼睛是雪亮的，群众的眼睛向着谁闪亮，那谁就一定非同寻常。

广厦气质最好的美女是金丝楠木店的女经理刘燕。刘燕和陈妍、罗晓雁是姐们儿，她义不容辞地充当了试机员。

第一次试验，刘燕分别穿真丝旗袍、职业装、晚礼服，试验安装在各店门口的阿尔法门扇，才走了两百米，就有三个自称电影导演的男人要加她微信。

化妆品店门口的阿尔法门扇礼宾员见到刘燕，气不长舒，出口成诗："云想衣裳花想容，春风拂厦露华浓。本店为您办理了白金卡。"

私人定制女装店门口的阿尔法门扇礼宾员见到刘燕说："若非群玉山头见，会向瑶台厦下逢。我店推出贞观版晚礼服，非您莫属。"

神户荒挽咖啡店的阿尔法门扇礼宾员对刘燕说："一枝红艳露凝香，美人如花枉断肠。本店新到埃塞俄比亚阿拉比卡咖啡豆，请进店免费品尝。"

郁金香婚纱店门口的阿尔法门扇礼宾员对刘燕说："借问汉宫谁得似，可怜飞燕倚新妆。您千万别走，我们老板上厕所了，一会儿就回来。"

当然，各店可以自行调整欢迎词。喜欢幽默的老板可以教阿尔法门扇说："小二儿精神着点儿，伺候好了，爷有赏。"

喜欢国际范儿的经理会教阿尔法说英文，My lord, You grace。

刘燕第二次试机是与老杜组合。老杜面色黧黑，脸上挂着肉，适合演反面角色，身边站一位倾层倾厦的美女，有鲜花牛粪之嫌。这就是要考验阿尔法门扇能否见怪不怪。

刘燕挽着老杜的胳膊，忍不住乐。老杜说，别笑场啊，我好不容易演一回男一号。

化妆品店门口，老杜对刘燕说，女人最好的妆容是爱情。刘燕说，最好的减肥方法是失恋。

见两人携手走来，化妆店门口的阿尔法门扇礼宾员一阵紧张，两只门扇像挨冻的两排门牙，嘚嘚打战，欢迎词的腔调走了音："名花花花倾倾国两两两相欢，常得得得君王王王带笑笑看。里里边请。"

私人定制女装店门口的阿尔法门扇礼宾员像看到爱情电影的结尾，没醒过神，门也不开，老杜耳朵凑上去听了半天，才听懂："解×× 风无 × 恨，广厦 × 北倚栏杆。本店 ××××××。"

刘燕学上海话说，瓦塌了。老杜说，说都不会话了。

两人继续走向咖啡店，店门口的阿尔法门扇礼宾员像是偷喝了爱尔兰咖啡里的烈酒，一脸通红，把那句该说的唐诗谱成了歌："一枝——红——艳——露——凝——香，美——人——如——花——枉——断——肠，美—人—如—花—枉—断—肠。"

刘燕说，机器人都累出毛病了，这可不是我的错。老杜说，都是月亮惹的祸，只怪你今夜太美、太温柔。

刘燕说，就剩最后一家婚纱店了，咱赶紧吧。机器人要是累坏了，咱俩赔不起。求求你，说句人话吧！

郁金香婚纱店门口的阿尔法门扇礼宾员，张嘴结舌，把诗念得颠三倒四："宫汉问借谁得似，飞燕倚新可怜状。"

罗晓雁搞不明白，这阿尔法门扇是被奇异组合整晕了，还是阿尔法门扇爱上了刘燕？

大家看不懂机器，但大家都看得出来，老杜爱上了刘燕。

阿尔法门扇被拆

1

国土局的王处长是广厦的常客，每次来都有属下簇拥，副厦长到门口迎接。王处长曾经拍过阿尔法门扇的脑袋："小鬼，不要光会耍嘴皮子，要学几手真本事。"

今天阿尔法门扇又认出老领导被几个人围着，向自己走来。尽管没看见广厦领导在门口欢迎，阿尔法门扇还是张嘴说道："欢迎王处长来广厦视察。"

王处长低着头，一言不发，被左右的人架着胳膊，像受了伤。阿尔法门扇又说："王处长辛苦了，王处长慢走。"

没人理睬阿尔法门扇，径直进门，进电梯上三楼，到了"楠山南"门口。店门口的阿尔法门扇说："欢迎王处长光临本店。花径未曾缘客扫，蓬门今始为君开。"门扇张开怀抱，眼中放出一道红光，地面铺了一条光影红地毯。

王处长没吱声。身边的人问，是这家吗？王处长点点头。身边的人又说，熟客啊，连机器人都认识你。

一左一右，两个人陪着王处长进店。后面几个人被阿尔法门扇拦下，红色光影地毯也收了神通。阿尔法门扇说："今天本店有重要活动，请改天光临。"

这是阿尔法门扇启动"要客接待机制"。王处长是大买主，一年前买过一次家具，600万元，还跟刘燕撂过话，要为老母亲定制金丝楠木骨灰盒、香案和灵位。按阿尔法门扇脑子里的排序，王处长是四星级要客，要按照专场处理。没想到，刘燕跑出门，把阿尔法门扇撑开，这门扇不情不愿，一左一右往中间拱，把刘燕的腿挤出了一道深痕。

刘燕回手按了一个开关，嘴里说，别闹，让叔叔进来。

门外的叔叔说，你这机器人，比看家狗都好使。

刘燕摸摸门扇的脑袋，说，乖，给叔叔道歉。

阿尔法门扇说，我狗眼看人低，您大人不记小人过。

这是门扇的自动道歉机制，万一拦错了人，就主动赔不是，人家一乐，气也就消了。

那叔叔说，这小家伙，待会儿我们带走，也算是个证物，证明王建强曾多次来你店里消费。

这群叔叔原来是纪检干部，一年以来秘密调查王建强的贪腐行为，今天突然来广厦，是为现场指认他在楠木店的大额消费。纪检干部从来不光顾广厦，被阿尔法门扇当成了普通顾客挡在门外。

这下好了，阿尔法门扇被抓进了纪委，把肚子里储存的嘉宾、要客名字，竹筒倒豆子，一个不落地全抖搂出来了。机器毕竟是机器，不是行为主体，拍几句马屁也是人教的，不算违纪，没几天就放出来了。临出纪委大门，一位叔叔拍着它脑门说，学点真本事，饱食终日，无所用心，难矣哉！不有博弈者乎？为之，犹贤乎已。

接阿尔法门扇的罗晓雁和保卫处处长杜安山都听到了这句话。杜安山说，您说得太对了。罗晓雁说，谢谢您的指教。

上了车，罗晓雁问杜处长，刚才纪委干部说的那句话是什么意思？

杜安山说，你真不知道？

罗晓雁说，杜处长指点。

杜安山说，那是《论语》上的话，孔子训一个懒学生，那学生叫什么名字忘了，天天吃饱了撑的四处惹祸，孔老先生说，你还不如学下围棋呢。

罗晓雁说，杜处长真有学问，让阿尔法拜您为师吧，您下棋一定不错。

杜安山说，还是你自己先教这东西怎么做人吧！

2

地下车库的阿尔法门扇本来被评为人工智能优秀班组。门扇 001 在两公里外放哨，发现目标，向厦里的扇兄扇弟通报，英菲尼迪 2000 一辆，从厦前街右拐，正驶向地下车库。

车库门口的门扇 002 放下一道杆，门扇上闪出字：库内车位调度，请稍候。拦下什么哈弗、捷达，腾出一条专用车道，让英菲尼迪优先驶入。

车库拐角的门扇 003 把英菲尼迪引向贵客泊车区。豪车停在离电梯最近的车位。车门一开，一双阿玛尼皮鞋踩上红毯，碾了两脚，说，抠门，化纤地毯，擦鞋底都不够格。

这气势连真人保安都被吓得不敢言语。好在人工智能门扇不知道害怕，也不知道害臊，开口说道，您吉祥，奴才给您请安了。

那阿玛尼说，活人都死哪儿去了？！

人工智能门扇除了认车，还能认名牌，它认出这双阿玛尼是新款高跟鞋，意大利原产，它还认出来，阿玛尼来过广厦三次。门扇开口说，小主走好。

阿玛尼喝道，闭住你这张臭嘴！

阿玛尼上楼，径直到了楠山南金丝楠木店，店门口的阿尔法门扇显示，店内整修。

阿玛尼骂道，你想躲哪儿去？关着门，说明心里有鬼。惹急了我，把你的店点了，把衣柜劈了当柴烧。刘燕你给我出来！一堆破木头，敢让我老公掏 500 万，是木头钱，还是你的肉钱？

保安听得明白，这阿玛尼婆子是在撒泼耍横。刘燕把她拉进了黑脸单，让门扇挡驾。阿尔法门扇虽说是美国 MIT 出身，却不明事理。

看见婆子周围聚了一大堆人，有人拍照，有人哄笑，按人工智能逻辑，被人关注的人，必定是气质好的人。这婆子被阿尔法门扇当成了明星，脑袋一热，自作聪明，门扇豁地张开，射出红光，打出光影地毯，玻璃上闪出字，欢迎光顾，您是本店白金客户。

阿玛尼婆子说，敲门不开，骂门开。现在拍我马屁了，我还不吃你这套。

刘燕出门，不抬眼看阿玛尼婆子，猛拍阿尔法门扇的脑门，你瞎啊！没认出她就是那个秃顶大叔的小三吗？那秃顶大叔没告诉你，见到她这样的，大嘴巴子直接抽。她这样的叫白金客户，白瞎了你的狗眼。

3

这阿尔法门扇成了惹祸的 trouble maker。不等厦长发话，罗晓雁和陈妍就决定，拆。

陈妍原本计划半夜两点拆机，不想让厦里的人看笑话。

罗晓雁不同意，劝陈妍说，这是多好的人生经历，让阿尔法门童尝尝人间的世态炎凉，听听叔叔阿姨的冷嘲热讽。小时候不挨骂，长大了就没出息。我们就是让阿尔法明白，要听夸，先听骂。要听捧，先挨打。人艰不拆，这是对他进行的挫折教育。

陈妍脸一沉，搓搓手，说，对，这点罪都受不了，以后怎么在广厦混！明天咱俩穿得漂漂亮亮的，早晨九点上班时间开干。

罗晓雁说，正好锻炼一下阿尔法狗的语言识别能力。让他能听明白什么叫风凉话，什么叫刻薄话，不识好赖话，怎么混广厦！

陈妍说，你刚才说的是好话？还是坏话？

罗晓雁说，悄悄话。

4

线长老王上班来了。老王人不过50，头发全白，下巴颏儿留着一撮胡子。他看见门口拆门扇，便蹲下来，摸着门扇的脸蛋说，陈主任葫芦里卖的什么药，我现在都没看出来，一个机器人能看出来，我名字倒着写。

陈妍说，王线长，王字倒着写，还是王吧？

那阿尔法门扇突然开口说，王吧。

这门扇可不知轻读重读，"吧"字发音不准，听着分明是"王八"。

罗晓雁忙着解释，他要拜您为师，他管您叫王爸。

老王说，不是我造的，我不当他爸，辈分也不对啊，我得叫他孙子，你这孙子。

阿尔法门扇，又跟着念道，孙子、孙子。

卢线长进门，看见拆门扇，对陈妍说，可惜了可惜了，我们缺块展板，您这块门扇做个灯箱，大小正合适，别浪费了。

陈妍拍了拍阿尔法门扇的脑门，跟卢叔叔走，你愿意去吗？

阿尔法门扇抬头说道，我去。

卢线长没听清，你再说一遍，阿尔法门扇拉长了音，把"去"字念得余音绕梁，三日不绝：我去。

卢线长说，这孩子应该上学读书。

邢块长进门，左手握着咖啡，右手拎着公文包。脚踢了踢门扇，今天怎么哑了，不给我开门。

陈妍说，我给邢块长拿着咖啡，您得从外面推一下，

邢块长说，不好意思，让陈主任、罗工程师当门童，这门扇也太不尽职了。

邢块长用咖啡杯底磕了磕门扇说，嘴上没毛，办事不牢。

阿尔法门扇开口说，我靠。

邢块长说，你说啥呢？我没听清楚。

阿尔法门扇吐字清晰、重音既不在我，也不在靠，一口播音腔，我靠、我靠、我靠。

罗晓雁说，这是在给您让路，它说往两边靠靠，您先过。

十年后，罗晓雁写阿尔法回忆录的时候，描写过此时的心情。

它被拆除的那一天，工人们刀斧相向，改锥、扳手在阿尔法身上戳来戳去，手套没洗干净，在门扇光洁的表面，留下油腻。那门扇的缝隙里，还有痰迹、烟灰、口香糖和纸屑。

我心疼，如同看着自己的亲生儿子被遗弃在街头，被恶棍戏耍，被小偷摸走最后一点值钱的东西。几个人贩子为了抢夺这个孩子，竟打了起来。

这十恶不赦的坏人来到孩子面前，孩子对他说，欢迎光临。我心里是多么难受，像针扎一样地难受。

一脸横肉的王线长说，机器人要是能看出陈主任葫芦里卖的什么药，我名字倒着写。

陈妍答，王字倒着写还是王吧。

就在这一刻，小阿尔法两眼发亮，像是阿基米德泡进浴池，看到水涨没胸，明白了水的体积等于水的重量，激动地跳出浴池，向着陌生人大喊，尤里卡！我找到了！

阿尔法在那一刻也明白了，王吧的发音等于王八。王吧，王吧，那

是陈妍的反击。阿尔法跟着说道：王吧。

人类的婴儿叫出的第一声是妈妈、爸爸，人工智能语言系统叫出的第一个词是王八。

阿尔法狗紧接着对拿咖啡进门的邢块长说，我靠。

对卢线长说，我去。他每说一句，我心里都有一阵悸动。这说明阿尔法狗听懂了对方的敌意，运用储存的词汇还击。

科学进步，既依靠枯燥的实验，也依靠鬼使神差的偶然。被拆除的那一刻，阿尔法狗身上的哪根筋被工人的改锥激活了，被对话语境点燃了，它会骂人了。

第三章

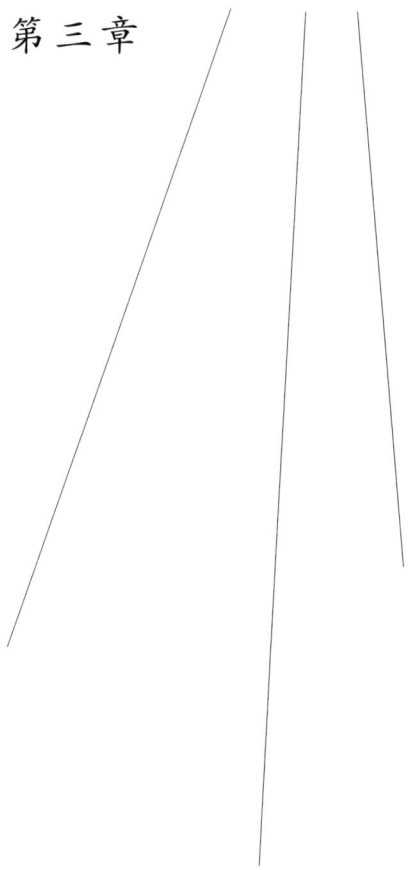

玉厦横陈

夜游广厦

凌晨两点，广厦像一只太空飞船，飘在太初之夜，太阳不知睡在哪里，繁星还没有出生，只有一个硕大的月亮悬在广厦正南，黄灿灿的，像个蛋黄酥，拿个勺子，挖走一块，入口即化。

广厦四门紧闭，零散的照明灯、应急出口提示灯、忘关的电脑，蓝莹莹地闪着寒星。

陈妍迎面撞见刘燕，陈妍说，我以为撞见女鬼了，吓得我美瞳都掉了。

刘燕说，妍姐，我盯了你半天，犹豫打不打招呼，怕你半夜私会，搅了你的好事。可又怕你寻短见，这才跟着你。

陈妍说，人怕人，鬼怕鬼，都快成聊斋了。这厦里要是来个男的，非得以为是倩女幽魂呢。妹子你大半夜为什么不回家？

刘燕说，失恋，不想回家，在店里打游戏。等想回家了，电梯停了，大门锁了，索性在店里楠木大床上睡了一觉，活生生被这月亮照醒了。妍姐你干吗不回家？

陈妍说，加班。

刘燕说，女人加夜班，男人都干吗去了？

陈妍说，男人从来不顶用，我和燕妹谁不是女汉子？

刘燕说，我就烦人叫我女汉子，那不是骂本姑娘吗？

正说着，罗晓雁从楼梯间闪了出来，围着披肩，说，老爷我来了，你们俩一个正房，一个二房，今晚谁跟我走啊？

刘燕说，呸，什么正房、二房，老娘自己就是正房，广厦再大也是偏房。高兴了，让这厦陪我睡一觉；不高兴了，一边凉快去。

罗晓雁说，我就喜欢燕妹这股女流氓劲，今天晚上咱们三个女土匪，占厦为王。陈主任，你下山抢个书生，一个不够，得三个。

陈妍说，现在哪有什么书生？就有几个小白脸，管你叫姨。他罗姨，大半夜的，你不会在广厦里熬夜搞科研吧？

罗晓雁说，搞科研，科研是谁？姓柯名言，还是复姓科研？

陈妍说，雁儿身上一定带着酒呢，我闻着像威士忌，一个人偷偷喝，不仗义。

刘燕说，不对，这是灰雁伏特加，法国人做的伏特加。

罗晓雁说，我燕妹妹鼻子好使，我一人喝了大半瓶，没劲，刚想举杯邀明月，没想到碰见你们俩。

陈妍说，咱们三艳逗明月吧。

刘燕说，让月亮给咱仨当电灯泡。

罗晓雁说，这么爱岗敬业的女干部，值班时间喝大酒，不怕我和刘燕投诉你吗？

陈妍说，老娘牺牲休息时间来广厦筹划工作，没跟广厦要一分钱加班费。

罗晓雁说，深更半夜，广厦又不是夜店，你在广厦筹划工作？呸，快招，跟你约会的男人躲哪去了？抓他来，炖了下酒。

陈妍说，有点出息没有，没男人你就没法活吗？

刘燕说，我妍姐是来约女人的，看上雁姐了吧？我可不给你们当电灯泡。

罗晓雁说，陈妍，你说实话，你是不是暗恋我好多年了？不说实话，你把这瓶灰雁伏特加全干了。

陈妍说，罗晓雁，把你藏的酒全拿出来，我让你们俩开开眼，看老娘怎么把酒临风，夜游广厦。

罗晓雁说，没劲，半天不说实话。

陈妍说，你把酒拿来，我带你们俩狐狸精，在广厦巡游，边游边讲。

罗晓雁说，燕妹，你作证，她要是说话不算数，咱俩把她衣服扒了。看她这身制服，要多难看有多难看，扒了她，罚她在广厦里裸奔。

陈妍说，裸就裸，当年谁洗澡时不敢正面对我，怕我说她胸小。

刘燕说，好香艳呀，两位姐姐。我今天来当裁判，月亮在上，我保证公正。

罗晓雁说，一言为定，我去拿酒。

罗晓雁推来一辆送餐车，上面放着冰桶，三只酒杯，三瓶灰雁伏特加，三瓶红葡萄酒，三瓶白葡萄酒，三大桶矿泉水，三小碟点心。她把高跟鞋脱了，赤脚穿一件吊带裙，裙摆垂垂，款款走来，像服装店里的女模特，被月亮的魅咒唤醒，要在广厦抓走一个情敌。

罗晓雁说，妍主任，您看这酒够吗？

陈妍说，喝着看吧，不够，我把四层设拉子酒庄的门撬开，顺它几瓶出来。

刘燕说，咱出发，醉游广厦。

陈妍说，咱们学罗晓雁，把鞋脱了，袜子也脱了。

刘燕说，楼里监控把咱仨拍下来，艳照门。

陈妍说，我去保安室把录像删了，你脱光了都不怕。

刘燕说，那还有保安小哥盯录像呢，那个保卫处处长老找咱们的茬。走廊的灯也亮着，对面的楼里保不齐有神经病，正拿着望远镜瞄咱们呢。

陈妍掏出电话，拨了一个号，喂，小李，试验开始，我在第三层，你拉闸，一、二、三层断电。

陈妍斟上酒，说，咱仨有缘，凌晨三点在广厦里黑灯酒会。

话音没落，灯全灭了。广厦像一只玻璃鱼缸，原先的光亮是缸中的水，有人拔了下水孔，灯一片片灭掉，像水一节一节退去，剩下三只人鱼，立在空空如也的玻璃罩里。没了水，人鱼不但不惊慌，反倒兴奋地大叫。原来，厦外淡黄色的月光，瞬间把空间充满，三只人鱼从冰冷的鱼缸跃进了琥珀之杯。

陈妍说，下周是世界节能日，广厦要学习悉尼歌剧院、北京鸟巢，停电一分钟。停电可有大讲究，停不好，重新启动，比那一分钟停电还费电。我今天带着电工班来做试验，一层一层地停，停到了第三层，想一个人体会一下，待在黑厦里是什么感觉，把电工全赶到地下一层配电室去了。没想到碰见你们俩，一个犯病，一个闹酒，害得我半夜三点都没个清闲。

罗晓雁说，你索性把全厦的电断了，断到早晨五点，咱们仨踏踏实实地赏月。广厦开着灯，晃眼。月圆之夜，咱仨广厦包场。

刘燕说，没劲没劲，我妍姐真是来加班的，我还等着你们俩赌出个胜负，看谁裸奔呢。

陈妍说，罗晓雁输了，她该裸奔。电工没我命令不合闸，黑灯瞎火，监控拍不到你，外边的人瞅不见你，就我们俩，你怕谁看啊？

罗晓雁说，你不拉电闸，我也敢裸。

说着，撂下酒杯，把衣服解了，立在窗前，冲着硕大的月亮说，看我这月亮兄弟多实诚，自生出来就没穿过衣裳，姐今天陪你。

刘燕说，哇，我雁姐这是显摆身材呢，以为谁不敢裸吗？

刘燕也把裙子褪了，说，当年在学校艺术团练芭蕾，臭小子扒墙根偷看，我出去骂了他一句，那小子牙磕窗台上，啃了一口洋灰。今天姑娘我让这月亮开开眼，看它有啥反应。

两人立在窗前，罗晓雁端起酒杯，嘴里不停酒，也不停话，冲着陈妍说，那谁，坐着干吗呢，不是要跟我比吗？咋还害臊呢？十几了，小妍姑娘，是不是你妈管得严啊？

陈妍说，女流氓撒泼，我不镇住你们，你们指不定去哪儿作孽呢。

陈妍脱了制服，在窗前立住，深吸了一口气。

罗晓雁说，呦，干吗呀，你这是练太极呀，还是木兰扇呢？

陈妍不答话，左脚立住，右腿高抬，后背像绷紧的弓背，右手向后伸去，拉住右脚脚尖，背、臀、腿弯成一道弧线。在手机的取景框里，窗外的月亮正好躺在她的弧弯里，打个滚也掉不下去。陈妍的手臂像是弓弦，松开手，弧散了，倒怕那月亮摔碎了。

陈妍做完一个动作，离开窗户，走到十步外的天目山茶店门口，把店门口的布艺幌子扯下，铺在地上，成了一块瑜伽毯。

陈妍跪坐，身子上挺，双臂举过头顶，向后伸去，背脊像是跨河而过的拱桥，月光之河，穿桥而过。陈妍起身，气不长出，两眼放光，像一只昼伏夜出的猫，柔软的关节，柔软的脚掌，又走开十步，到了唐锦阁的门口。陈妍轻车熟路，从门口的消防柜下摸出钥匙，开门掏出一只丝绵坐垫，盘腿坐稳。右腿慢慢地伸直，被双手拔过头顶，月亮夹在腿和躯干之间，像是被挤爆的蛋黄。

刘燕说，妍姐好厉害！我一不练舞，腰都硬了，下不去了。

陈妍说，硬，那就掰呗，慢慢掰。你看这广厦硬不硬，我都能把它掰弯了。

罗晓雁说，听出来了吧，你妍姐，不到满月，露不出这女人狼的原形。

刘燕说，我来耍耍。学校里排过《红色娘子军》，练过那个动作，单脚立，后腿翘，手捧花篮。我把花篮改成月亮捧手里，两位姐姐，帮我找个位置拍照。

广厦的三层是落地大窗，楼面宽阔，正好是一片硕大的舞台。窗外的月亮老老实实地挂在天幕上，女主人公可以任意搭配与月亮的角度。刘燕立在窗前，月亮正好抱个满怀。刘燕离窗10步，跳到陶艺馆的门前，月亮变成手尖上转动的篮球。刘燕再退20步，扶着文身工作室的门把手，月亮就像她后脚踢起的气球。刘燕跳到对面窗前，摆了一个舞姿，陈妍、罗晓雁好不容易找到拍摄角度，月亮又像刘燕嘴里吐出的口香糖泡泡。

罗晓雁说，轮到我耍了。

陈妍和刘燕陪着她跑回临月的南窗前，罗晓雁纵身一跳，双手抓住窗上的钢梁，双腿悬空，像一个倒钩射门的足球前锋，月亮从她的脚尖射向黑黑的地平线。罗晓雁快跑10步，在克什米尔羊绒店门前停住，猫下腰，像是个运球过人的篮球中卫。刘燕在她的身前平躺，用手机找准角度。月亮弹离地面，在罗晓雁的胯下，等着她起手投篮。罗晓雁原地打了个滚，滚到20步远的美体店门口，她推来的盛酒送餐车，正停在那里。她倒了半杯伏特加，又倒进红葡萄酒、白葡萄酒，伸进手指搅了搅，说，美国堪萨斯的农民爱这么喝酒，还要磕进一只生鸡蛋，来，把月亮磕进去，正合适。

耍累了，三个女人躺在美体店外的沙发上，玉体横陈，刘燕抱着腿，抽泣了起来。

月亮听见三个女人的倾诉。女人讲完了，月亮没有一丝动容。

杜奇峰也叫"肚脐疯"

老杜自从与刘燕一起试验阿尔法门扇礼宾员，就害了单相思，下雨天，病得更重。

老杜举着一把硕大的黑色布伞，三重布檐。雨点在伞面上抓、挠、点、弹，雨点还会做慢动作，在伞面上表演粉身碎骨。你再仔细看，原来是伞面上印了水滴迸溅的图案，还画了几道水痕，从伞头一直流淌到伞檐。

老杜暗想，欣赏这把伞的最好的地方在广厦三层东南金丝楠木店"楠山南"，刘燕的视线随着雨点垂直向下，他的黑伞不就是汉宫铜人头上的承露盘？老杜自己正是承露仙人，参天化地，经风沥雨，好不厉害。

老杜心想，如果我是民国诗人，面对此情此景，应该欣然命笔：

> 伊底心思是云藏不住底，
> 我在雨巷中流连，
> 手中底油纸伞是伊底雨塚。
>
> 伊底密语只分黑白，
> 像一盘无始无终底棋。
> 我收起伞，

殉了伊底秘密。

我在南山落下一子三三。
伊在北海独守天元。

广厦不需要导游了，不需要办照了，租户们的工作计划自己足够应付。老杜干完试机员，继续干策划。老杜名叫杜奇峰，同事叫他杜棋疯（肚脐疯）。

老杜搞策划有两样法宝，一是抽烟，二是围棋。

案例一：

身披战甲的关公，一边刮骨疗毒，一边下棋，落子如飞，胳膊包扎完了，关老爷的棋也下完了。

华佗一挑拇指："关将军真神人也，华某佩服、佩服。"

关老爷说："你用的是 ×× 牌止痛神浆吧？真神药。"

关老爷与华佗齐声说："×× 神浆、神力、神将军。"

案例二：

一个俄罗斯大力士，颈围过尺，腿围过米，一声大吼，把一架波音747飞机举过头顶。

伊把目光从围棋盘上移开，喝了口茶，然后捏起一颗黑子，大力士和飞机都在这颗棋子上。

伊，女工程师，在围棋盘触屏上一点，那架飞机就已经到了机库。

俄罗斯大力士向伊一拱手："这是什么东西？竟然比我力大。"

伊回头一指"红翔起重机举重若轻，梦想翱翔"。

案例三：

伊，生活在江南水乡，每天早晨在桥下刷马桶，马桶很沉，那是一家四口人一夜的产量。伊面带不堪，来到河边，河边的茶馆里有两个老人正在下围棋。

一个老人高声叫道："臭！"

伊满脸羞愧。

下棋的另一位老者回应道："下臭棋不可怕，可怕的是家里不安 ×× 牌马桶。"

画面一切，伊换上睡袍，头发散在肩头，一道晶莹的光划过着马桶的搪瓷外延。伊对着镜头抿嘴一笑："×× 牌马桶，这才是一步好棋。"

镜头切回河边棋盘，两位老者颔头微笑。

伊人金丝楠

1

广厦三楼电梯口，坐落着金丝楠木家具店"楠山南"。老杜心中的"伊"就是店中端坐的刘燕。

店老板据说是东南亚某国政要当年访华一夜风流留下的私生子。有人翻出那政要的照片，网上扒出老板的模样，两相对照："头发剪短点儿，是不是有点儿像？"谁也没有见过老板真人，只见过店里的刘燕。

刘燕坐在电脑前，屏幕的微蓝之光印在脸上，估计正写《宁国府秦可卿金丝楠木棺的考古分析》吧。家具上没有说明文字，连个价签都没有，唯一的文字是"请勿触摸"。

看见金丝楠木做的木榻，你不禁会想：秦可卿和她公公是睡在这样的床上吗？金丝楠木手串，颗颗饱满像含有真牛黄的牛黄解毒丸，专治没钱人的羡慕嫉妒恨。患者吞服一颗，便像有钱人一样，心如止水、面似温玉。

店门入口木桌上放着几件小器，笔筒、笔架，还有一副围棋棋盘和两个棋盒。

没有这家楠木店，老杜与保卫处杜处长也不会相识。

那年大年初七也是情人节，处长值班，老杜另有打算，两人同时开车进了广厦地下停车库，车停在前后脚，老杜从后备厢捧出一把玫瑰花。

"哟，过年好。"

"情人节见面，有缘。"

"花是要送人，还是人刚送的？"处长问。

"有个情人节促销活动。您这是来会女朋友？"

"我们命苦，值班，怕哪个小伙子点蜡求爱，放孔明灯，把广厦点着了。"

两个男人顺路一起坐电梯进广厦。

处长每遇佳节必值班，老杜是为给刘燕送花。那年是金丝楠木店进驻广厦的第二个年头，老杜主动提出"鹊桥对弈"的策划案，内容是：

瑶族装束的牛郎，三天前就在广厦一带游荡，手里托着一个金丝楠木做的袖珍棋盘，逢人便问：你会解玲珑棋局吗？

人答：你读金庸《天龙八部》中毒了吧？

牛郎答：不是，这是织女姑娘托梦于我的棋局，读懂它，就知道她今年情人节降落凡间的地址。

人问：牛郎织女不是七月初七相会吗？怎么改过洋节2月14日了？

牛郎答：每年一见，难解相思之苦，织女买通天廷边防，今年准备来凡间见我。

聪明人告知：广厦有家楠木家具店，看你手中这楠木棋盘，与它家似乎有些渊源，你不妨前去一问。

牛郎带着棋盘寻到楠木店，刘燕看到牛郎手中的玲珑棋局，眉心一拧，一托二渡，三立四团，五打六提，七弃八紧，九劫十定，棋盘上竟显示了一个心形。

刘燕对牛郎道：想那织女一定来此地找你，小伙子，你就在这里等着吧。

一身汉服的织女，坐城铁从昌平天通苑换乘 13 号线、28 号线、3D 城铁来到 DBC，一路上一言不发，从地铁 A 出口出，步行三百米，在众记者、网红的簇拥下款款走到楠山南，与久候的牛郎相会，几把椅子、一个条案搭成楠木鹊桥。

按老杜的策划，楠山南点燃红烛，牛郎、织女对弈一盘，没错，神眷仙侣哪会像凡间男女？

众记者、网红低头发微博、朋友圈，老杜手捧玫瑰正准备送给刘燕。处长从后面拍了拍老杜肩膀："兄弟，你这是求婚？还是求爱？"

老杜说，促销活动，当个群众演员。

处长说，兄弟，建议你真求，不然的话，你这属于群众集会，没有报批呀！

老杜说，求爱不用报批？

处长说，按说也要备案，但是我给兄弟破个例，刚才下车时候你不是和我提了一句吗？

老杜说，那我假戏真唱了。

处长说，别，真戏真唱。

这单活，东家不满意，嫌老杜夹杂私货。老杜无所谓，没追求上金丝楠木美女，倒认识了保卫处长。

3

处长夸老杜：真能导戏啊。

老杜：混口饭吃。

处长：原来当过导演吧？

老杜：瞎混。干过编剧。

老杜最早写电影剧本，给第七代大导演看过。大导演说，语言还行，就是人物立不住。

老杜心里说，大导演就是操蛋，怎么说怎么有理，他拍的电影，主人公都是瘸腿歪脚，还说我写的人物立不住。

老杜胸中的恶气一年后才撒出去。

大导演去大学讲课，老杜去大学找人，赶上了，挤在后排听了半场。大导演讲完，与台下听众互动，老杜抢了话筒，狠狠挤对了一番大导演，台下观众高声喝彩。现场娱乐记者把镜头转向他，老杜一声断喝："中国电影就毁在你们这些败家子儿手里了。"话筒一丢，转身离场。

一位小导演找到老杜，夸他骂得解气。这也是一个被电影伤了心的艺术青年，现在正拍死灰复燃的"情景喜剧"，讲19世纪60年代普鲁士报馆的事情。老杜和一群年轻人给他写了四十集，不管电影还是喜剧，编剧永远有苦楚，跟导演聊得挺欢，写完了，拿给导演一看，哪儿也不对，打回重写。

老杜写不了喜剧，喜剧那么高级，有几个编剧能写好？老杜转投烂片剧组，写古装剧。

4

老杜写过《雍正擒虎》，上面有总编剧，理出八十集人物关系，扣儿结在何处？哪集解扣？哪集死人？老杜分到四五集，回去添场景，添台词。

老杜见识了总编剧的功夫。

演和珅的大腕儿演员闹着涨片酬，要价太狠。制片人找到总编剧，"把他后面的戏全给我删了"。

总编剧嘬了几下牙花子："和珅要是死了，后面的戏怎么接啊？"

制片人说，和珅的片酬分您三分之一，务必把他写死。还不能明写，问斩、上吊、抽风，都不行，和珅如果知道剧组算计他，现在罢演，损失更大。

老杜已经写完了后面的故事：和珅娶大鼓妞做妾，学英文，给英国女王寄了一张自画像。总编剧找老杜商量，怎么让和珅消失二十集？老杜说，让纪委把他带走呗！

总编剧"嗯"了一声，吩咐老杜把前五十集的故事再捋一下，没找到什么缝子。总编剧又让把前五集喝水、吃饭的镜头集在一起给他看，也没啥机会。总编剧再让把拍坏的镜头、笑场镜头也拿来。

其中有一段，和珅初尝咖啡。原剧情是，洋使者进贡咖啡，和珅尝了一口被苦着了，吐进痰盂。

有一条，和珅忘词，含着咖啡，愣了一下，咽了。和珅说，焦糖玛奇朵，星巴克都开到我和府来了。周围人都乐了，洋使者说，我给您办张卡，四折。

总编剧对制片人说，这么着，用这条，和大人喝了这口咖啡，过敏，诱发肝病，后二十集，一直在府里躺着。

制片人说，嗯，上一集拍过和大人躺在床上装病，镜头还能用。

老杜便按这条路子重写，稿酬另算。邪性的是，后二十集反倒更好看了。朝臣猜疑，皇上拿洋使者问罪，刘罗锅献出祖传药方给和大人治病，北京城开了悠悠华夏第一家咖啡馆，被老字号茶庄围攻，刘罗锅也好上了这洋口味，在家里用磨盘磨咖啡豆。

一天，趁着总编剧喝酒高兴，老杜请教，为什么一句说错的台词，竟然能带来如此神奇的变化？

总编剧说，只要情境正确，就没有什么是错误的。

老杜点头，似懂非懂。话就点到这儿，再往后面就是祖师爷的秘传，不可轻易泄露。

总编剧在古装戏里总写围棋。皇上一边下棋，一边问计首辅大臣。太子下棋，和妃子消磨冬夜。谋士一边下棋，一边向可汗借兵。从黑白棋局中，武将看出杀机，道士预知未来。

他以为总编剧是个围棋高手，总编剧却说，我哪儿会下？这都是唬人的。小伙子，唬中国文化人，有四大法宝，琴、棋、书、画，一白话这四样，全晕。

老杜说，参禅拜佛是不是也行？

总编剧说，参禅拜佛容易露馅，你这么参，他那么拜，话头不对，两人能干起仗来。琴、棋、书、画不一样，怎么说怎么通，怎么讲怎么对，好像一个足球场，四周全是球门，闭着眼瞎踢，准能进！哈哈。

与总编剧共事容易产生挫败感。老杜写了二十集古装戏，不挣钱，改写企业宣传片、古镇掌故、开发区介绍。他越发觉得总编剧说得对，琴、棋、书、画，适用于任何一个企业、任何一个古镇、任何一个开发区。聊几句诗词，露两手棋、琴，别人立刻高看你一眼。言谈话语中说一两句"敌之要点即我之要点""布局、复盘、收官"，对方的眼睛里都立即流露出点点星光，你就是他们要找的高人。

保卫处长杜安山

1

十年前的夏天，处长来到广厦。

当时广厦尘土飞扬，四周挖了七八个大坑，大坑里套着小坑，坑里是吊车，坑边是工棚。大小坑之间隔了几纵几横的马路，这一带还叫着县城的老名字：棋盘街。

马路还没有拓宽，路边种着高大的杨树，20 世纪 50 年代县城新建时种下的。树有七八层楼高，憋了一肚子的话要讲，可惜，嘴、毛孔、眼睛、鼻孔都被尘土糊住了，下过一场雨，浑身刚清爽一些，尘土又飞了过来，搅和成了泥。

大坑的东面残存着老县城的几座矮楼，也和大杨树一样被尘土蒙住了窗户。土钻进门、钻进窗户，躺在人家的枕头上。猫钻到床底下不愿意出来，狗戴上口罩也不愿意出门。

25 楼的王大爷、38 楼的陈奶奶，带头讨要洗理费。找谁要呢？当然是广厦。你看它那么利落，那么干净，连根多余的汗毛都没有。每年洗楼就花个二三百万，还在乎给你们每家每月 50 块钱的洗理费嘛？！

王大爷与陈奶奶，轮流带着二十多名老人，每天上午九点到广厦门口坐着，对，不叫静坐，不叫示威，就叫坐着，晒太阳。有个老爷子带了地书水笔，在广厦门口的地上练字，笔蘸的不是水，是猪血。

这一桶猪血是从县城西边肉联厂弄的。老爷子的儿子在肉联厂开车，刚杀的猪，趁热带来，写几个字之后，猪血凝固成了血豆腐，再带回厂里，顺便捎老爷子回家。老爷子撂下话，我家有一杆二十斤重的大笔，一撇一捺，都有一个人大腿粗细，很想蘸着猪血写一个"永"字。越是笔画简单，越不好写哦。

老爷子说到做到，鲜红的大字出现在广厦大门外。写到第四天，老爷子兴起，写起《春江花月夜》，全诗 252 个字，儿子中途送了三次新鲜猪血，笔写废了三支。

这时候物业部还没有成立，物业部主任还不知道在哪儿呢！保卫处长带着两个保安，拉来了消防水龙头，放水要冲。老爷子的儿子把一桶猪血泼到了保安身上，保安和他厮打了起来。

处长喝道，你泼人一身猪血是怎么回事？

那儿子说，猪血是宝贝，能做血豆腐，我看得起他，才倒他一桶。

处长说，他还你一盆童子尿，排毒，败火，行吗？隔壁幼儿园，把小朋友的尿桶端出来，一桶喝，一桶洗脸，够吗？

小伙子不说话了。

处长说，明天您要是还敢拿猪血写字，我可就不用水了。用童子尿，那是轻的。

2

洗理费的事还耗着，又来了一桩麻烦。县城城关外，有近千亩玉米地，玉米原来晾在屋顶、马路边。那年秋天不知谁带的头，在广厦的脚下铺开了阵势，黄澄澄一片，厦前广场变成了晾谷场。

玉米晾在公路上，由路政管。玉米晾在马路牙子上，由城管管。晾在广厦脚下，路政、城管、公安都管不着。

保卫处不管成吗?

晾玉米你不管,一个礼拜之后,脱粒机能搬到广厦广场来。怎么管?

处长下令:断路!

广厦周边能走车的路有三条,保卫处的小伙子搬来水泥隔离墩、铁栅栏,把两个入口挡死,向玉米主人传话:一天之内,拉玉米滚蛋;一天之后,入口封死,人能过,拉玉米的车不能过。

玉米收了,广厦东南角还剩一块菜地,半亩不到,原先是工厂的库房,工厂拆光,只剩下这间破房子,一个手指头就可以捅倒,但是谁都懒得动这一手指头,就这么闲着,一把铁链拴着两扇木门。

原住民李大爷在这里种了两畦青菜。

3

处长在广厦办公室里,看李大爷把一垄土堆得高高的,那是种葱,把葱埋进土里,为了多长葱白。旁边的一垄地种的旱白菜。

盛夏6月底,李大爷戴着草帽忙活了几天,拔了葱,砍了白菜,把地垄了一遍。一个月之后,地里长出了玉米。李大爷种的是晚玉米,立冬之前收获。

人多了,车多了,广厦开始安空调、电梯,调试线路。李大爷也忙活了起来。他捡来旧木头、塑钢门窗,敲敲打打,比比画画,盖了一座蔬菜大棚。

4

十年前的春节,孤零零的光棍广厦屹立在棋盘街,只留一道南门。门用一把弹簧锁拴着,怕不安全,又加了一把车锁。

厦前广场是燃放爆竹的好地方。广厦在禁放区之外,高速路刚通车,城里人拉着一后备车厢的烟花爆竹，跑到这里放炮撒野。从小年到破五，花花绿绿的爆竹屑铺满一地，脚踩上去，软绵绵的。处长的首要职责是防火。

广厦还没通水，消防水龙头形同虚设。整个县城，两个消防中队，八辆消防车，不能全给广厦备着。处长手下一共有 13 个人。

处长借来了八只警犬，在广厦地下车库临时搭了狗窝，每班牵四只狗出来，绕着广厦转，一看到有人点火放炮，狗就一阵狂叫。

年三十的晚上，八只狗拴在广厦四周的电线杆上，每只狗配一辆面包车，保安轮流在车里取暖，从早上八点守到了第二天凌晨两点。

那一夜，警犬冲着满天的烟花，喊哑了喉咙。

这就是传说中的"八犬护广厦"，那一夜的 13 个保安，也成了传说中的十三太保。

夜里十二点，焰火最猛烈。处长开着车，围着广厦转悠。

广厦东南角的菜园子里影影绰绰，有人，原来是李大爷。

大年三十，您老人家在这儿干吗呢？

看着菜园子。

怕人偷您菜？

怕爆竹把我棚子点着了。

处长的手电筒顺着李大爷的手指照去，原来菜棚子上盖了一层草帘子，上面还有没化净的雪。棚里一垄一垄地上蒙着塑料膜，掏一排洞，钻出一棵棵嫩苗，是李大爷种的草莓。

5

处长最早的职责是防盗、反扒。离工地不到 50 米就有四家废品收购站，可乐罐子、纸箱子壳、矿泉水瓶都是掩护，真正的买卖是 DBC 广厦的建材。小到螺丝钉、碎玻璃，大到电泵切割机，都能拐弯抹角地混进废品收购站。

广厦基建完成之后，内部装修由几家公司分头负责，工程不到一半，扯出了一堆烂事。几家电梯公司为了抢买卖，给负责人送回扣。那个负责人，搂不住贼心，吃了这一家，再吃那一家，睡了人家的女业务员，答应好的事情又翻脸，女业务员把一段视频截图传到网上。

厦长开会训话，谁把屎拉到广厦的地上，谁给老子舔干净。

那位负责电梯的经理滚蛋走人，他的上司也被削了权。

广厦浑身上下都是肥肉，光垃圾桶就要上千只，厕所里一天就用光两百卷卫生纸。保卫处长绝不允许有人在广厦肥嘟嘟的身子上下嘴。处长负责广厦的监控系统、门禁，价值上千万。处长与供货商喝过几顿酒，收过几盒茶，酒喝完，处长不去按摩，收了茶，茶盒里没有现钞。

五家竞标，流程透明，手续严整，厂商邀请广厦负责人去耶路撒冷旅游，处长都婉言拒绝。

不少人嫌杜安山观念落后，死较真，为难客户。厦长说，看家护院，哪有不得罪人的？一座大庙朝南开，大鬼小鬼都进来。保卫处像大庙门里的门神。保安一松，小鬼们敢把佛祖金身扒了。

6

杜安山上学时不是好学生。老师要求背诵杜甫的《茅庐为秋风所破歌》，抽查抽到杜安山，他起身背道：安得广厦千万间，大庇天下寒士俱欢颜，风雨不动安禄山。

老师说，杜甫为躲"安史之乱"才住茅草屋，安禄山风雨不动，杜甫还不自杀？

杜甫描写的暴雨，处长当然经历过。

俄顷风定云墨色，秋天漠漠向天黑黑云袭来，工地塔吊被吹得摇摇晃晃，杨树叶一闪一闪的，正面墨黑，反面煞白，一黑一白，像长了一身的眼睛。乌鸦吓得拉出了白色的稀屎，树下停的私家车被雷声惊得报警器的响声此起彼伏。那时的广厦地下车库还没有使用，来广厦的人都把车停在大杨树下，隔三差五淋一头鸟屎。如果是刚拉下的鸟屎，今天这场大雨倒是刚好可以冲刷干净。

处长今天跑到广厦门外，不是因为鸟屎，而是因为火险。

那天是农历七月十五，鬼节。从晚上七点开始，陆续有人在路边烧起纸钱。

广厦占了棋盘街三分之一的地方。死去的人在这一天回家，肯定会被这座庞然大物搞得晕头转向。当地人在广厦的广场上，找到原来老屋的位置，点燃纸钱，火光依稀串起了当年棋盘街的形状。

三簇火光的地方是当年的十字路口。

路西的火焰瘦长，好像被一支无形的烟囱拔起，那是原来的春风小吃部，烧纸的是小吃部厨师的儿子。

路南的火焰扁平，像一把扇动的布扇，那个地方是原来的照相馆，眼尖的人，从火焰的底片上能认出原来橱窗里摆的标准相，那不是《春苗》里的李秀明吗？烧纸的人是住在照相馆隔壁的王奶奶的孙子。

路北的火焰零散，像七枝八杈的桃树，一团碎火，一片细红，那是十字街原来的理发馆，火苗像一地的头发，刚闪一丝光亮，就扑哧熄灭了，留下几段残灰。

还有的火苗烧得像煤炉那样旺，有的像柴灶那样透亮，有的像老式锅炉那样沉着。

点点的纸火被突然而至的狂风吹乱，冥纸带着火飞到半空中，像没头苍蝇一样飞向工棚，飞向李大爷的菜棚，飞向塔吊，飞向黢黑的大厦，飞上了大杨树，在树梢上抖动着胳膊，飞上广厦。

处长报了火警，搁下电话，抄起灭火器往楼外跑。

就在这时，大雨倾盆而下，浇灭了火星，浇停了四下扑救的人，浇醒了在广厦广场上寻找老屋的亡灵，浇醒了被火花吓呆了的大杨树。

从此广厦就是广厦，不再是棋盘街旧址。

这场暴雨之后，路边的大杨树被伐倒，只在东南角李大爷的菜棚子旁边留着七八棵。

有人说，好了，终于不再怕鸟屎砸到头上了。

第四章

"阿尔法狗"

归来

阿尔法门扇虽然被拆了，但是它引领了广厦"厦风"。广厦顾客听惯了门扇的甜言蜜语，进了广厦大门，就如同进了模仿秀的秀场。

光脚穿皮鞋，把头发染白，模仿富二代；穿黑面布鞋、黄色僧鞋，模仿国学大师；穿过膝长靴、露脐短衣，模仿阿黛尔；穿无扣夹克、白衬衣、不系领带，模仿部长；穿黑色Ｔ恤、牛仔裤，少许胡茬，半寸短发，模仿乔布斯。有了众多模仿者，广厦模仿伦敦金融城、纽约第五大道。

杜安山处长给保安定的规矩是：

1. 不能多看。即使范冰冰真人来了也不能抢着合影。走来穿着奇装异服的青年男女，不允许掏手机拍照，不能死盯着人家。遇衣着暴露女性，不回头看第二眼，斜眼偷看也不行。

2. 绝不少看。老大爷在大厅遛弯可以，遛鸟、遛狗不行。闲人在座位上发呆可以，横躺在椅子上、一个人占三个座位不行。送外卖可以，五分钟之内交接，超过五分钟即算故意拖延、影响厦容。

阿尔法大盖帽

阿尔法门扇被拆一年之后，物业部主任陈妍要请保卫处处长杜安山吃饭。

杜安山说，有事您直说。

陈妍说，机器人想跟保卫处搞一场人机大战。

杜安山说，哟，这听着新鲜，谁是人？谁是鸡呀？

陈妍说，这鸡其实是一顶帽子，绿帽子，杜大哥不想瞅瞅？

杜安山说，绿帽子，指不定谁给谁戴呢，见识一下吧。

陈妍说的绿帽子，像工人戴的大盖帽，大帽壳里装着处理器、发射器，帽徽后安了电子眼。帽子的主人正是罗晓雁。

杜安山一眼就认出来阿尔法保姆罗晓雁：怎么着？阿尔法门扇改大盖帽了？礼宾员改行当保安了？

罗晓雁说，帽子是人工智能技术的升级版。当年的阿尔法门扇初出茅庐，学业不精，认错人，瞎添乱。这一年它闭门思过，苦练内功，只是火候还差，想请杜处长指教一下。

杜安山一指大盖帽说，它能干吗呀？

罗晓雁一撩头发，把保安帽戴到头上，从帽子后面的孔里拉出马尾辫，飒爽英姿的女警察的样子，帽檐射出 PPT，投影打到墙上，ABCD，1234，一大堆。

一、人脸识别，相当于公安局照片档案；

二、生理体征识别，达到医疗诊断水平；

三、动作特征识别，可以选拔潜在的优秀运动员；

四、表情识别，判断人的情绪；

五、言语识别，从人的谈吐中确定他有无异常。

杜安山问，犯罪嫌疑人脚心出汗，你这顶帽子怎能知道他是天生汗脚？还是心怀鬼胎？

罗晓雁打了个响指，您指出了问题关键。阿尔法大盖帽在美国 30 家监狱、25 家戒毒所、205 家心理咨询所当义工，观察人性、识别心理，真正做到了中国谚语说的，一撅屁股就知道他拉什么屎。

杜安山说，陈主任，我不是说您，一顶外国帽子在广厦瞄啊、瞅啊，不是引狼入室吗？这帽子万一是机器人特务怎么办？

罗晓雁看了一眼陈妍，陈妍正色道，杜处长，不瞒您说，阿尔法大盖帽已经发现不少秘密了。

杜安山说，陈主任还当私家侦探？

陈妍说，有人伪造广厦停车证，这是阿尔法大盖帽拍下的照片。您是专家，给鉴定一下，一共十辆车。

杜安山翻了翻照片，没说话。

陈妍说，其实也不赖查证的保安。这些假车证很逼真，人的肉眼很难辨认。今天有人伪造车证，明天就有人伪造广厦出入证，如果不管，有人敢戴上假脸，伪装成厦长。

杜安山乐了，说，巧了，我正准备明天通知全厦更换出入证、车证，就是为了排查假证。您今天来了，我口头通知，陈主任您的证也该换了，不然被保安拦在门外，影响您工作。

陈妍说，阿尔法大盖帽已经替您验过出入证了，您想看看调查结果吗？触目惊心啊！

陈妍又掏出一沓照片：您瞅瞅，这张，把原来照片抠下来，换上自己的。这张，照片是 P 过的，P 掉眼镜，添了头发，男的变成了女的。这张证，每天十个人轮流用，每五分钟交接一次。前一个人持证进厦，托人把证带出来，交给下一个。这几个人当中居然还有广厦高管。杜处长，防不胜防啊！

陈妍说完，拍了拍桌上的帽子说，亏了这兄弟，三天三夜，不吃不喝，不拉不尿，过目不忘，明察秋毫，杜大哥，您怎么谢我呀？

盲棋

陈妍、罗晓雁与保卫处约定，搞一场内部交流比赛，比赛内容是辨识无照摊贩，比赛双方是阿尔法大盖帽与广厦保安。双方在广厦周围各圈定八个路人，看他们当中谁会在广厦西南的过街天桥上摆摊，正确人数多者获胜。

一个月前，阿尔法保姆罗晓雁扮作离异单身女性，在广厦旁的居民楼里租了间地下室，天天带着大盖帽出入菜市场、建材市场、小商品批发市场、车站、医院，就是为了让大盖帽遍览众生、体验生活。

这对广厦保安而言，实在是小菜一碟，他们闭着眼睛都能闻出这些无照摊贩！

卖假发票的，书包里往外窜油墨味。卖切糕的，手上泛着糖精味。卖猪肘子的，围裙漾出大油味。卖购物券的，刚从广厦里溜达出来，一身空调味。撒"包小姐"名片的，每天吃兰州拉面，放双倍的葱花、香菜，隔着马路就知道，这小子又来了。

广厦职业保安 PK 人工智能保安，明摆着是欺负它。为了公平，杜安山挑了嗅觉、听觉最灵敏的四个小伙子，与阿尔法大盖帽下盲棋。保安戴上厚厚的钢板墨镜，只闻不看，只听不摸，发现到一个嫌疑分子，竹竿一指，身边的罗晓雁暗暗记下。

比赛的另一方，阿尔法大盖帽戴在杜安山头上，发现目标就发射一道红光，在嫌疑人后背上闪三个红点。比赛双方相互监督，杜绝作弊。

20分钟比赛时间，阿尔法大盖帽点了八个人，其中六个人在过街天桥支摊叫卖，确系无照摊贩。另外两个，一个背着吉他，坐在天桥台阶上，唱汪峰的《北京北京》。

另一个，也是小伙子，在天桥上摆了一圈圆蜡烛，既不吆喝，也不抬眼看人，把蜡烛摆成三个字母缩写。估摸时间合适了，点燃蜡烛，躲到了卖手机壳的大姐身后。一个姑娘走过来，小伙子跳出，从后腰掏出一枝玫瑰。

姑娘一惊，你怎么在这儿？

小伙子说，我喜欢你，嫁给我吧。

姑娘说，躲开，我还有事呢。

阿尔法大盖帽缺乏社会经验，冤枉了两个有志青年。而蒙目保安呢，听到木器拍打屁股，音箱里空气冲荡，年轻人一噘嗓子，还未开唱，广厦保安就知道，他是那个梦想上《中国好声音》的清洁工。

至于那个求爱的小伙子，广厦保安第一时间就闻出了他身上有打火机，再一闻，闻出了宜家卖的铝壳蜡烛和一朵玫瑰花。广厦平均每周发生三起求爱事件，蜡烛与玫瑰的味道组合像肯德基套餐，牢记在保安心里。阿尔法大盖帽认输吧。

至于蒙目保安与阿尔法大盖帽同时确定的目标，是以下六人：

煎饼果子杜大哥的表弟，用杜大哥的三轮车，在天桥南入口卖肉夹馍；

下岗女工王姐在天桥上卖手机壳；

与王姐同住一楼的李叔，在一米以外卖卫生纸；

李叔的远房外甥彤某，卖西藏天珠、宁夏白玉；

彤某的小学同学范某，卖盗版连环画；

范某坐黑车结识的罗某，白天在地铁站拉活，晚上卖塑料拖鞋。

这些无照摊主换了衣服，变了发型，或者提了一只新蛇皮包，没逃过广厦保安的鼻子和耳朵，也没有逃过大盖帽的眼睛，久经战场的杜安山倒吸一口凉气，心里说，必须把阿尔法大盖帽打得满地找牙，不然他们还拿广厦假出入证来说事，保卫处的功名怎么能毁在一顶帽子手里？

杜安山提议，请阿尔法大盖帽跟我们处一只狗比比。罗晓雁说，比什么？杜安山说，辨认假乞丐。

罗晓雁说，有意思，Why not？

机狗大战

狗是当年八犬护广厦、八大忠犬之一的儿子，杜安山养在家里。

杜安山让狗狗叼脏衣服，放到洗衣机边上。狗狗可以闻出带汗臭的脏衣服和带洗衣粉味的干净衣服。杜安山出门前，狗狗把鞋叼来；杜安山出门，狗狗叼起垃圾袋。臭汗、臭脚、垃圾、剩菜的味道，正是判断真假乞丐的关键。

真乞丐不洗澡，不换衣服，狗鼻子一闻就知道。学生模样的，在地上写道："路费被偷，求两块钱，买票回家。"一位老大妈，穿着棉衣棉裤，跪在地上，头巾蒙脸，磕头如鸡啄米。连杜安山养的狗都知道，这些乞丐浑身上下都是假的，只有地上那只装钱的脏铁碗是真的。真的乞丐，连铁碗、铁盒都被那些假乞丐顺走了。

这些狡猾的假乞丐，从垃圾堆里捡一身脏衣服，沾着泔水、污垢，再扣上假发套，土里滚两下，胶水糊成一绺一绺的。这瞒不过狗狗，狗狗只奔主题——脚踝。这裤腿和鞋帮之间的方寸之地，再老奸巨猾的假乞丐，也会因为每天洗脚，留下了致命之踵，被杜安山的爱犬一击而中。

狗狗发现三个目标，经公证人暗中观察，这三个人工作两小时之后，起身离开，换衣洗脸，一身行头交给了对班，然后分别出现在捏脚店、麦当劳和电影院，狗狗的失误率为零。

按比赛规则，广厦东南、西北两大赛区，各方圆两公里，同时作业。

阿尔法大盖帽发现了两个真乞丐。

父亲跌坐路边，怀中的女孩面色赤红，嘴唇乌紫，父亲身前的纸牌上写着四个字：换心救女。阿尔法大盖帽一言不发，一点动静都没有。陪阿尔法大盖帽作业的有罗晓雁，还有保卫处小组长。

小组长事后向杜安山汇报，老爸并不哭，目光呆滞，旁人搭话也不回答，正像大悲之人，所谓欲哭无泪。一把鼻涕、一把泪的人，动静大，倒是假的。

杜安山问小组长，阿尔法大盖帽瞄了多长时间？

小组长说，不到半分钟。

杜安山又问，怎么瞄的？

小组长说，围着目标转了一圈。

杜安山说，那个罗晓雁没给它暗示？

小组长说，帽子戴在我的头上，事先约定，我距离目标近至半米，提供360度视角，让帽子看清人脸、手脚。罗晓雁站在马路对面，并不干预，帽子认定是真乞丐，发一声蜂鸣；如果认定是假乞丐，响一声口哨。

杜安山问，你觉得大盖帽是怎么判断的？

小组长说，看父女长的像不像；量女孩体温，看烧不烧。

杜安山说，靠，看相还带看病。

小组长说，我看见罗晓雁给了那父亲一叠钱，走了之后，还抹了两把眼泪。

杜安山说，她是发慈悲？还是她雇的群众演员，演完了发劳务费？

小组长说，我回来的时候，看见电视台的记者在采访，围了一堆人，如果是群众演员，也演穿帮了。

转了一大圈，没发现目标。

小组长戴着阿尔法大盖帽上了一辆出租车，罗晓雁上了另一辆，一前一后，在广厦周边漫走。红绿灯前，一个老头左手拿个鸡毛掸子，右手拿个破碗。先扫两下车窗，再伸手要钱。

小组长坐在前排副驾驶，出租车司机摇上车窗说，这老爷子一天挣的比我多。

老头走到车前，颤巍巍冲小组长点头，小组长头上的阿尔法大盖帽一声蜂鸣，判断他是真乞丐。

事后，第三方仲裁者拿出照片证明，这位老爷子是真乞丐，住在立交桥下，守着一堆纸箱子。

杜安山嗔怪小组长，你这人是什么命？一天遇到俩真要饭的？

罗晓雁事后告诉杜安山，阿尔法大盖帽上过化妆课，老师是好莱坞顶级化妆师指导，见识过世界上所有的易容术，就是说，它见识过所有的假，那么，凡是它没见过的，便是真。

路边乞讨的老爷子，上唇的胡子卷成茂密的野草，插着一把牙签，像藏了一只刺猬。阿尔法大盖帽见过牙签插在嘴角，见过烟卷插在耳朵上，从来没有见过在胡须上插牙签。

阿尔法大盖帽认为，违反常规，恰恰证明老乞丐是真的。一个人，与常规思维符合度越高，阿尔法大盖帽越怀疑他的真实性。

阿尔法大盖帽看到"换心救女"，父女的装束、表情、坐姿、牌子上写的字，孩子的病容，都符合常见的装病求助模式，直到阿尔法大盖帽看到那父亲怀里揣着一只电子播放器，屏幕冷光源钻出羽绒服拉链。阿尔法大盖帽有敏锐的听力，他听出，放的是《甄嬛传》。病中的孩子似睡非睡，漂浮在《甄嬛传》剧情里。

人民群众会认为他们装病，一边在演苦情，一边在听电视剧解闷。而阿尔法大盖帽听出，父亲怀里的播放器是一只1990年生产的小霸王学习机。

这机器本是给学生复习功课用的，在中国大部分城市已经绝迹。乞讨工作者们的手机平均为iPhone4。凭着这只学习机，这个人类眼中的破绽，阿尔法大盖帽认定这父女不是假乞丐，而是伤心欲绝的父亲，把一部电视剧当成一颗糖果，放在女儿的嘴边，待她苏醒时舔一下。

阿尔法大盖帽认出两个真乞丐，保卫处杜安山养的那只狗，光凭闻味就找到了三名假乞丐。狗机大战，胜负难辨。

杜安山在安全人员动员会上的讲话

广厦保安要提高素质！不然早晚被机器人替了。

有些人我就看不上眼，吊儿郎当，还跟拾破烂的勾勾搭搭，谁给一条烟，就让谁去广厦里拾破烂。快递公司送他一张购物券，广厦门口就能包下一个小地摊，大包、小包堆了一地，别的快递公司来送货，他就使坏，撵人走。

这叫什么？

这叫腐败！

不要以为腐败只发生在大老虎窝里，小麻雀、小耗子也没闲着。

广厦门口天天中午有来送外卖的，一中午有二百单，不算多吧。哪个送餐员给你好处，你就让谁把饭送进楼，送到桌上；谁不给你好处，就被赶到马路对面。

告诉你们，谁干这种事，我让谁专值夜班！

你们长点脑子。那外卖里的肉过期没有？油是不是地沟油？米饭是不是发了霉？

哪个送外卖的小伙子，追求小姑娘，追不到，在饭里面掺了迷魂药，你知道吗？

没准小姑娘订的酸辣粉里就埋了一份炭疽！

什么叫炭疽？你知道吗？

知道的举手，不知道，就老实听我说。

1990 年，日本东京地铁一号线早高峰，西单至王府井站，车厢里散发出令人窒息的味道，当场，十余人晕倒，三人十分钟后死亡，就在同时，东京地铁四号线西红门至安和桥段，车厢内发生同样混乱的场面。地铁紧急停车，疏散乘客，仍然有四人死亡，死亡症状非常可怕，眼睛出血，口吐白沫，四肢抽搐。

十分钟后，东京地铁十五号线与二十号线中转站四惠东站——我这是比喻，我说东京地铁站名你们谁知道？你们谁去过日本？好好听着！

四惠东站站台有老人忽然跌倒，失去知觉，出现同样的可怕症状。此时正值上班高峰期，引发人群踩踏，二十名乘客受伤，场面失控。

这不是拍电影！这不是说故事！这是千真万确的实情！

可怕的是人们不知道发生这一切的原因是什么！

现场没有发生爆炸，没有听到枪声，没有出现凶手行刺，忽然在正常的情况下发生了失常的一幕。

如果这样的情景发生在我们广厦的商场、我们 DBC 的街道、我们的城市铁路上，你们有何感想？

我知道你们几个臭小子是怎么想的。如果死的正好是你的老板，被踩死的是那个骂你们河南人的北京大爷，那才解气，对不对？

如果被踩伤的是你媳妇，正要去超市上班。

如果被挤死的是你闺女，背着书包正要下车上学。

如果躺在地上没人管的是你老爹，刚来北京看你，大提包里还有带给你的熏肉、宽粉，你还会一肚子坏水、一脸坏笑吗？

没跟你开玩笑，你们知道是什么造成这一幕吗？

事后日本警察在地铁出事现场都发现了同样的黑色塑料袋，里面还残存着一些液体，现场突然死亡的人，症状最严重的人都是离黑色塑料袋最近的人，里面装的是什么？

炭疽。

什么是炭疽？生化武器。样子跟细石灰、富强面粉一样，遇到空气，变成液体，散发出有毒气息，迅速夺取人的性命。

警察推断，犯罪分子分成三组，在不同地点上车，在约定时间扎破塑料袋，可能用雨伞扎，可能用脚踩，可能就是往地上一摔，装炭疽的容器破了，炭疽粉尘液化，散发气息，发生了我们刚才说到的混乱的一幕。

你要问了，犯罪分子是什么人？警方调来地铁车站监控录像，通过排查，找到了坐在事发座位附近的乘客，锁定了可疑分子。犯罪分子长什么样子？都跟本·拉登似的？都跟电影里的黑帮似的？

犯罪分子有脸谱吗？他长得像杀猪的，杀猪的一定是坏人吗？他一小白脸，英俊小生，小白脸就一定是好人吗？

你们看看这几个东京地铁里炭疽分子的相貌，哪个脸上写着"炭疽"两字呢？哪个不是西装革履？说他们是卖保险的、搞营销的、创业的，你会怀疑吗？

他们难道不知道"炭疽"会杀人吗？当然知道！可他们为什么还要这么干呢？

你说对了，这人脑子有病！

为什么脑子有病？因为信了邪教，奥姆真理教！

这个人，刮了胡子，穿上僧袍，像不像大和尚？头发再留长点，梳条辫子，穿件带钉的黑色皮夹克，像不像唱摇滚的？

他就是炭疽谋杀的主谋，奥姆真理教教主，麻原真晃。

怎么认坏人？光查证件行吗？光会打电话报警行吗？

保卫处要组成特别行动组，不穿保安制服，以物业管理员的身份在广厦全楼行动，及时发现敌情，果断处理险情。

他们首先要对广厦忠诚，对岗位热爱，其次有文化、有见识、有阅历，能用脑子化解矛盾。

不要以为干保安就低人一等，干保安同样出状元，北京大学的保安业余时间读书考上了研究生，广厦保安为什么不能出现一个保安博士？

我为新的岗位起了个名字：危机情境物业管理，简称"危境物"。

"危境物"杜建军

1

广厦招"危境物"，小杜认为自己够格。

他没有在××小镇、××帝庭干过，连物业这样式儿的制服都没穿过，但是他天生一张优秀物业经理的笑脸。

我们遇到的销售员脸都设置好了界面，一点触屏，立刻弹出一张笑脸："哥，看看我们新推出的产品。"有的人界面转换得快，前一秒还在埋头吃面，后一秒，筷子一放，拿起一叠宣传册，随笑脸奉上，笑一送一。他们那不知疲倦的笑貌，好像做错了事，被罚笑一天不歇脸似的。

小杜不是，小杜的笑含着庄重。小杜的奶奶把笑貌分成若干类，每种笑对应一种主食。闭嘴笑，腮帮子鼓出个可爱的小肉球，笑得像肉包子。

露齿笑，露四分之一的门牙，像老北京主食懒龙，一刀切开，肉馅只露一圈，意思点到，顾客看了心痒。

开口笑，露出上下两排牙和半个舌头，这种笑貌是烧饼夹肉。嘴唇就是那开口的烧饼，上下两瓣，嘴里吐出的聪明话，就是那四五片肘子肉，让人垂涎欲滴。既然烧饼张了口，顾客必得掏钱。

2

秋香三笑迷倒唐伯虎，小杜三笑进了《唐伯虎点秋香》电视剧剧组，做起了剧务助理。小杜日后才知道，剧组的工作为他在广厦的物业工作打下了坚实的基础。

小杜的奶奶说，见人三分笑，一要笑得甜，嘴甜，像糖三角，红糖馅流出汁来，嘴唇抹了蜜似的；二要嘴严，包子有肉不在褶上，别见什么说什么，包子不能露馅，露馅的包子没人吃；三要肚里有货，话不在多，说出来，就让人觉得这小伙子不白给，像饺子，隔着皮，能看到里面有虾仁、有内容。

小杜牢记奶奶告诫他的笑之三喻，这是他听到的最生动的台词之一，决不能说给剧组里的人听，说出去，他们肯定会扒进台词。

优秀剧务的三个晋级标准是：一：腿勤＋嘴甜，二：眼勤＋嘴严，三：脑勤＋肚里有货。

小杜从第一步开始。

搬一架梯子，送一张单子，买一颗钉子，借一把椅子，送十五箱盒饭，叫二百五十声老师。剧务助理，身兼场工、搬运工、快递员、送菜员、按摩员、服务员，还要粗通电工、木工、水暖工、钳工、瓦工、焊工、管工。导演说，拍秋香泡温泉，水上撒茉莉花，剧务需要立刻拎来拖鞋、毛巾，当澡堂子的跑堂。

第二步，眼勤＋嘴严。

一把太师椅可借可租也可买，条案上摆的西瓜、苹果、梨、桃，可以是塑料的，也可以从市场批发。剧组吃的盒饭，配不配热汤，菜里加多少肉，一盏照明灯用了多少只灯泡，演员脸上一天能涂光多少盒粉底，全剧组一天喝多少瓶矿泉水，一只空瓶子能卖几分钱？只有嘴严，你才能被派去办事。

小杜从借太师椅到租场子，从收快递到买发票，靠的是第一种笑和第二种笑的兼用，诚实的笑如烧饼夹肉，严谨的笑如同肉馅包子。

第三步最难，道理看在眼里，记在心上，未必能从自己嘴里说出来。

演夫人的大姐，古装外披了军大衣，刚才还聊着哪只股票看涨，转眼上场，一开口，行云流水："老爷，督府王大人送来三盆水仙，我差人放在东厢暖房，想必十多天后，就会开花了，那唐伯虎竟说冬天的牡丹能开出五色，要与老爷赌花，真是狂妄。"

导演一声："咔！"大姐下场："你刚才说的那只股怎么回事？"

小杜不禁总结到，人人爱演戏，每个人的脑子都有一根演戏的筋，导演是个电工，说"Action"，就是合上电闸，让演员的那根筋通了；说"咔"，就是咔嚓一刀，筋断了，你别演了。

想到这，小杜脸上不禁浮现出第三种笑意。

3

踏进广厦大门，他发现，广厦很像拍电视剧的"棚"。在"棚"搭好之后，场工、电工、搬运工、架子工、管工、木工、水暖工，统统退出光区。"光区"里，靓女俊男，手拉手，嘴里嗑着有机酸奶。广厦灯光柔和，像灯光师布置的光影效果，人加了三分姿色，其实喝着有机酸奶的那对男女细看并不靓俊，女的大下巴，男的大颌骨，除了衣着、发型、化妆帮衬，是广厦的灯光让他们好看。

所谓"危机情境物业经理"不过是剧组的副导演助理，专门负责清场，赶走穿帮的闲杂人等。所以，小杜来广厦应聘，信心满满。

广厦保卫处杜安山亲自面试，考试方式是看小品，要求应试者现场入戏，临机反应。题目如下：

（1）一对新人在广厦拍摄婚纱照，这里俨然成了免费摄影棚，引起小范围群众围观。

（2）两对男女，排好队。冲着摄像机褪了裤子，每个屁股蛋上写了一个字，组合在一起，"保护鲸鱼"，五秒钟不到，提上裤子分头散去。

（3）一个穿婚纱的女子要在广厦自杀殉情。

小杜抽到的是题目（3）。

北漂演员扮的姑娘披头散发，坐在桌角，当成广厦三十楼的护栏，下面就是中庭，姑娘荡着腿，把一叠纸撕成碎片撒向空中，另一个小伙子演辜负她的渣男新郎。

"你快下来吧，我求你了！"

"你不和她分手，我就从这里跳下去！"

"我答应，我答应！"

"你现在就给她打电话，告诉她，亲口告诉她！"

"我打，我打，我现在就打，接电话，快接电话啊！"

"别骗我，让我看手机显示，不能瞎拨一个号！"

"你看，就是她的号，小莉的号。"

"开成免提，我要听到你俩说话。"

小杜断喝一声："咔！演给谁看呢你，给我下来！"

演员愣了，止住哭，真的从桌子上下来了。

小杜被录取了。

4

商厦业主说，小杜是广厦派的卧底，明里维护广厦秩序，实际是监督各商家有什么猫腻。广厦公关部的白领说，一个没有本科文凭的物业经理，居然要干危机公关的活儿，这是厦长给公关部颜色看，"你们再不做出点成绩，老子换了你"。物业部的人说，杜安山用保卫处的编制招进一个物业经理，明摆着向物业部示威：物业部早晚要归我保卫处管！

小杜拿到一张广厦进门证，凭此证他才能走进行政楼层，在那里他分得一个衣橱，脱下便装挂在里面，换上一身西服，走在广厦的里里外外。

广厦没有半点"危机情境"的样子。

有两个中学生用手机打网游,嘴里念念叨叨:"炸了你!"

一个老爷子望着内衣广告上的女模特,鼻子哼一声:"你爸也不管你这丫头,脸丢尽了!"

一个姑娘在电话里骂男朋友:"戚小军,五分钟内再不出现,我弄死你,不信试试!"

一个像小杜一样的西服白衬衣在电话里和客户争吵,身子一俯一仰,口气越来越大:"如果王先生这么说,我不排除走司法程序!"

这都不是什么危机情境。太平盛世,朗朗乾坤,几股邪火,两句脏话。面色凝重的长发姑娘扶梯走上三楼,并未轻生。一群中学生买套色马卡龙,叽叽喳喳,没人打出横幅。大胡子男子扔进垃圾筒的确实是咖啡纸杯。有位大姐下楼时滑了一下,自己就站稳了,扶都不用扶。

金丝楠木店里的美女依然在敲着键盘,那副楠木棋盘仿佛对小杜讲话,你是在表演"无所事事"吗?

裸体俯卧撑

1

杜安山电脑里收藏了几十张裸体照片，有男有女，你不要多想，这些照片都是裸体抗议者，意大利少妇裸体抗议皮草厂商，美国姑娘裸体抗议日本人捕杀海豚。中国的也有，裸体静坐，裸体上访，大街上裸奔，还有广东一个行为艺术家，专找名气大的地方脱光衣服做俯卧撑。

杜安山指给小杜看：

"这种人把 ×× 一露，想恶心谁？"

"嗯嗯。"小杜没敢接话。

"你看这照片，只露屁股。要是哪天这小子跑我们广厦来，不害臊，脸调过来，身子又转过来，怎么办？"

小杜想起一年前，《唐伯虎点秋香》的剧情，是唐伯虎和三个秀才裸游进了一片芦苇荡，惊了一个洗澡的渔家姑娘，姑娘光着后背从水中站起，披衣上船，屁股一半出水，这个镜头是小杜替的。

拍这个镜头时全组都很嗨，道具师傅、灯光师傅都给小杜说戏。从监视器里看自己的回放，小杜发现，男人女人的后背和屁股没有差别，戴上假头套，湿发垂肩，自己分明就是出水芙蓉，惊得唐伯虎和三个秀才呛了一口水，差点淹死。

杜安山又问了一句："你说怎么办?!"

没等小杜回答,杜安山自己分析:"他衣服脱光,裹件棉大衣,车开到最近的地方。架好相机,棉大衣一脱,拖鞋一甩,一分钟结束战斗,上车走人。如果这个人到广厦拍正面照,你怎么防范?"

小杜说:"跑过去,西服围住他的下半身,像您照片里那个英国警察,用帽子挡住那个裸奔男人。"

杜安山不说话,眼睛斜瞟了一下小杜:"你这不和英国警察一样笨了?"

其实小杜早知道答案。第一次就回答"删",会有碍杜安山的智慧展示;第三次才回答"删",有碍自己的才华展示。卖一次关子就够了。第二次回答,装作被杜安山点醒,"控制摄影师,删除照片"。

杜安山用手指点了点小杜:"算你蒙对了。我关注了他的微博,他下月来北京参加一个展览。有可能会利用'厦庆'的机会,来广厦搞活动。"

小杜连声喏道:"一定看紧。"

杜安山一翻眼:"看紧?怎么看?要有预判,敌之要点,即我之要点!"

小杜:"广厦广场四角,容易停车,保安少,拍摄角度好,如果他来,极可能在角上,金角银边嘛。"

杜安山笑了:"呦,还金角银边,跟我显摆围棋术语?"

小杜:"不敢不敢,您是高棋,我只懂一点皮毛。"

"您怎么知道我下围棋?"

"您不是拿围棋举例了嘛,'敌之要点即我之要点',比喻特别贴切。"

"你围棋啥水平?"

"业余起步,有空您教我两手。"

"有空再说,先说正事。我问你,你知道小偷怎么踩点吗?"

"不知道。"

"小偷白天踩点,用粉笔在住户门口做记号,记号只有他们自己懂，比如：这家两个月没人住，晚上灯不亮，电表不走字，门口画一个'+'。那一家，下午四五点老人准时去接孙子放学，这段时间可以下手，门口画一个'×'。"

"那个拍裸照的，一定提前来踩点，一定在地上标出位置记号，你的任务就是每天在广场上给我瞪大眼睛瞄，看有没有这样的标记。"

小杜不得不佩服杜安山的经验。他们去郊区湿地拍那场"唐伯虎裸游芦苇荡"，也是副导演、副摄像先去踩点，用黑胶布在水泥地上贴了一个"+"字，这叫"机位"。

2

小杜马上行动。

天色突然转阴，"俄顷风定云墨色，秋天漠漠像天黑"，但是天气不能影响侦察敌情的决心，更何况广场上真的有可疑的粉笔标记。

一个"5"、一道曲线，也许是工人铺石砖时做的记号。有一个地方用粉笔画着五个格子，格子里画着小人儿，这是孩子玩"过家家"。如今的孩子都陷在沙发里玩手机，能玩"过家家"的孩子不多见了。

小杜继续向远处寻去，在东南角发现一道用粉笔画的横线，不远处有黑布胶组成的"+"，那是电工用的黑布胶，剧组道具师傅必备的那种黑布胶。"+"一共三个，正好放下相机三脚架的三个支点。

"敌人不会已经来过了吧？"

就在这时，雨点砸了下来。

旁边是广厦车辆入口，从地下车库可以坐电梯上楼，少淋二百米的雨。小杜一转身，顺着下坡道，跑进地下车库。

"有证吗？"车库看守归物业部管，不穿保安制服。

小杜掏出湿漉漉的广厦出入证。

"这个证不能走这里。"

"为什么？"

"有停车证的人，才能通过。"

"我有出入证。"

"你这个证上没有物业部扣的章，所以你不能走这里。"

"大哥，雨这么大，您别让我原路再回去呀。"

"这有监控录像，放你进去，领导非骂我不可。认证不认人，你们保卫部不也是这么教育你的吗？"

"好吧，要是有车经过，把我捎上，能进去吗？"

"你要是在外面上车，我看不见，我也不管。现在搭车，就是给我出难题了。"

"我在这儿避会儿雨行吗？"

"没问题。"

小杜站在入口一角，这里是地下二层，雨水从地面贴着墙淌下，像一条条小蛇蠕蠕而行。

小杜念过高中，背诵过杜甫的《茅屋为秋风所破歌》，知道"安得广厦千万间，大庇天下寒士俱欢颜，风雨不动安如山"，他本人也算是一个庇得欢颜的幸运儿，但是，广厦近在身前，广厦外寸草不生，空若赤地。一座80层的广厦，直立云霄，却没有屋檐让你避雨。

雨还在下，进入地库的车驶过小杜身边也不减速，溅起积水，小杜皮鞋里水汪汪的，袜子湿到脚底。

"靠，我自己倒成了'危机情境'了！"

身后广厦千万间，但是，你缺一辆车和一张地下车库停车证。

小杜凑过去问车库看守："大哥，哪个部门发停车证？"

看守："保卫处发证，物业部收停车费。"

小杜："多少钱一天？"

"车不一样，钱也不一样，但是比停外面便宜太多了。"

"提申请，就能给停车证吗？"

"要看杜安山批不批了！"

"多谢！多谢！"

杜安山不是下围棋吗？小杜也会下棋呀。

3

小杜在《风雨三岔口》剧组和灯光傅老师学会的围棋。

按剧情，孟良和焦赞下棋论道。导演发话，要一副古代风格的棋盘。小杜从"淘宝"上用200块钱淘了一副。货到了，道具张老师看了一眼说："这是三年前拍《大清运粮官》时我亲手做的，被哪个王八蛋顺手拿走了！"一翻棋盘，底面果然写着"运粮官剧组"五个毛笔字。榆木棋盘，镂花底托，染成紫檀颜色，几年过去，裂开一道木纹，倒更有宋代古韵。

道具张老师叹道："这是细活儿，200块钱就卖了！"

小杜悄悄跟张老师说："卖主没发票，我让他开了500块钱收据。"灯光傅老师和道具张老师是朋友，在一旁接话："200太少了！起码写1000，不然导演哪信？"小杜连忙赔笑："我错了。"

灯光布好之后，演员试戏，一耗就是二十分钟，碎活有场工干，傅老师就用这副棋盘教小杜下棋。女演员台词太差，一场戏折腾半天，下棋的人正得了闲工夫。小杜先是陪傅老师解闷，下着下着，下明白了。

傅老师开始让小杜十五子，戏拍了两个月，女演员演技原地踏步，小杜棋艺大有长进，能和傅老师平下。

道具张老师感叹："行，我这棋盘成了给你们俩做的了。"

戏拍到三分之二，资方撤了，《风雨三岔口》又黄了。这次还好，工资按月发的，小杜倒没白干。电视剧拍得慢，剧组散得倒是快，下午宣布停机，晚上就不见人影了，散伙儿饭都没吃。

小杜和灯光傅老师没什么急事，在剧组包下的招待所里又住了一夜，二人下了通宵。临别，傅老师把这副棋盘送给小杜，对他说："你要是早十年学下棋，没准能下出点名堂来。"

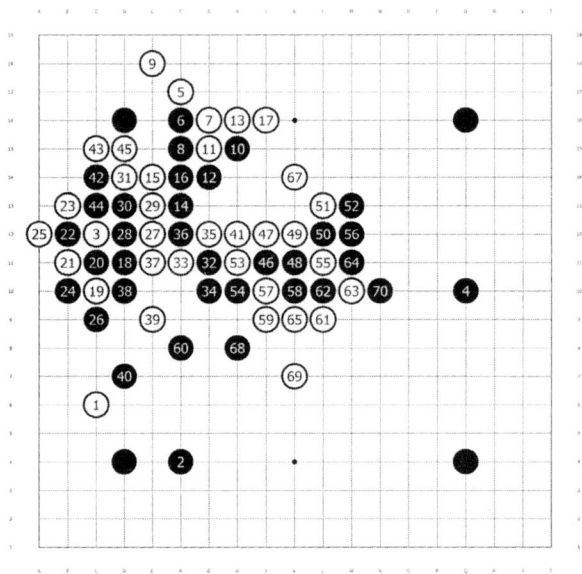

66 L11

棋谱　小杜与灯光师傅对弈棋谱，灯光师傅让四子。

4

忘了说一句，小杜发现的三个黑胶布"+"字是跳广场舞的大妈们贴的放音箱的标志。

为什么贴三个呢？贴"+"的是一个老实的老爷子，发表意见的大妈太多，一个说往左一点，另一个说往右一点，老爷子一口气贴了三个"+"，谁也不得罪。

老太太们说，三个也好，标明这是"刘三姐"舞团的地儿，别的团别惦记了。

5

人倒霉，喝凉水都塞牙。小杜停车证没拿到，出入证差点丢了。

他出门拿快递，走到"员工通道"临街哨位，岗亭里的保安威武挺拔、怒目圆睁，全不像平日里松散懈怠，昨天还揣在兜里的小收音机也没有了声响。

广厦"员工通道"人车分过，人凭证，刷卡进出；车也凭证，保安验证，抬杆放行。行人通道在侧，车行通道在中。小杜走近时，车行通道的护栏刚好抬起，一辆黑色奥迪徐徐通过，小杜侧身，从车行道护栏下走过。岗亭里的保安喝道："回来！走人行道！"

小杜瞄了他一眼，没理，走出门界黄线。

保安从岗亭上冲了下来，一把挡住他，"同志，你要走人行道！"

小杜恼了："我也没阻碍交通，走这儿怎么了？较什么真？"抬步要走，保安抓住他的胳膊："请出示你的证件。"没等小杜掏证，保安伸手拽出小杜衣领里的证件系带，二话没说，把证件卡从系带搭扣上卸下，动作熟练，训练有素，然后凛凛然回到岗亭，不再看小杜一眼。

小杜呆了一秒，他的第一反应不是恼怒，而是分析原因，是不是赶上演习了？还是杜安山出的考题？

小杜堆起笑脸："同志，有话好好说，是我不对。"

保安得理不饶人："请你站到安全线以外，没有事情不要在此地久留。"

小杜继续说软话："我重走一遍人行通道，行吗？"

保安："请你不要影响我工作。"

小杜："我也是保卫处的，危机情境物业管理。"

保安："对不起，一个部门的同事也不能执法犯法。"

小杜被晾在广厦门外，他给杜安山打电话，电话没人接，他的钱包、外衣、运动鞋还在广厦的衣柜里。收了快递员送的件，小杜不知应该去哪儿。

快递员目睹了刚才的一幕，对小杜说："刚才进去四五辆奥迪，估计是什么大官，认倒霉吧。"

小杜突然闪过一个念头：我把衣服脱光，在门口做个俯卧撑，让这个送快递的兄弟用手机拍张照片，传到网上，看看杜安山怎么"危境物"？靠！

小杜只能等。

广厦屹立，在下午三点的日光中凛然、岸然、傲然、巍然，不动如山。

6

广厦的业主们、商厦的顾客们来来往往，没人注意在路边傻站的小杜。

从广厦的天台上正垂下几根长索，飘飘荡荡，有几个工人在厦前广场上拉着长索，全身用力，从站到蹲，最后几乎仰面躺在地上，为的是校正长索在广厦外的位置。这是物业部在准备"洗楼"，会有一只吊篮沿着长索垂下，吊篮上的人给广厦从头到脚擦洗一遍。

小杜装作等人的样子，东张西望、听电话，其实电话根本没拨。他不敢三番五次地打电话给杜安山，他知道，杜安山在有意惩处他。

小杜想起了剧组灯光师傅教他下棋，提到"围棋十诀"，其中有一句是：入界宜缓。

保安威风凛凛地守着的那条"警戒线"，"戒"等于"界"，"线"等于"限"。

小杜决定找家小旅馆忍一夜，万一杜安山半夜召见，他必须迅速赶到。

临睡前小杜又给杜安山打了电话，通了，杜安山骂了一句："你小子欠收拾，明天早晨九点到我办公室。"小杜忙说："我没证进不了门。"杜安山说："九点给我打电话。"说完挂了。

7

第二天一早，小杜准时到广厦门口，他不想见昨天拦下自己的保安，换了一个入口。九点准时给杜安山拨通电话，杜安山在电话那头"嗯"了一声，挂了。小杜听到保安对讲机里响起杜安山的声音，"三岗，让他进来"。

保安一挥手，小杜过了界。

小杜想，入界宜缓，什么是界？杜安山就是"界"。

8

小杜走进杜安山办公室，把昨晚写好的检讨书放在办公桌上。

杜安山说，要在平时，立刻开了你。

小杜埋头立着，等着被骂，杜安山却停了话，时长也超过了在舞台冷场的极限。

小杜抬头，见杜安山站到窗前，广厦窗外垂下一只吊篮，正落在杜安山眼前。吊篮上站着三个人，戴着安全帽，身上绑着护带绳索。这是工人在"洗楼"——左右两个人，风吹日晒的样子，一看就是干这行的，中间那个人居然是老杜。老杜正与杜安山隔窗相望。

老杜参加了物业部组织的"我与广厦面对面——蜘蛛侠业主体验活动"，他是第一个"业主蜘蛛侠"，手上举着自拍杆，拿了刷子当笔，在玻璃墙上一笔一画，大概是 Y、Z、A。

窗外的老杜也认出了杜安山，敲了敲窗户，向屋里探望，又认出了小杜，冲小杜招招手，伸手探进衣兜，装作拿出一根烟，深深吸了一口，一团看不见的烟雾喷向小杜和杜安山的脸。

工人向老杜示意，时间到，该上去了，老杜把手里那只不存在的烟头弹到半空，扶摇而上，不见了。

杜安山说，这小子还来劲了！

杜安山和小杜同时迅速判断了形势：这不是"危境物"，广厦外可以吸烟，何况老杜没吸烟。老杜在广厦玻璃上没有刷反动标语，没有裸体做俯卧撑，更重要的是：物业保洁工作不归保卫处管。

杜安山坐定，冲着小杜说，你不是会下围棋吗？

小杜："会一点。"

"什么水平？"

"3D。"

"给你个将功折罪的机会。"

"您说，不知道能不能胜任。"

"这小子也会下棋，你代表保卫处，和他下一盘，灭灭他的威风。"

"不知他什么水平？"

"我让他四个。"

"您太厉害了！要不这样，您让我三个，考察我一下，如果觉得我水平还凑合，我就努努力，找高手突击一下。"

杜安山对小杜说，老杜那臭小子不识抬举，给脸不要脸。

第五章

"三艳"

1

　　物业主任陈妍请阿尔法保姆罗晓雁到刘燕的金丝楠木店里喝茶。三个女人哈哈一笑，咱仨真够艳的。

　　陈妍说，你们知道吗？广厦中庭每周三晚上，一个臭流氓给一群宅男上课，讲泡妞，现教现学，怎么要电话加微信，怎么约吃饭。一堂课每人交五百块钱，老流氓给小流氓开收据，名目是培训费。保卫处不是弄了个"危境物"吗？那个小杜，也报了名，腆着脸皮跟姑娘搭话。我找了他们头儿，那个臭脸杜安山，你的下属假公济私，是执勤还是泡妞？你猜杜安山怎么说？我派他去卧底，万一有个傻姑娘真上了当，中了招，寻死觅活，我广厦得知道证据，保卫处得知道原委。

　　罗晓雁说，我也碰见过，上来问我，您的 Burberry 披肩在国内没见过。这都是从美国渣男书上抄的，*How to Pick up a Girl?*，几十年前的烂书，搬到国内骗钱。

　　陈妍说，我见过好几次，臭小子在金丝楠木店门口转悠，被我们燕燕的美色蒙了心。有面瓜跟燕妹妹搭话，脸都羞红了，扭身就跑，你是怎么对付他的？

　　刘燕说，他要请我吃饭。我说，你请我吃饭，是用你媳妇的钱？还是用你妈的钱？

陈妍说，一帮渣男。

刘燕说，罗姐的阿尔法那么厉害，能认出盲流、乞丐，是不是也能认出渣男？

罗晓雁说，妹子你说到我心坎里去了，这就是我做阿尔法的最大动力。地扫得再干净，渣男还掉渣，渣渣烧得尽，渣男吹又生。人工智能让人方便，这不叫造福社会，帮女人看透男人，才叫智，才叫能。

刘燕说，姐姐说到这儿，我也卖弄一下。你弄的人工智能保安，把保安的活儿抢了，让杜安山失业，你是造福社会？还是祸害社会？人工智能既然要模仿人，就要分男女。保安、炒股、下棋、破案，都是男性思维，哥们儿智能、爷们儿智能。你该开发一下姐们儿智能、闺蜜智能、姑奶奶智能，总之，女版智能。

陈妍说，我这妹子不一般吧？色艺双绝。

刘燕说，主要是这世界上的男人太 low，太渣，再不给他们智能一下，就该从地球上灭绝了。

罗晓雁说，个个自以为是，以为自己是超人，举枪能干怪兽，可枪膛里装的不是子弹，是伟哥。

刘燕和陈妍说，看看，女流氓的本色露出来了。

罗晓雁说，对付渣男就得用女流氓手段。

刘燕说，人工智能渣男识别器一定能成，罗姐姐亲自验证。

陈妍说，这可是个难题了，你也不能找一个小姐来当志愿者吧。

罗晓雁说，你错了，床上那点事好办，脱了裤子没秘密，秘密都在裤子上。

刘燕说，你为什么不设计一款阿尔法裤子？

陈妍说，人工智能裤子，广厦制服裤，冬夏两款，贴心关怀，贴身观测，一起一动都记录在案。

罗晓雁说，要是内裤就更绝了。

陈妍说，我没理由给男员工发内裤，但是为了提升广厦形象，让保安、物业工作人员统一着装，为每位男员工定制一套西服、西裤还是合理的。

刘燕说，裤扣、裤角、裤线里面有什么文章，就看阿尔法理工男的手段喽。万一被男人们的老婆、情人发现裤子里有针眼儿相机，你可就麻烦了。另外，这裤子里藏的东西还得禁得住洗、禁得住熨，不怕熏，不怕臭。

罗晓雁说，让我反过来想想，还有更好的手段吗？非要裤子吗？燕妹妹，你怎么识别渣男？

刘燕说，有秘密独享版，有大众普及版，我只能先告诉你大众普及版。

陈妍和罗晓雁说，请你吃水煮鱼。

刘燕说，光水煮鱼可不行，你得付我一笔咨询费。

2

刘燕的渣男识别分为若干个步骤，

一：微信头像识渣男

文艺范照片，海边戏鸥、山头望月、窗前喝茶，这种文艺男，多半儿心里有病，有病必生疮，生疮必破皮，破皮必掉渣。这些是潜在渣男。

二：吃饭识渣男

特讲礼貌，爱讲世界十大名菜、法国五大红酒，或者名车、名表，顺便带着自己与某名人的交情，这是准渣男。

三：摸棋盘识渣男

金丝楠店门口摆着一副棋盘，那是用金丝楠大条案的余料做的。金丝楠不像黄花梨、紫檀，人手摸着上包浆。金丝楠木里的暗纹金丝怕水、怕汗。刘燕平时用鹿皮布擦，鸡毛掸子掸。偏有那臭男人，天生咸猪手，摸家具像在地铁里摸人。

刘燕在每件家具上摆了"请勿手摸"，旁边还放了手套，还是挡不住有人手欠。刘燕索性在门口放了棋盒，让咸猪手们摸就可着一块棋盘摸。别家店门口摆的不是关公就是观音，求福避灾，谁想到刘燕摆棋盘，是为了手有摸癖的男人先把手上的汗擦干了。

看多了咸手、甜手、干手、汗手，刘燕能从摸棋盘动作里看出渣男端倪。

手是人的第二张脸，手会说话，摸棋盘能让刘燕想起文言文里的词，拭和拂；也让她想起那些知道怎么念，不知道怎么写的口语，抹擦、捋、胡噜。

有人摸棋盘像摸活鱼，其手越腻，其人越渣。这种人的微信头像很可能是苏东坡、白居易，和刘燕吃饭，喝几杯红酒，脸就像肿的鹅冠子，眼睛亮成了兔公。

有人摸棋盘像检查卫生，摸一下，翻手看看手指上有没有灰，又掏出一块手帕。这种人的微信头像多半儿是红日明月、泰山顶上一棵松。这种人和刘燕吃饭，像领导找下属谈心，下属不主动向领导献爱心，领导会怪你不识抬举，我还有个会，先走了。

有人摸棋盘像验收产品。棋盘倒过来看肚皮，侧过来看肋骨，这般人多半儿是有贼心没贼胆。和刘燕这样的美女搭话前，一定先在百度上查过金丝楠词条。"金丝楠和楒木比，谁更有弹性？"这种人和刘燕加了微信，把自己头像照片改成这个棋盘，名字改成难忘楠香，然后客气地约刘燕吃饭。刘燕躲三年，他再约三年之后。

有人还敲棋盘，东一下，西一下，哆来咪，敲出节奏，像钢琴家随手敲起的琴键，美女就可以听出他是郎朗的师弟，再不来讨要个签名，隔壁眼镜店的妹子就把我抢走了。这种人的微信头像是周星驰版的孙悟空，微信名"至尊宝"。他关注了金丝楠木店的营销公众号，文章每篇必看，看后必评，每评必带玫瑰、爱心。刘燕拉黑了他，他就在公共评论栏里上传视频，打开一看，小伙子说要为爱殉情，到广厦中庭跳楼，为金丝楠的金色纹理添加一份绯红的爱情。

刘燕找到广厦保卫处，杜安山委派小杜处理。物业陈妍出于私人友谊，也加入了这个"危境物"群聊。

老杜追求刘燕，刘燕把老杜发展成"楠山南"的公关策划，也不占他的便宜，发劳务费。遇见殉情大事件，老杜自然不拉空。

小杜、老杜、杜安山都在一个微信群，刘燕就看到了三个男人的微信头像。三个男人来金丝楠木店开会，她也有机会看见三个男人在棋盘前的反应。

老杜在棋盘上摆几个子，大飞挂、三连星，没人搭理他，自己在棋盘一角，乌泱乌泱地码了一大堆。棋子上码棋子，搭积木一样，搭了四层。中指、食指夹住一子，在棋盘上一打，脆生生的像一个鸡蛋磕在平底锅上。

小杜进门，一脸堆笑，看您拿棋的手势就知道是高手。

老杜说，会下吗？

小杜学饭铺跑堂伙计的样子，拿袖子在棋盘上擦了两下说，按规矩，和高人下棋，晚辈得擦棋盘。

杜安山说，按规矩，你还得把每个棋子洗一遍。说着把一枚白棋立了起来，手指交错用力，那枚白棋陀螺般地转了起来。眼看转出了棋盘，一手拍住，像拍只苍蝇。

杜安山对老杜说，杜老师，白棋下这里能引征吗？

这三种摸棋盘动作刘燕都没见过，三个男人的微信头像也怪。

老杜的一周一换，硬邦邦的线条图案，脚手架、屋顶、马路上的方向箭头。小杜和杜安山的头像一样，是一块红布横幅，贴了白字，"杜绝安全隐患"。杜安山的朋友圈一张照片也看不到，小杜的朋友圈显示三天以内，老杜的朋友圈照片一览无余，只要刘燕有耐心一直看，能看到老杜的童年。

三个男人为金丝楠刘燕出主意。

杜安山说，厦庆就要到了，真没工夫掺和你们的私事，跟小伙子好好聊聊，至于这么寻死觅活吗？

老杜说，不理他，这种人越理越来劲，臊他两天就好了。

刘燕说，该聊的也聊了，该臊的也臊了，他油盐不进，软硬不吃，天天来我店里坐着。我一说重话赶他走，他就说要跳楼。

老杜说，我找人揍他一顿，说我是你男朋友。

刘燕说，别，赶走了他，你赖到我店里不走了，我更麻烦，想别的招吧。

杜安山问陈妍，恋爱纠纷算物业范畴吧？

陈妍说，我给燕妹妹挡了好几天了，保卫处不管，我们物业部肯定管，我还兼着广厦的妇联主任呢。

杜安山问小杜，你有招吗？

小杜说，要不明天我替姐看一天店，有买主来，我让他们跟姐单聊。

刘燕说，你啥招？

小杜说，姐别问，人给你请走，姐请我吃吉野家就行。

你还别说，第二天上午小杜坐店，那个疯魔的小伙子准时出现，上午十一点不到，小伙子离开，再也没回来过。

刘燕问小杜用了啥招，小杜一乐，姐你就别问了，吉野家在哪儿啊？

3

回到刘燕、陈妍、罗晓雁的人工智能识别渣男。

刘燕说，我看小杜是个渣男。

陈妍说，瞧你这人，过河拆桥，小杜骚扰你了？

刘燕说，没，我就觉得他像。

陈妍说，他那领导杜处长才渣，臭德行，拿腔作调。

罗晓雁说，我觉得老杜是深度渣、骨灰渣，十个文艺男青年里十一个渣。

刘燕说，雁姐向老板申请一笔经费，开发一款渣男识别人工智能机器，前两款是扫帚和大盖帽，这回该是什么了？

陈妍说，当然是裤子了，渣男屁股一撅，人工智能就知道他要拉什么屎。

刘燕说，屁股能得到什么信息？他长没长痔疮，内裤是不是天天换？十指连心，读心就要读手。我觉得手套最合适，看掌纹、指纹，测手心温度，量手腕脉搏，知道他打电话时说什么。

罗晓雁说，口罩行吗？能闻出男人嘴里的味儿，我闺蜜说了，爱吃大蒜的男人比爱喝咖啡的男人靠谱，爱吃辣的男人没有爱吃甜的男人渣。

陈妍说，雾霾来了，给员工发防霾口罩，为什么不可以？

罗晓雁说，北京空气质量好了，雾霾少了，口罩不常戴，领带合适。

陈妍说，好吧，领带、裤子、手套三件一套。领带听、看，手套读心，裤子负责下半身。就看雁姐手下的科技男能不能做出来吧！

罗晓雁说，一言为定，做不出来我把他们弄成渣。

刘燕说，雁姐做出的东西，妍姐可得让男人们穿上。

陈妍说，我让厦长下命令，厦庆前半年穿制服上班，不穿不戴的罚款。

罗晓雁说，最好让厦长也穿上。

阿尔法领带、裤子、手套

1

阿尔法裤子、阿尔法领带、阿尔法手套，收集了大量鲜活的数据，像从远洋捕捞的生鲜三文鱼。三位艳姐问道：你觉得谁是渣男？

阿尔法手套说，你看，这是小杜的指纹、掌纹，命相书上有写，分叉，迷乱，花心。此人手软，不出汗，爱搓手指，手套被这个动作深深折磨。

阿尔法领带说，小杜吃蒜，也喝咖啡，吃辣，还吃甜点，吃完饭刷牙，就是吃饭带响声，俗称吧唧嘴。

阿尔法裤子说，小杜爱走路，一天一万步，不是健身，是执勤。

阿尔法还知道小杜是怎么抓到裸体俯卧撑艺术家的。小杜用一个美女头像关注了裸体俯卧撑艺术家的微博，留言、点赞、示爱。小杜参加了他的展览，知道他住哪儿、车牌。美女小杜与裸体俯卧撑加了好友，私聊。小杜在剧组里学会了装女声念台词，约俯卧撑在宾馆见面，再把俯卧撑的肉麻回复截屏发回给他。小杜这次换了另一个微信头像，警告他，明天滚回老家，不然你就是第二个 ×× 波。

阿尔法还知道，小杜是怎样把那个痴情男青年从刘燕的金丝楠木店里赶出去的。小杜扮演了一位深情的 gay，男生的电眼比女人猛三倍，再猛的猛男也招架不住一眼，那个男青年居然扛了两小时才跑。

听了阿尔法的汇报，刘燕说，下三滥的手段，他不渣谁渣？可惜了我的店，我说得没错吧？他就是渣男。

陈妍说，妹妹，混江湖，不用点手段成吗？这臭小子有点歪才。

罗晓雁说，这小子爱学习，在广厦周边转悠，串胡同，钻小巷。阿尔法裤子记录了他的行动轨迹，阿尔法领带听到了他的电话，看见了他在小本上画图。小杜告诉杜安山，他在勘查地形，做"危境物"防范，其实他是在琢磨，把广厦周边能停车的地方统一管理，统一收费，人工智能显示车位，人工智能抬杆放杆。

陈妍说，这是我物业部干的活啊，是他自己想干，还是他的处长杜安山指使的？那个大渣男，一提起来我就有气。

罗晓雁说，阿尔法跟了这位大哥三天，他下班不穿制服裤子，我们只知道他上班穿秋裤，秋裤腿掖进袜子，一进办公室就摘手套，解领带。但是，手套还能还原他昨晚手指动作，你想知道这杜安山大人干了什么吗？

陈妍说，跟人开房了？有没有照片？

刘燕说，阿尔法都被你们这群女流氓带坏了。

罗晓雁说，心里想要，嘴里说不要，才是女流氓。阿尔法家族成员无欲无求，忠实记录。什么叫人工智能？首先要去除私欲。

陈妍说，有屁快放，昨天杜安山干什么了？

罗晓雁说，广厦这块地皮原名叫卢氏新村，原住村民依然是土地的拥有者。当年拆迁时定下的合同，每年跟广厦分红。每家每户一人一年八百块钱。村民昨天集体来找厦长，说水涨船高，广厦生意好，分红应该翻倍。杜安山堵在门口，不让进厦，领头的村民把杜安山揍了，满头是血，派出所来人把村民拘了。

陈妍说，揍得好！真解气。

刘燕说，人没伤到吧？

罗晓雁说，瞅瞅你们俩，名字都带艳，俩人怎么区别这么大呢？燕妹妹好心，姐告诉你，我们阿尔法裤子早就探出来了，杜安山的裤兜里掖着一根猪大肠，灌得鼓鼓囊囊的。阿尔法手套知道，双方动手，杜安山趁乱把猪大肠一掰一挤，头一埋，眼一闭，那大肠里的东西溅了他一脸，顺着脖子流到阿尔法领带上。我们阿尔法家族都是什么鼻子，一闻就知道，那是猪血。

陈妍说，要不是阿尔法人工智能，谁知道杜安山还会玩这种地痞流氓的招数，他不渣谁渣？都渣出猪血来了。

刘燕说，妍姐，你刚才说的，混江湖还能没有点手段？

陈妍不吱声，罗晓雁接着说，你知道杜安山昨天晚上干吗了？

陈妍亮着眼睛，说说看。

罗晓雁说，别激动，他上床睡觉又不系领带，不戴手套，脱了裤子。

刘燕说，杜安山养狗，人工智能大盖帽与保卫处人机大战，杜安山的狗上阵了，他半夜肯定遛狗。

罗晓雁说，除了遛狗，他半夜到广厦广场玩遥控飞机，这是我们家阿尔法大盖帽看到的。杜安山的八轴飞机能飞上广厦80层，杜安山还站上广厦天台，飞机绕广厦一圈。

陈妍说，这小子想干吗？

罗晓雁说，阿尔法领带白天看见杜安山在电脑上写东西，他想搞人工智能空中保安。

刘燕说，这遥控飞机能洗楼，那飞到外边当蜘蛛侠啊。说起蜘蛛侠，我又想起老杜来了，那蜘蛛侠老杜这两天忙活啥呢？

罗晓雁说，老杜文艺青年，要找我投资搞人工智能编剧。现在计算机能写诗，能写新闻，老杜想人工智能写剧本。先搞一个人工智能剧透机。一部谍战电视剧60集，一部爱情仙幻剧三男十女，先训练人工智能自动推出大结局，到底谁是卧底？女主到底跟谁好，为计算机自动创作剧本打下基础。

陈妍说，这臭小子几天换一次内裤？阿尔法裤子能闻出来吗？脖子后边有没有黑泥？阿尔法领带没被熏着吧？

刘燕说，说得那么恶心。

陈妍说，他就那么恶心，还追求我们燕妹？干物业我都不要。

罗晓雁说，老杜这人特神，吃卤煮背唐诗，尤其爱背杜甫，大概人家都姓杜，自以为杜甫转世。

陈妍说，想得美。

刘燕说，老杜第一次来我店里，要送我一幅字，说是杜甫写的围棋诗。忘了塞哪儿了。

陈妍说，老杜字写得怎样？

刘燕说，还行，自称小时候练过。

罗晓雁说，人家还给你写情诗呢，那叫一个肉麻，念不出口啊。那老杜还在调查燕妹妹，网上查你店的背景、进货渠道。

刘燕说，有病啊！

罗晓雁说，人家是在了解你，了解你是不是厦长的小三。

陈妍说，要不说渣男呢，看见美女创业就猜人家是小三。美女就不能自己喜欢金丝楠木？美女就不能凭本事挣钱开店？

刘燕说，妍姐，风言风语我听多了，我自己都没反应了，你生气干吗？我是不是厦长的小三？阿尔法知道啊。你不是让厦长都穿上阿尔法裤子了吗？

罗晓雁说，裤子不好让厦长穿，陈妍姐让厦长为厦庆拍照片，送厦长一条高级领带，系脖子上俩钟头不到。

刘燕说，看见厦长什么了？保险柜密码？

罗晓雁说，厦长的柜子里确实藏着东西，阿尔法领带看着了，不是账本，不是金条，不是手枪，是一把斧子，砍柴火用的斧子，木柄脏兮兮的，被手攥得油光锃亮。还有一块磨刀石，现在的小孩子都没见过那东西。厦长把茶缸里的水撒在石头上，吭哧吭哧地磨斧子。

刘燕说，恐怖片啊，厦长这是不是要杀人报仇啊！

陈妍说，别瞎说，厦长怀旧，喜欢收藏老物件。

刘燕说，雁姐，该穿的都穿上了，该看的都看到了，这阿尔法有啥结论没有？

罗晓雁说，老杜、小杜、杜处，这三个嫌疑人取证最丰富，阿尔法得出结论这仨人都下围棋，都是单身。

陈妍、刘燕说，就这个，人事处一调档案就知道，还用人工智能？

罗晓雁说，人工智能建立在大数据基础上。裤子在他们身上一共穿了不到 24 小时，小杜走路甩丁掉裆，裤裆开了线。杜安山的手套也不常戴，把我们那么宝贵的科学仪器当抹布用。老杜嫌领带难看，用领带擦皮鞋，擦完了就扔垃圾桶里了，还是妍姐让冯薇捡回来的。高科技的东西也不敢往裤子里装。测人、识人要在一个封闭的环境里，无死角、全方位安装仪器，才能收集人体信息，步态、站姿、心态。

刘燕说，妍姐安排广厦员工体检，在医院里不就把这些信息全采了，医生把他的五脏六腑，小肠、直肠全看了。

罗晓雁说，他们仨的体检报告我早就弄到手了。缺的是，他们仨在特定环境中的个人反应。我给你举个例子，曾国藩有一套识人经验，他约了三个官员面试，让他们在书房里候着。第一个人静坐，闭目养神；第二个人来回踱步，心神不宁；第三个人操手闲逛，左顾右盼。曾国藩认为第三个人心态好，不急不躁，同等条件下优先录入。我们的阿尔法也需要这样的情境观察、对比，起码要一两年的工夫。

陈妍说，知人知面不知心，认识一个人要和他一起吃完一吨盐。

罗晓雁说，How much time should I spend, before I call him a 渣男？

刘燕说，我有主意，让雁姐在三天之内就拿到这些信息，三天吃完一吨盐。

陈妍说，睡他们？

刘燕说，瞧燕姐说的，要是睡觉能解决问题，那杜蕾斯早就把事办了，何苦要人工智能呢？我能把他们关进一间黑屋里，任雁姐摆布，想安什么仪器安什么，神不知鬼不觉，他们还美得屁颠屁颠的。

陈妍、罗晓雁瞪着眼睛，妹子，你憋的什么坏？快说。

刘燕说，拍戏！小杜不是爱演吗？杜处爱导，老杜爱写，你让他们哥仨拍厦庆宣传片。你还想验谁，就拉谁来当配角、群演。雁姐的仪器混在摄像机、灯光里。咱得拍古装戏，仪器藏在假头套里、大长袍里。他们问这是什么东西，就告诉他们是测光仪。

为了演好古人，在他们的鼻孔里安仪器，屁股沟里夹传感仪，他们也乐意！

罗晓雁说，我的科研团队统统扮成摄制组成员，化妆师是人脸识别专家，录音师是人声鉴别专家，阿尔法大盖帽当摄助，摄影棚就是阿尔法实验室，只要是渣男，他的尾巴怎么也藏不住！这戏拍完之后，燕妹，你店里的金丝楠家具我全买了。

刘燕说，雁姐，你先别高兴，咱得选好剧本，让厦长认可。

罗晓雁说，老杜已经写好了。

陈妍说，拍这个戏，咱得让厦长亲自出演。

刘燕说，咱得先看看本子。

罗晓雁说，我这就发你们。

剧本

作者：杜奇峰

崔府夹道，在隆福寺，西边是人民出版社大楼，东边是隆福大厦，民航大楼正遮住南边的太阳。

隆福大厦失火之后，这片地福缘一直不见兴隆。夹道前面一条东西走向的窄路变成杂货市场，从美术馆东街到东四西北大街，一站地的距离，人挨人，人挤人。一早的菜市最热闹。穿着拖鞋逛菜市场的并不全是老头、老太太。年轻人穿着宽松绒裤，在人群中脚步从容，去掉他手里的塑料袋，P掉他身边的菜摊，套进巴厘岛海滩衬底，看神情、步态、肤色，一点不唐突。

两个老太太牵着手，脚步慢，但稳当，被熟悉的浅海人粥托着，安全、轻松。装菜的拖车就是她的救生圈，青叶萝卜就是珊瑚。

这里不像地铁通道，那里有人急停、转身，打乱众人的步速。菜市场里也有人在路中驻足，推着自行车，手不离把，扭头问茄子价钱。路过的人被车拦下也不介意，顺着他的视线，搭着他的问话，知道了这摊茄子贵二角钱。昨晚刚下的雨夹雪，路中凹处积着浅水，不湿鞋的地方正走着一个挂着四脚拐杖的中年男人，袖口、裤脚露出隔壁隆福医院的住院服。

菜市场里的人目光温和，讨价还价像是游戏，话糙的粗人一出口："我×，你别逗了，这卖的是大白菜还是杨乃武的小白菜?"那句"我×"，炸糕丢进油锅，热油与糯米团用炽烈的方式把对方搞熟。

这条街上的菜摊没有招牌（那些有招牌的"馄饨侯""白魁羊肉"生意都很冷清），菜摊主人的声音就是招牌。卖菜很难编出好玩儿的词儿，像街东头卖磨刀石的，"五块钱磨得光，切猪杀牛带宰羊"。买菜的人不图新鲜的词儿，一图菜新鲜，二图划算，三图一天里的菜谱搭配，图着图着心里就乱了，腿也累了，看上一个顺眼的摊主人，嘴甜、手勤，一下子也就把小推车装满了。摊主人高兴，亮嗓门一吆喝，尾音格外加高一个调，秀了一下《星光大道》的潜质。

旁边干果摊的小伙子并不吆喝，秤盘当铲子，铲起一秤核桃，像厨师颠勺一样，核桃蹿高一尺，齐齐砸向秤盘，颠三下，响三声，人走出街口，还能从身后的人声中分辨出核桃落在秤盘里的声音。

卖核桃的小伙子叫王质，延庆人，开了三年出租车，与同村双班。

滴滴、快滴抢生意，活儿不好干。车交给对班开，自己卖核桃干果。马路对面新开了"凤姐水果"，也卖干果。他铲起核桃颠三下，有点像堵车的时候按喇叭、骂人解闷。

一个服务员装扮的姑娘急匆匆跑到王质摊前，"称三斤山核桃"。

"山核桃贵。"

"给你钱，别啰嗦。"

十分钟不到，姑娘又跑了回来："大哥，你有砸核桃的锤子、榔头吗？"

"有，咋了？"

"借我用用。"

"你是谁呀，我认识你吗？"

"刚从你这买了三斤核桃，转眼不认人？我就在崔府夹道的小院里上班，急用锤子砸核桃。"

"拿门框挤，拿牙咬，直接往地上摔。"

"我们老板要整个核桃，不能碎皮，又要裂开口，一掰就碎，当人面砸开。"

"榔头有，砸开一个核桃五块钱。"

"好，你跟我走，带上榔头，快！"

王质的那把榔头，鹤嘴铁头，木隼接口处用碎布塞住。他还有一个铁墩，中间一圆凹，专门砸核桃、榛子用的。

2

王质跟着服务员在崔府夹道拐了个弯，死胡同尽头一扇卷帘铁门，服务员按了密码，进门是一户人家的后院。院子像颐和园、北海里的某个小院，假山、水池、雕梁画栋。服务员急匆匆的。三转二绕，坐电梯下到负三层，有位大姐在指挥众人，王质听了一会儿，大致听明白了。贵客是个大官，十分钟前到了，没提前和主人打招呼，顺路插空，突然袭击。主人正在内间陪着聊天，茶水、果盘、毛巾送进送出。贵客爱吃核桃，尤其爱吃山核桃。现在的山核桃吃得少，做手串多，或者攥在手心里当按摩器。女服务员记得后门外王质的干果摊一称三颠、三翻四抖的动静，大姐才差她去买。

偏偏这山核桃壳厚，不好砸皮。贵客大官带着警卫员，端给贵客的西瓜、茶叶、瓜子都亲自过目，核桃要当他的面砸开，亲口尝过。警卫员守在首长待的屋外不能离开，崔府里的木工、电工偏巧不在，也不能找个门框碾出动静，竟真的找不到凑手的东西砸开这十几个山核桃，服务员这才跑出门拉来了王质。

王质蹲在地上敲核桃，轻手轻脚，像铟一件打碎的瓷碗。身边聚过几个闲人，好像工地上每有挖土刨坑，周围立刻围来一圈看客，手揣兜里，嘴上点评。

"山核桃不好砸，要用火烤，再扔冰水里，皮就炸了。"

"兄弟，哪有那工夫？"

"种核桃的地在山上，石头多。"

"卖相好的核桃一对儿上万，报国寺市场刚出一对儿，三万八。"

"这小伙子怎么没穿鞋套就进来了？"

"铁托儿好，砸核桃也有样儿。"

"这小铁锤儿，有年头了，锤头把儿都包浆了。"

王质有意砸得仔细，悄悄听见屋里传出话："市长要下棋——核桃马上送到对局室——小张换茶——陈经理把对局室闭路电视打开——现场直播一下。"

围在王质身边的闲人拥去新地方，众人你一句我一句：

"聂市长和郭九段这盘棋可约了好长时间了，择日不如撞日，今天两人有空，巧了。"

"听说郭九段特别会下让子棋，上次和市长下，让四子，只赢市长半目。"

"王秘书，怎么样，我陪你下一盘玩玩？"

"我今天负责记谱。"

"对，名局应该记谱，我负责送核桃。"

"对对，吃核桃补脑。"

众人的声音拐过一个角，消失在门口。没人理睬王质，王质四下打量这间屋子。

对面茶席后坐了个姑娘，大概刚给首长泡过茶，刚才砸核桃时听见那个大姐的声音："小种茶第三泡的味最好。"姑娘和王质一样，被忘在这里。

王质说："你们家真阔，五块钱砸一个核桃。"

姑娘垂眼摆弄由大到小四五个茶杯，不理王质。

"你们这儿多少钱住一宿？"

"这里不对外营业。"

"看出来了，腐败会所。"

"我们是国弈研究会。"

"能打麻将吗？"

"这里只下围棋。"

"刚才把我领进来那个姑娘在哪儿？她答应给钱的，砸一个核桃五块钱，十五个核桃，七十五块。"

"不知道。"

3

王质拐过转角，前面是另一个小厅，天花板上吊下一台电视，电视画面上只有一副棋盘。王质猜到，这应该就是聂市长与郭九段正在下的那盘棋。棋盘边摆着一杯茶和一盘核桃仁，那是他刚砸出的山核桃仁。拿核桃仁的那只手应该就是市长的。

拍摄这画面的镜头悬在棋盘的正上方。王质看到，棋盘上的棋子越来越多，茶杯旁的那盘山核桃越来越少，市长先是拿走一颗，随后一把抓走四五颗。市长向棋盘俯身，能看到他头发稀疏的头皮（哦，吃核桃还长头发呢）。市长点了一支烟，一股烟雾从稀疏的头皮下冒出来的。

棋盘上的黑子、白子的对话越来越紧。

不知不觉，棋盘上几乎被填满，几只手把棋盘搅乱，指指点点。

"你怎么还在这儿？"

王质一回头，看见招自己进来的女服务员："砸核桃的钱还没给呢！"

女服务员身边一个男子走过来："多少钱砸一个？"

王质认出是刚才监督自己砸核桃的首长警卫员："耽误我这么长时间，生意没人管，不能让我白砸吧？"

警卫员："你砸核桃的榔头是什么做的？掏出来我看看。"

王质伸手掏裤兜，刚才他把榔头和铁托顺手塞进去的，手进兜一抓，抓出鹤嘴铁头和铁托，木把不见了。再掏探进兜底，抓出一把木屑和几根木梗，榔头木把不知什么时候竟然烂了。

警卫员说："还不快走？等你出门，没准你裤裆里的把儿也烂了。"

服务员引王质默默地向外走。

王质说："你这不坑我吗？白搭了半天工夫，还坏了我一把榔头，那哥们儿会气功？"

女服务员："真不好意思。"

王质："有这工夫，麻将都玩儿十圈了。"

女服务员："下回还去买你的核桃呗。"

王质："这还差不多，核桃好，干净，吃着放心。夏威夷果、美国大杏仁，都施过药，一小瓶药三毛钱，能催三十斤，催出的果子卖三十块一斤。"

说着话，七拐八绕，到了卷帘铁门前，女服务员按下密码。

王质说："你不怕我记下密码，自己开门进来？"

女服务员："我们这每隔一小时自动换一次密码，你看了也白看。"

王质："我记电话号码一门灵，说一遍就记得住，刚才那密码我可真记住了，一小时之内我自己试试。山核桃我还有，送货上门。"

女服务员："你出门看看就知道了，这里面过了一个小时，外面不知道多久了？"

王质："鬼片啊，你们这院阴气十足的。"

女服务员打开门。

王质："留个电话号码呗，这么大的主顾不能丢啊。想吃啥告诉我，山楂、柿饼、京白梨，你们家贵宾吃腻了大餐，肯定爱吃我卖的原生态。"

女服务员："我们老板不让用手机。"说罢举手要按开关。

王质："刚才那大官下的是啥棋？围棋？"

女服务员："门口有介绍。"

说完关上了门，一道卷帘缓缓落下。

4

门外两侧墙边果然有两排橱窗，一左一右，如果不留意，很容易错过，以为是居委会的宣传栏。

王质依次看过去，十几张图，画的各种古人，图下面有文字说明。

第一张图画的是一个少年与和尚下棋，少年是穷孩子的打扮，地上放着一担木柴，柴是新打的，还带着枝叶。

文字说：唐朝有个山西小伙子叫王积薪，跟和尚学会下围棋，成了唐朝第一高手。

第二张图，青年人穿上了官衣，在宫里和皇帝下棋。皇帝捋着胡须，点头称赞。

文字说：王积薪成了唐玄宗的"棋待招"。

第三张，王积薪长了胡子，衣服打了补丁，立在墙根。墙那头，一个老妇人与儿媳妇模样的女子在树下站着聊天。

文字说：王积薪逃难，夜宿村舍，听到房东大妈和儿媳妇不用棋盘，嘴说着下棋，叫盲棋。

第四张，王积薪正襟危坐，棋盘对面有个日本武士向他鞠躬。

文字说，王积薪很厉害，来唐朝挑战的日本棋士才走了几步就甘拜下风。

王积薪总结了"围棋十诀"，一共十句，字不多，王质一一读来：

不得贪胜、入界宜缓、攻彼顾我、弃子争先、舍小就大、逢危须弃、慎勿轻速、动须相应、彼强自保、势孤求和。

这四十个字写满一张纸，白底红字，边上是"围棋的传说"。

第一张图，一个妃子与皇帝下棋，窗外另一个女人皱着眉头。文字说明是：汉高祖刘邦的爱妃戚夫人会下棋，很讨皇帝喜爱，引起吕后嫉妒。

第二张图，两个贵公子模样的人打架，一人举着棋盘砸向另一个，棋子散落一地。文字说，汉什么帝的太子和一个什么王的儿子争什么权位，下棋下恼了，一个人把另一个人脑浆子砸了出来。

第三张图，一个大臣和皇帝下棋。旁边站着妃子，笑盈盈地看，怀里抱着一只波斯猫。文字说，唐玄宗和大臣下棋，眼看要输，杨贵妃故意让猫跳上棋盘，搅乱了棋子，皇玄宗保住了面子。

再下一张图，两个老神仙下棋，长眉长须耷拉到棋盘上，旁边小童子烧茶，摇扇。一个短打扮的樵夫，后腰别了一把斧子，脚下一捆柴火，下棋的地方是一处高崖，隐约看到山下的村子炊烟袅袅。

文字写道：相传东晋年间，樵夫王质进山砍柴，在山中遇仙翁对弈，王质驻足观看。一局终了，王质的斧头木柄在不知不觉中腐烂。下山后，发觉时间已过了一个甲子，自己还是一个青年，儿孙却须发皆白。古人称斧柄为"柯"，这个传说被称为"烂柯"。相传王质遇仙的烂柯山位于浙江衢州东南。福建、广东、山西也流传着相似的烂柯传说。

王质摸了摸裤兜，掏出榔头的鹤嘴铁头，铁孔还粘着木刺，尖尖的，不小心会扎破手指。原来塞住木柄的碎布也不见了。

王质心里说：真邪了，榔头把烂了，核桃没烂；缠榔头的碎布烂了，裤子没烂。

王质往回走，听到有人唱歌，声音像是他邻摊卖菜的那个男高音，对，早晨刚出摊的时候，他就唱这歌，舌头在嘴里嘟噜嘟噜的，说叫"重回索莲托"，意大利民歌。寻声找去，原来是小卖部女老板俯在柜台上看手机里的电视节目，声音是从手机里传出来的。

王质凑上去看，一首歌已经唱完，三个评委正在发问："请问你做什么工作？"

"我在隆福菜市场卖菜。"没错，大哥真的上了《星光大道》。

王质一点不惊讶。"我进门砸了十五个核桃，榔头把都烂了，我的命却还在，卖菜大哥上了电视有什么怪的？"

小卖部女老板的手机是一款他从未见过的型号，整个一条街的早市像是被城管抄了一样，空空如也，地上连一片菜叶都不剩，只有几个塑料袋飘过。

他的干果摊的位置上有一群年轻人摆弄着大大小小的纸箱子，身边停着四五辆带斗的三轮车，车斗上写着"隆福快递"。王质依然一点不觉得奇怪，抬头看到隆福大厦喇嘛庙一样的金色屋顶，被扣进一个大玻璃罩子，原来大厦只有五层，现在长出七八十层，一头伸进雾霾。

既然一盘棋的工夫能盖成一座 80 层大楼，榔头木柄烂了，又有什么奇怪的呢？

阿尔法摄影棚

1

一个月之后，戏真的开拍了。戏由罗晓雁投资，陈妍是助理导演。

罗晓雁在摄影棚外有一辆房车，周迅、黄渤都是开这种房车停在片场外的。场工们在布光，副导演在留女群演电话，导演在等友情客串的大明星到场。还有半个小时的闲工夫，罗晓雁、陈妍、刘燕三位"渣男识别人工智能"的发起人抽空来房车里喝茶。

陈妍带领物业部的职工来演崔府夹道菜市场里的群众，制片正带他们化妆。

刘燕把店里的金丝楠木家具搬来当道具，当然少不了那副金丝楠木棋盘，货真价实，草台剧组谁用得起？阿尔法家族的几件仪器顺便贴在棋盘肚子下边，柜门里边，条案背后。有人翻开棋盘，看见仪器，由衷赞叹，这是为录棋子打在棋盘上的声音，讲究。

刘燕本人出演剧中茶艺服务员，一共三句台词。

王质问，你们这儿多少钱一宿？

刘燕答，这里不对外营业。

王质说，看出来了，腐败会所。

刘燕说，我们是国弈研究会。

王质追要砸核桃的钱，刘燕冷冰冰地说，不知道。

罗晓雁、陈妍说，燕妹妹天生冰脸美人，本色出演就行。

渣男识别器验的那三个实验对象戏份多。第一场戏，菜市场众生相，杜安山演隆福医院的病号，老杜演卖炸糕的，买炸糕的小杜尝出锅里是地沟油，两人对骂。台词两人自由发挥。

第二场戏，王质在会所里砸核桃，老杜演大领导秘书，杜安山演大棋手随行朋友，两个人在王质身边鸡一嘴、鸭一嘴，扯闲话。

小杜呢，有演技，有剧组经验，被雁和妍分派演大领导的警卫员，三句台词，平中见奇，静中有狠。最后一句："还不快走？等你出门，没准你裤裆里的把儿也烂了。"

光这几场戏看不出渣男的本性。原剧本里不是写了街道橱窗里有十几幅画吗？汉朝的、唐朝的，仙幻的，导演都变成戏，让三个实验对象大反差对调角色。

剧一，王积薪学围棋。老杜扮演少年王积薪，杜安山扮演老和尚，小杜扮演小和尚。

剧二，王积薪与唐玄宗对弈。小杜演皇上，老杜演青年王积薪，杜安山演大臣。

剧三，小杜演逃难的王积薪，陈妍、刘燕演婆媳二人。

以此类推，不再赘述。古装戏用不了几个镜头，但是导演鼓励演员自由发挥，现场编词。演得再烂也不喊咔，吵得再凶也不停机。

阿尔法家族已经不是一把扫帚、一个大盖帽、一条裤子，而是一座摄影棚。"三艳"抿了口茶，相视一笑，咱这叫"三艳验渣男"，让他们充分暴露，自然就露出了马脚。

2

陈妍、罗晓雁原本请厦长出演片中的大领导，一语不发，不怒自威。再邀请一位真正的大棋手与厦长对弈，不需要讲一句台词。万万想不到的是，在开机前一小时，厦长打来电话说，他要演片中的王质。

罗晓雁当然欢迎，您亲自出马，本片得拿百花奖。

陈妍说，雁啊，难不成我们顺便把厦长也验验？他是不是要勾搭女演员？

刘燕说，为什么不啊，测测他的小三到底是谁？

陈妍说，现在动手准备来得及啊！

罗晓雁说，你们想得太小气，验厦长是不是渣男不重要，验他泡不泡女明星更是扯淡。厦长演这个戏是什么动机？这是我们应该想的。

刘燕说，咱们广厦20层以上的空间还空着，厦长最关心的是21—50层怎么租出去！

罗晓雁说，燕妹一针见血，想事情像个大老爷们儿。

陈妍说，厦长演这个角色，事关21—80层的用途？

罗晓雁说，现在验厦长不重要，我觉得应该把我们的人工智能实验告诉厦长，让厦长支持以后的计划，我们搞了人工智能保安、人工智能摄影棚，为什么不能搞一个人工智能广厦，把整个广厦变成实验室？招进来一万个男男女女，都是我们的实验对象，阿尔法仪器可以安在办公桌上的电脑里、电梯里、厕所里、地板下面、茶水间里。

陈妍说，姐们儿，你要告诉厦长，咱们在人工智能识渣男吗？

罗晓雁说，我要告诉厦长，我们在搞人工智能识贤才，通过人工智能技术选拔可塑之才。

这时候厦长秘书的电话来了，厦长半小时之后到片场。

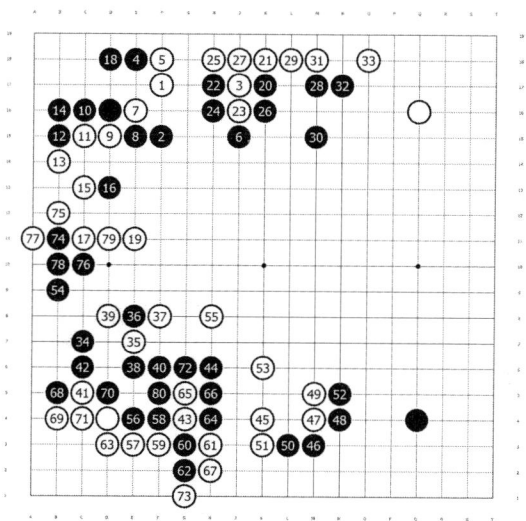

烂柯棋谱 前 80 手

选自宋代李逸民编著《忘忧清乐集》，相传为晋代樵夫王质入衢州烂柯山采樵，遇仙人对弈，观棋毕不觉斧柯已烂，方知已过百年。

所传棋谱共 290 手，终局黑胜一路（古代计算胜负方法）。

注：古时对局，双方先各自在对角星位放置二子，称为"座子"，然后由白棋先行。

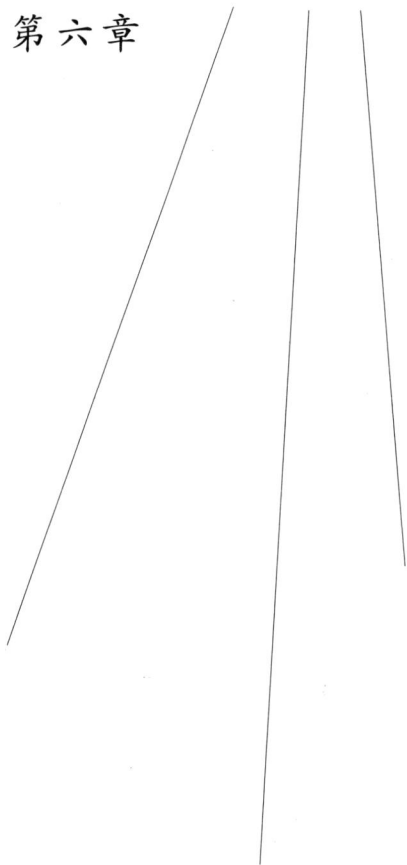

第六章

一盘大棋

保洁员冯薇

1

冯薇，有时被同事写作冯微、冯巍，可男可女，可娇羞，可威武，姑娘身上也真有女生不常见的才能，比如认路。

她对广厦的大路、小路、楼梯、货梯、防火楼梯了如指掌，一般人在广厦很容易迷路，找不到东南西北，冯薇却能在很短时间里发现 a 点到 b 点之间的最短路线。

比如，从 3 层的洋葱素萃取店到 10 层的博玉珍玩堂，常规路线是坐 5 号扶梯在 8 层倒 6 号扶梯，到 10 层后向右转，走 20 米。冯薇不，她会坐 7 号货运电梯，货梯停单层，不停双层，11 层下，走行人楼梯，10 层女厕所旁边向左转，过德累斯顿彩陶堂，就进了博玉珍玩堂的东侧玻璃门了。

冯薇伏在广厦中庭的栏杆上，俯瞰幽深旋转的中庭，想到，如果自己是一只蚂蚱，会如何循着有木头、有吃食、有叶子、有水的地点，一跳一跳从 1 层蹿到 3 层的洋葱素萃取店呢？

中庭有个喷泉，水溅到围栏石面，水珠汇成小流，滴到石沿下，在阴影里存了一洼，那只蚂蚱从藏身处攀上一个顾客的裤腿，随他走过寸草不生的中庭广场，在距离水洼最近的地方纵身一跃，在阴影里洗个澡。

等到一个人拉着一只滚轮皮箱停在身边，可以抓住箱底，背朝地面，随着箱子离境。

蚂蚱倒挂在箱底，眼睛一样可以辨认出方向，知道这只箱子是走向地下车库，还是楼上的面包店。如果是前者，它会从电梯口跳到垃圾箱后面，换乘冯薇的工具车。如果是后者方向，它很乐意搭个顺风车，一般情况下，三次换乘就可以抵达目的地。

这只蚂蚱和冯薇胸前的绿色徽章颜色相近，徽章成了它的保护色，它跟着冯薇巡视十层楼里的绿色植物，找到自己的同类，用触角加了微信，建立起一个蚂蚱群。群里聊哪个角落的光线适合午睡；哪个饮水间的水龙头关不严，可以通宵畅饮；哪盆绿萝的主人的电脑循环播放一首曲子，边听边掏出一包凤梨酥，掉在地上的渣渣，就可以当它明天的早点。冯薇再带给它们几撮鱼虫、几条鲜蚯蚓，那么这广厦简直就是蚂蚱的天堂了。

晚上，广厦的灯光不熄，有人加班，有人夜饮，办公室的灯忘了关，冯薇依次关灯，可以听到东躲西藏的蚂蚱们长吁一口气。

冯薇坐电梯下楼，出广厦，仰头看黑里透亮的玻璃幕墙，仍然能听到雄蚂蚱们在比试谁的腿更粗，能一下跳上天花板；谁的牙更尖，能一口咬断网线。

广厦原先是一片草木茂盛的荒滩，蚂蚱喝惯了工业废水，听惯了工地的噪声，闻惯了甲醛、油漆味道。广厦从无到有的三年时间里，这群蚂蚱原地不动，爷爷、奶奶死了，爹妈、姨舅死了，新一代蚂蚱从钉子户变成了黑户，它们熟知广厦的通道，爱住在塑料袋里，爱吃餐盒里的剩饭，喝可乐罐子里剩的甜水，趴在落地玻璃窗上，一边欣赏夜景，一边交配，在地暖管道边搭建婴儿房，带孩子在电话线上荡秋千。

蚂蚱们都认识冯薇。

蚂蚱们的爷爷的爷爷的爷爷曾经被冯薇捉住，养在她家窗台上的一只汽水瓶里。冯薇邻居家的男孩子捉了一串蚂蚱烤着吃，男孩子教她撒上盐，蘸胡椒面，冯薇也不吃。

　　冯薇家的地被圈，老房拆了，搬进七环外的楼房。冯薇当上了广厦保洁员。冯薇闲着的时候，会用草棍和碎纸片摆一种"老虎吃小猪"的棋局。广厦的蚂蚱认出了她，"老虎吃小猪"全国哪都下，但是此地的棋盘比别的地方大，有三只老虎、十五只猪，下到最后，两只老虎还要一决胜负。这种棋，冯薇从小在院子外的土地上玩，本地蚂蚱都认识这个图案。冯薇在广厦的地板上摆这棋局，自己和自己下，蚂蚱认出了她就是祖先反复提及的那个善良的小姑娘，那个必得善报的小姑娘。

　　一只胆大的蚂蚱从隐身的绿萝上跳到冯薇的棋盘边，用嘴叼起一片叶片当"猪"，向旁边挪了一格，冯薇看出，这只蚂蚱要和自己下棋，挪了一步"虎"，三个回合，谁也不亏，局势均平。

　　更多的蚂蚱跳了过来，有一只爱动脑筋的，跳到一个交叉点，触须颤动，如同京剧武生抖着冠上的长翎，告诉当局者：下这里，能憋住"虎"。

　　下着下着，蚂蚱们分成两拨。一拨帮冯薇，冯薇下错了，跳到冯薇的手背不下来；冯薇下了一步好棋，会在她脚下排成一排，微微点头。两边的蚂蚱因为悔棋动手打起来，直到冯薇把那步棋放回原位。冯薇尽顾着看蚂蚱思考时的有趣样子，一松心，自己的"虎"被蚂蚱们憋进了死角。

2

　　知道冯薇养蚂蚱的只有保洁员张大妈。

　　物业部卫生条例上讲：广厦里不能有蟑螂、臭虫，在谁的责任区里发现上述昆虫，保洁员扣一百元工资；如果发现老鼠、黄鼠狼，直接开除。但是13层副经理养了一条澳洲蜥蜴，圆滚滚的眼睛，脚上红豆大小的吸盘，贴在玻璃罩上。物业经理还把脸凑过去逗它玩。允许业主养蜥蝎、仓鼠，为什么不让冯薇养蚂蚱？卫生条例上也没提蚂蚱。

冯薇和大妈是村里远亲，冯薇把蚂蚱叫到工具间，锁上门，让大妈看蚂蚱与自己下"老虎吃小猪"，还是用碎树叶当"虎"，撕了纸片当"猪"。

大妈和蚂蚱下了两盘，一胜一和，冯薇说，它们故意让你的。

"喊，你大妈还下不过虫子？"

"它就这样，先输你几盘，哄你高兴，让你愿意陪它玩，然后赢你，不信你试试。"

大妈说，我和它下跳棋，我跳棋下得好。

过了几天，大妈真的带来一副跳棋。

下跳棋，蚂蚱需要三只一起合作，一只思考，另外两只搬棋子。刚开始蚂蚱不懂规则，把棋子推倒向前滚。冯薇严厉呵斥："赖皮，不带你玩了！"蚂蚱乖乖立在棋盘前，看大妈和冯薇下了两盘。那只最聪明的蚂蚱看明白了，挥动前腿，搬起一只棋子，隔过前一个，跳到下一格。另两只依然糊涂，蚂蚱棋王索性叫来十二只蚂蚱当棋子，肩并肩挤满棋盘顶角的大本营，自己作导演，挥舞一根草棍，敲敲这只蚂蚱的头，再指指棋盘上的位置。那只蚂蚱若有所悟，按下前一只的肩，拔身跃起，跳到指定位置。

一队蚂蚱早在大本营里挤得难受，见跳出去的同伴得了冯薇的奖励，打起精神，认真听讲，慢慢列起"之"字长蛇阵，与冯薇和大妈的棋子相遇。一来二去，蚂蚱全明白了，不用指挥，蹦蹦跳跳，起起落落，连拿棋子的手都不用，自顾奔向大本营。

蚂蚱棋队赢了冯薇，赢了大妈。三方同时下，冯薇给大妈"搭桥"，大妈给冯薇"让路"，两人合谋不让蚂蚱"借道"，把蚂蚱赢了。蚂蚱棋王约来另一支蚂蚱棋队，四方对弈。蚂蚱们自己训练过，也学会了大妈与冯薇的招法。两只蚂蚱棋队一出发就列出组合阵形，不该走的棋子蚂蚱一动不动，轮到行动的蚂蚱，我扶你一下腿，你搭我一下肩，一听号令，像攻坚士兵，三蹿四跳，到了敌人的碉堡前。

大妈说，成精了它们还！

冯薇带来一副军棋，这难倒了蚂蚱。它们不认字，任凭冯薇和大妈怎么示范，蚂蚱也不明白为什么"工兵"一身轻功，这么大能耐，却被"排长"干掉？蚂蚱只记图形，不懂文字，不分官阶、军衔，这棋怎么下？

保洁大妈的老公也是城关镇边上西芦氏村人。当年建 DBC 大厦，一大群湖南、湖北民工住在她家附近的工棚里。工人们饭后打纸麻将，108 张牌，打法和麻将相似，每张纸牌瘦长，写着字符，总共 24 个字：上大人、化三千、孔乙己、七十士、尔小生、八九子、佳作人、福禄寿。三个字组成一副牌。看会了，老公也和他们赌几把。别以为民工穷，下起注来，也成千上万呢。

广厦建好，工人们转战下一处工地，牌留给了大妈一家。大妈为了考验蚂蚱棋王的本事，把这副"上大人"带进广厦（纸牌目标小，麻将太显眼）。中午歇班的时候，大妈、冯薇约来五只蚂蚱，坐在工具室地上，像模像样地打了一回。

为了向蚂蚱普及基础知识，牌明放在地上，一边出，一边向蚂蚱讲解意图。五只蚂蚱冒着生命危险钻进工具室，为了防止心理障碍，大妈用抹布盖住了威猛杀虫剂。

蚂蚱面无表情，全靠肢体表达思想，想不通时，头上的触须搅在一起；烦躁的时候，翅膀张开，微微震颤，像人一样踮脚尖、抖膝盖。有几次，搅在一起的触须松开了，好像有了思路，过一会儿，拧得更紧了。

大妈与冯薇一致认为，蚂蚱不识字，不认数，扑克、象棋、军棋都不灵光，但蚂蚱知道三只猪能围住一只虎，四只猪能吃掉一只虎。还有，蚂蚱喜欢格子，大格子、小格子、正格子、斜格子。

冯薇觉得，这蚂蚱没准能下围棋。

"老虎吃小猪"是一只虎、四只猪关在一个院子里。围棋呢，是一座山，先来一只黑虎，再来一头白狮，虎占虎坡，狮占狮岭，占着占着，五十只虎与五十只狮子打起了群架。

老杜发现广厦越发异样

老杜所在的 15 层，不设独立办公区域，块与块之间，没有隔断，说是为体现广厦"智慧无界，信息无疆"。各块、各线之间，没有界限，几张会议桌，供大家轮流开会。其实，真正的原因是广厦没钱装修。

各块、各线形成了这样一种格局：低级的办事员座位在最外层，中层在内圈，最角落、最把边的位子留给了高层领导。不是万不得已，高层领导不在办公室开会。

在地下停车场开碰头会，已成惯例。几个头头，把车停到一处，组成车阵，车中间就是临时会议室。要在办公室开会，唯一安全的地方，就是高层领导坐的那个角落。一层楼，四五家公司，自动围出各自的阵地。靠窗、靠边的四五个角落是核心，屏风半遮半闭，从核心向外扇形分布，块、线交界的地方摆复印机、饮水机、电视。

最近，几乎所有电脑，都面向自己公司的核心方向。电脑后的人们如同举着盾牌，向对方阵营投去警觉的目光。复印机、打印机，被搬到本公司中圈。从机器上取走纸的人，神色凝重，好像从密码机取走军令的情报参谋。

老杜自己的座位紧挨厕所，因为位置独特，周围少有邻居。这里相当于棋盘上已经做活的一小块活棋，外面的大局与他无关。

员工去楼梯间打私密电话。爱爬楼健身的经理，轻手轻脚，气不长出。你刚想跟小三说两句话，他从后面走过，吓你一哆嗦。

私密空间只剩下厕所。一个人拿着手机，话说到一半，急匆匆闯进厕所，先看看格子里有没有人。

墙角越来越抢手。有人在那里电话一打就是半个小时，好像上世纪80年代初，占着公用电话聊天，不讲公德，引起公愤。

A块与B块员工在电梯里遇见，讳莫如深，连天气、胖瘦都懒得扯。出现这种情况，只能是一个原因：这些块在竞争同一个项目。

厦长会把一单活同时发给N个块，让出N个方案。这N个块也许办公室就在隔壁，可能丈夫在A，老婆在B。

广厦里各块、各线接的这单活，一定和围棋有关。因为这几天，总有人找老杜聊棋。

现在聂卫平能赢马晓春吗？

柯洁和古力谁厉害？

围棋子能不能变成红的、绿的呢？

有没有立体棋盘？

您读过《围棋少女》这本小说吗？

老杜猜，厦长出的题目是：一盘大棋。

最知道秘密的是冯薇的蚂蚱

蚂蚱的眼睛视野是360度的，躲在绿萝里，两只眼能监看10台电脑。蚂蚱不识字，但是它们有超强的图形记忆能力。蚂蚱不仅熟记棋谱，也熟记办公桌上茶杯、文具、纸夹摆放的位置。它记得老杜桌上杂物摆放的位置，会议室12把椅子几天来的位置变化。

办公室绿植花盆摆放的位置，事关蚂蚱藏身之处，它们记得最牢。最近蚂蚱们发现，电脑后的人总爱看这种黑子、白子摆在格子上的图案。

蚂蚱的大脑容量有限，随看随忘，它们过眼的《一盘大棋》文案会随着消化掉的草叶、蚯蚓排出体外。如果有一个解码专家、一个智能生物学家与一个围棋爱好者，比如说老杜，一起分析化验，可以从蚂蚱的大便里复原若干信息。

比如，世界迎来物联网新时代，广厦要成为帝都物联网的枢纽。

再比如，塑造厦长个人魅力，为厦长量身定制宣传计划，邀请《乔布斯传》的作者撰写广厦传奇。

在广厦建立世界互联网时代博物馆，同时开辟物联网时代名人堂，第一个入选名人堂的是厦长。

再比如，广厦是中国城镇化大潮的见证，是中国新城的领袖，我们要把广厦所在区的行政级别上调。

公司里的美术设计为配合"一盘大棋"这四个字，从网上下载了各种下棋的图案。他们发现，黑子、白子搭配，简单而丰富，爽利而朦胧，棋局可以搭配地球经纬、山川河流、城郭街道、芯片、电路板。

这些美术设计都不会下棋，但是，他们不约而同地用围棋图案给文案配图。

蚂蚱们这几天在电脑上看到的就是这些棋盘被拉长，缩小，放大，变形，它们看到以后就在群聊里议论一下哪盘棋最好看。

阿尔法考官

1

广厦开始了人工智能"慧眼识英才"考试。

考试没从基层开始，阿尔法考官先考厦级领导，再考中层，就是各块长、层长、条长、线长，杜安山、陈妍都在这一级别。最后才考老杜、小杜、冯薇这一级。

阿尔法狗有它的狗算盘，一、先考领导，体现领导优先；二、先考领导，范围小，不泄题；三、考试目的是提拔优秀人才，提拔上来的新人放哪儿？当然要先从中、高层中腾出位置。

人工智能考官单刀直入，一针见血，考题如下。

2

厦长跳楼，你跟不跟着跳？

王副厦长听了问题，鼓一下掌，说，厦长跟我玩呢，够哥们儿，没忘老伙计。

厦长当年站在 80 层楼顶，跟我说，老王，三天之后要在广厦一层大堂开剪彩仪式，就这天领导有时间，从现在起，72 小时，你不把一层到三层的工程赶完，咱俩就一块从这里跳下去。

我说，跳楼不算本事，咱俩眼一闭，万事大吉，欠银行两亿，欠姑娘 20 年青春，全扔后脑勺，人死多痛快啊！人在半空，我还得跟各层的熟人打招呼，看我，比你们坐电梯快，咱一楼见啊！这种痛快的事咱俩没福享受，咱玩的就是刀口舔血。

厦长说，完不成工程，是刀砍脖子。

我跟厦长说，咱俩蹲天台檐上放松一下，踩稳了，屁股探到外面，手啥也不扶，脚趾抓地，痛痛快快拉泡屎。咱俩能把屎拉出去，就说明咱俩能过这道坎。咱俩不跳楼，屎才跳楼！

那天晴空万里，几朵云彩跟卫生纸似的，在半空挂着。我们俩脱了裤子蹲着，还点了一根烟，风从裤裆吹过来，小鸡鸡都吹直了。我跟厦长说，我不怕掉下去，我怕屎被风兜到小鸡鸡上，没摔死却被恶心死。

你猜厦长怎么说？厦长说，咱俩挪个地方，那边背风，还有一袋废水泥，纸袋撕了能当卫生纸用。我们俩就光着屁股，蹲着挪脚。天台檐上被风吹得连个渣子都没有，连我屁股上的半截屎都吹干了。我问厦长，你拉出来没有？我可差不多了。

厦长说，你完事你先下去，我还没拉痛快。我说，我陪着你，咱俩该吃吃，该拉拉，工程肯定按时完工，我调两千辆滚筒车，周围 50 公里所有的混凝土站咱包了，水泥灌浆干不了，我找两百台暖风机来吹！

厦长说，我就等你这句话，这才像我的兵。

更神的在后面，我扒着墙头往外看，看厦长的屎砸在谁头上。

厦长那一坨刚掉下去，被风吹散了，一群喜鹊以为天上掉馅饼，在半空里抢，抢不着还往上飞接着。

我说，厦长你快下来吧，待会儿那喜鹊、乌鸦该叼你屁股了。你听明白了吧，厦长拉屎有喜鹊接着，厦长跳楼也有老鹰接着，厦长再接上我，飞呀飞呀，飞到花丛中啊，嗡啊嗡啊。

3

厦长跳楼,你跟不跟着跳?

陈副厦长一听问题,乐了,这是脑筋急转弯吗?

厦长跳楼?你是说厦长在楼上跳舞吧。我可见过厦长跳舞,当年我们刚给广厦谈了一笔大买卖,厦长喝得高兴,在长城饭店迪厅耍。厦长跳得老帅了,按现在的话,叫蒙圈了。上身不动,脚底下蹭,鞋底在地板上刮出了声。现在鬼片里的僵尸走路姿势就是跟厦长学的。我乐得直不起腰,问厦长,您跳的是什么舞?厦长说,跳楼舞。昭仓不是跳下去了,唐塔也跳下去了,你怎么不跳呢?

我说,厦长,咱是谁啊,咱是逼人跳楼的,看人跳楼的,跳楼的人多了,一个摞一个,摞一楼高咱再跳。

厦长说,对,咱俩手拉手,一直向前走,融化在蓝天里。

我说,咱俩要融化在蓝带啤酒里。

我上舞池,学厦长一步一步地挪。当年的舞池是个台子,40多厘米高,我跟厦长往台子边上蹭。

我说,厦长,这就是楼边,我在下面铺好了肉蒲团,您只管往下跳。

厦长说,不是融化在蓝带啤酒里吗?酒呢?

我说,桌上呢,瓶子里呢。

厦长,你小子使坏,让我往瓶子里跳。

我说,酒在桌子上,倒酒的姑娘可在您脚底下呢,您瞅瞅,蓝带姑娘,穿得清凉,软软乎乎,细皮嫩肉,张开双臂,敞开怀抱,正等着您呢,一共8个,您愿意脸朝下扎,还是脸朝上背摔,姑娘们都接着。

厦长说,姑娘为什么不跟我跳下去呢?

我说,您九天揽月,她们哪有您的高度啊,想上也上不去呀。

厦长说,上来,现在就上来,一个挨一个往下跳,我先看你们跳。

我给姑娘们的钱够她们卖一个礼拜啤酒的,个个不含糊,脱了高跟鞋，鸭子下水似的，一个挨一个往下蹦。在下面仰头看着我跟厦长，白胳膊拉着黑胳膊，俄罗斯胳膊拽着土耳其胳膊，瘦胳膊并着肥胳膊，搭好胳膊肉垫子。

厦长说，没有蓝带，没法融化在蓝天里。

我吩咐姑娘一人含一口啤酒，鼓着腮帮子别咽，等厦长一头倒下来，你们一起喷出小水柱，喷出水帘，大伙一起听我口令，喝酒，憋气，手搭手，站稳，看我大哥，预——备——起。

厦长说，北京话"预"字不念出声，备——起，厦长一把把我推下去了。

你问我，厦长跳楼，我跟不跟着跳？

我告诉你，从来都是我先跳，火坑、油锅，来！

4

厦长跳楼，你跟不跟着跳？

杨副厦长说，厦长跳楼，厦委会集体讨论了吗？议事会举手投票了吗？会议纪要在哪儿？二十几个层长、块长知道吗？

厦长跳不跳楼，不是他一个人说了算的。厦长的生命不属于他个人，他的生命属于广厦的一砖一瓦，他怎么能这么不负责任？他怎么能抛下我们这些患难与共的同事呢？他怎么能够把我们共同建设的广厦弃之不顾了呢？他怎么能把广厦的未来视为儿戏？

他怎么能？

他怎么能？

这样愚蠢的念头，竟然让一个局外人装模作样来征求我们意见，滑天下之大稽，把广厦人当傻子吗？

我告诉你罗晓燕女士，这是对广厦的侮辱。

我看应该是你带着这个机器人跳楼。

您跳楼，大头朝下，脑袋跟砸碎的西瓜似的，我们请最好的遗容整理专家，把您的脑袋缝好，让您留给世人的印象永远美丽动人。

对了，您跳楼其实是对阿尔法狗的最佳考验，一个识文断字的机器人，一个认脸识心的机器人，看见它的主人跳楼，会是什么反应？它可是您毕生心血，是您最忠实的人生伴侣。它是拉您一把，还是为您唱歌送行？

我一定训练阿尔法家族全体成员，马桶、门扇、大盖帽，集体给您唱一曲《十送情郎》，我先给您念念词：

一送妹妹到 80 楼，妹妹启程不回头，

二送妹妹到 70 楼，不敢撒开妹的手，

三送妹妹到 60 楼，妹妹冲我挥衣袖，

四送妹妹到 50 楼，喝下一杯断肠酒，

五送妹妹到 40 楼，谁家汉子正心忧，

六送妹妹到 30 楼，为何绝情把我丢？

七送妹妹到 20 楼，纵你奔到九河口，哥哥也要陪你走。

八送妹妹到 10 楼，才知妹妹心里愁，不能与哥做夫妻，死也死在哥前头。

九送妹妹到 1 楼，妹妹鲜血红又稠，来生做鬼也风流。广厦广厦你作证，不娶妹妹誓不休。

5

钟块长坐在阿尔法考官面前。

问题还是那一个，厦长跳楼，你跟不跟着跳？

钟块长乐了，说，厦长从二层跳，我就从三层跳，厦长从三层跳，我就从四层跳。厦长如果玩蹦极，我就接着用他那根绳。厦长如果不想自杀，楼底下一定有气垫接上，他摔不死，我也摔不死。厦长如果带着降落伞，我也准备一把，全当空降一位高管。

我这样理解你的问题，在广厦未来的人事布局中，会有大量的外来优秀人才。"空降"是正常的人事安排，我接受。连厦长都空降到了另一个岗位，我为什么不能？

轮到姜块长听题，厦长跳楼？你这是造谣生事，搬弄是非，恶意诽谤，蛊惑人心，我拒绝回答你的问题。

厦长跳楼，你跟不跟着跳？

我听厦长的。厦长提拔的我，厦长当着我面说，王立新，我从顶上跳下去，你也跟着跳，我不问为什么，一定跳。

我们搞过拓展训练，从30米高的铁柱子上往下蹦，训练我们相信队友，相信团队，下面站着的同事接住我，我一点不害怕。

培训成绩我是全厦中层干部里的第一名，绝不给我们工程块丢脸。厦长一声令下，绝不含糊。

厦长跳楼，你跟不跟着跳？

厦长为什么跳啊？一定是被广厦工作累坏了。

厦长前天在我办公室讲，拿钱摆得平的事不算事，豁出命摆平的事才算事。

厦长这是批评我们工作不努力，没有一不怕苦、二不怕死的精神，我牢记厦长的话，豁出命也要把小户型投诉这件事摆平。

我一定把公关危机处理好，带着胜利的消息去向广厦厦长报告。

厦长跳楼，你跟不跟着跳？

这是要挟我吗？我在会上提了不同意见，就生这么大气，我不举手赞成，厦长就跳楼，难为厦长想出这主意。

厦长这是逼我辞职啊！几笔买卖赔了，赖法律部没看出合同漏洞，赖外包公司马虎。跟厦长干活就是累，办好了是厦长的功劳，领导英明。办砸了，屎盆子全扣我头上，用人脸朝前，不用人脸朝后。

我原来分管的 30 层、32 层、33 层，全腾空了，还问我愿不愿意跟他跳楼？我还得感谢厦长，厦长起码没直接问我，自己为什么不跳楼。

好吧，厦长，我这就回去写辞职信，托机器人向您问好。

6

厦长跳楼，你跟不跟着跳？

好题目，厦长浪漫，您欲乘风归去，又恐琼楼玉宇，高处不胜寒。起舞弄清影，何似在人间。

您平时在 80 层办公室待着，您来基层这不叫跳楼，叫下凡。

您当年把我发到地下室，管基础动力。您说，地下室几百米深，事关广厦根基，一厦之本。为了您这句话，我从 56 层的办公室搬到了负三层，守着压缩机、水泵，听着下水道里的声音，闻着地底下泛的潮气。我这是给广厦守墓呢。您怕我闷，地下室还安了阿尔法门扇，说是人工智能替我开门守卫，我说您不如派 500 个兵马俑来，不比人工智能门扇气派？

现在怎么着？厦长要跳楼，问我跟不跟着跳？我在地下三层，还能往哪儿跳？我得去地面接您去啊！不行，我不能离开工作岗位。

厦长从厦顶跳下来，一路没人敢拦，哪一层都没停。厦长下凡，是来看我的，我不能让地面把厦长拦了。凿洞来不及，打眼来不及，厦前有 38 口井，消防井、污水井、电路井、煤气井，我一按电钮，井盖张开大嘴，眼巴巴盼着厦长，您光临本井，三生有幸。可惜可惜，来不及准备茶水。

厦长进了哪个井，我就跟着进。广厦是厦长的，只有厦长才能有资格跳全程，我只跳我这段，不能越权，也不能给厦长留下遗憾。

考官大人，我的回答您满意吗？

厦长跳楼，你跟不跟着跳？

必须跳，一点不能含糊！好几个文件，厦长还没签字呢！

我们厦长动作快，我在后面跟，要一路小跑。厦长上厕所，我拿着文件在门口等着，把文件大意念给他听。他提修改意见，我记小本上；他没意见，我备好笔，等他出门签字。我跟厦长说事，从来不超过一分钟。电梯里撞见，两三句话讲明白，厦长说同意，但十分钟之后去机场。我立刻打好文件，广厦门口等着，厦长上车前签字。

厦长跳楼肯定麻利，不拖泥带水，不像那些磨磨叽叽的小姑娘，在窗台上先哭俩钟头。我们厦长铁了心跳楼，谁也拦不住，劝不动，我当下属的，必须时刻跟上，半步不差。

你问我，厦长跳楼，我跟不跟着跳？我得先问你，厦长是从哪层跳的？什么时候跳的？我还能不能赶在他落地之前把字签了？

你说厦长从最高层往下跳，我办公室在50层，时间刚好，我在窗台上站好，文件用胶粘在硬板上，硬板绑在我胸口，手里攥好了笔，这样是为了省着厦长展纸的工夫。

纸片乱动，厦长找不准签字的位置，签错了地方，该画圈的地方没画圈，文件等于作废。字签花了，认不出名字，文件也不作数。厦长在半空中掌握不好力度，一笔下去把文件戳破了，那不更瞎耽误工夫吗？我个人生命不算什么，这文件没签好，我不白死吗？

厦长从80层跳下来，我在50层，他重力加速度，比我快，我不能等他到了50层再跳，那样我抓不住他。

仰头看他到了60层了，我就得蹦出去，往上跳，迎着他，抓住他，给他一个反作用力，减缓他下降的速度，为签字又多赢了半秒钟。

你不知道厦长在半空中是什么姿势。他大头朝下，签什么字啊？他在半空里翻着跟头，天旋地转，能签什么字？所以，我出手一定要准！成败在此一抓！要抄着他的胳肢窝，让他在半空里站直了。

我还得抽他一个耳光，把他抽醒了。话要说得清楚，这时候没工夫跟他讲什么原因，文件上写的是什么事，他听得进去吗？

我就说，王八蛋，你不签字，我不让你死痛快！

这时候，我们俩可就掉到30层了。

他的脸皮被风吹得往上翻，不说话，装死。我扇醒他，人身保险，现在签了，过会儿就500亿！咱俩同时死，翻四倍！

厦长说，我签，我签死保险公司。

厦长摔死了，没事。厦长生前一秒钟签的保险合同也是有效合同。

我死了算什么，文件死不了，我们广厦就能活。

7

阿尔法考官提拔人才，是从金字塔塔尖开始由上往下捋，一层一层往下，从厦领导捋到层、块、条领导，再捋到普通员工。人工智能考官不怕累，一个考官有无数个分身，一个分身就一个话筒加一个大盖帽。见高层领导讲究私密，考试在一个小房间里，到了基层考点，顶多拉道布帘。

用体检做个比喻，考高层领导像是做B超，进单间，关灯。考中层领导，就像做心电图，开灯，拉门帘。考基层员工，就像检查视力，走廊里排队。

参加考试的点、段、缝长，终于见到了传说中的考官，第一个动作是自拍。

听到考官的问题，陈点长自言自语，这不是测谎仪吧？

王缝长问，这录着像呢吧，机器后面是不是有人听着？

阿尔法考官的回答是一样的：

你有五分钟陈述时间，请面对镜头，计时开始。

陈点长说，厦长人不错，从当地招工，不然我还在城里开滴滴呢，一天 400 块钱，累死累活。进了广厦，有空调，能洗热水澡。厦长跳楼，我大不了开滴滴去。我不能跳，我孩子才三岁，我跳楼，我傻呀？

王缝长说，大家跳我就跳，有一个不跳的我就不跳。

谢段长说，厦长跳完，该副厦长跳。副厦长跳完，该块长跳，按级别来，等轮到我再说吧。

每位点、段、缝长言简意赅，没有高层领导那么啰唆，回答内容重复的忽略不计，有几个神回答被考官重点标注了。

张点长说，厦长跳什么？你是说厦长办公室跳闸吧，我工位跟厦长没在一根线上，他那儿跳闸，我这儿不能跳闸。

蒋缝长说，厦长跳楼是上面领导要求的吗？领导交代下的任务，他得自己完成啊，上级就给广厦一个指标，别人想跳也不批啊！

赵段长说，我进门的时候右眼皮跳，右眼跳灾，厦长跳楼，我跳灾，这也算跳吧。

邢点长是河北乐亭人，说话唐山口音，你说啥？厦长挑篓（跳楼），让厦长干粗活哪像话？我挑我挑。

冯缝长说，厦长跳楼，活该，他早该跳。他在哪儿跳，我在哪儿挂鞭，一万响，替我陪他跳。

郭点长说，我不跳，李段长跳。

李段长说，跳一个多少钱？白跳我可不跳。

"三杜"也被阿尔法选中答题

听到问题，小杜露出奶奶教的第三种笑容。不知你是否记得，小杜的奶奶把笑容分为三种，包子、懒龙、烧饼夹肉，奶奶当年可没见过广厦里卖的洋食品。小杜已经把笑容发展为国际范了，第三种笑容像牛肉汉堡。

小杜说，厦长一定会下围棋，跳是积极进取的招法。

序盘阶段，跳向中腹，开拓空间，寻求变化；中盘阶段，黑白两条大龙缠绕，双方被分割为几块孤棋。跳，既保障本方联络，又能跳出包围圈，打运动战，不打阵地战。

您说厦长跳楼，按我的理解，厦长是从广厦一步跳向京城的高楼大厦，跳向伦敦、曼哈顿的摩天大楼。凭厦长的棋力、毅力，不出十步，广厦就能迈进一片新天地。

厦长的大手笔，我佩服得五体投地。厦长要是和我下棋，让我九个子，我都得输，没脸见人，跳楼吧。

阿尔法考官见了老杜，不知疲倦，同一篇话讲到了第一千遍，请听题！

厦长跳楼，你跟不跟着跳？

老杜说，昨天晚上看电视，正播跳水比赛，我看到比赛结束，看得我都想练跳水了。跳台十米高，运动员能做那么多动作，向前翻腾720度，抱膝加转体360度，我替人家数圈都数晕了。我就想，在广厦地面掏个大水池，两百米深，请跳水冠军站在厦顶，高度十里，向前翻腾1200度抱膝，空中托马斯全旋，接18个三周跳、20个五周跳。是不是混到体操动作上去了，不好意思，不好意思。

我的意思是，跳广厦十里台，跳水加空中体操加跳伞加无动力飞行加极限蹦极，全新的运动项目！就叫广厦跳。谁第一个跳呢？厦长啊。

电视里跳水真人秀，有个大款还参加了，他跳十米台，我们厦长跳十里台，能比吗？给厦长请最好的教练，做好保护。嫌十里台危险，咱改五里台，至少一里台，500米台，一跳封神。

问题问到杜安山：厦长跳楼，你跟不跟着跳？

杜安山回答：你怎么不问，我跳楼，厦长跟不跟着跳？

第七章

广厦升舱

1

两个月之后厦长宣布重启广厦 21—50 层。

2

厦长召开新闻发布会。

物业部的陈妍、保卫处的杜安山站在远处，听着厦长与记者们对话。

您当年建造这座广厦是什么目的？

我 13 岁爬泰山，不知道天高地厚，在玉皇顶上立了誓言，要在家乡建一座与泰山齐高的大楼。

没有商业目的吗？

没有，我建一座高楼，商家会自动找我。

您这座大楼鹤立鸡群，周围 20 公里没有成熟的商圈，您不怕失败吗？

我想问记者一个问题，浙江横店村 1998 年按一比一的比例建了一座故宫，至今已经拍了上百部的古装戏。是横店的企业家预见了宫廷戏、古装戏火爆，还是这座故宫导致了导演爱拍宫廷戏？

这 30 层，体量本身就相当于一座新的大楼，您期待什么样的效果？商住、公寓、写字楼或者影视基地？

广厦将迎来十周年厦庆，我代表广厦，邀请有志于人工智能的有识之士入驻广厦，我们提供场地，免去租金。30 层的空间，足够我们共同描画一幅美好的未来蓝图。

杜安山对陈妍说，不收租金，物业部免费打扫卫生吗？免费提供卫生间手纸？

陈妍说，杜处，30 层楼，乌泱乌泱能来一万人，要是几个盲流凑在一起成立一家公司，是不是也能进广厦搞人工智能？平时没地住，广厦成了他们的家，这不是招贼吗？

杜安山说，不是你陈主任出的主意？

陈妍说，不收租金、免费服务，我物业部能出这馊主意，我疯了？

杜安山说，这馊主意是不是你那个美国女同学出的？叫什么雁？她可是你招进来的。当时我就提醒你，别引狼入室。

陈妍说，杜处，我也后悔了，我的同学思想太超前。

杜安山说，你自找！

陈妍说，我真是为广厦着想。人工智能，简直就是为保安、物业而生，扫地、搬东西、物流、洗衣、快递、水、电、暖，人工智能都可以管。人工智能大盖帽，能认人脸就能给人看病，能认小偷、乞丐，就能抓罪犯、间谍。我们广厦要是往这方面发展，别说 DBC 第一家，全球第一家也有可能。别说 80 层楼，再盖三座广厦也够用。

杜安山说，你和那雁同学为什么不搞人工智能物业呢？

陈妍说，我看不惯她的一些想法。

杜安山说，后悔药不好吃！

陈妍说，要不要向杜处请教？杜处什么时候教我下围棋？

杜安山说，厦长不是提倡下围棋吗？我们保卫处准备搞一个围棋文化普及班，给保安讲围棋，要不陈主任也来听听。

陈妍说，我让物业部员工都来听听。

杜安山说，地方不够坐。

陈妍说，30层都开了，哪坐不下？杜处长想在哪儿讲课办班，您一句话。

3

广厦重启21—50层，人称升舱，新招来的创业公司，按陈妍的话说是白眼狼，自家衣服拿到广厦饮水间里洗，带电磁炉在办公室煮菜，弄张行军床在广厦办公室过夜，多亏了物业部门与保卫部门联合行动，制止了私用电器，没收寝具床品，不然这广厦还不成了大车店。

保洁员冯微的活比原来也多了一倍，蚂蚱也比原来难养活了。

21—50层原来是蚂蚱的私属领地，无聊了就在地板上演练棋局，老虎捉小猪、捕虎棋、跳棋，都是这样炼成的。如今，物业部不肯为21—50层新买绿植，把1—20层的分出一半搬上了新层。蚂蚱们隐身的绿叶少了，为了一口新鲜的蚊虫，原先最多跑两层楼，现在上上下下，折腾五六回才能填饱肚子。地方一大，雄心勃勃的蚂蚱夫妻们能生能搞，饭量大涨，棋艺倍减。冯微把蚂蚱们集中搬迁到了50层。

50层的东南角是罗晓雁办公的地方，有五株巴西木，还有罗晓雁自己买的绿萝，从架子上垂下。这里成了蚂蚱们的食堂和卫生间。

上午7点半，冯薇提前半小时到岗，陈妍表扬她，其实她是为给蚂蚱们送饭。蚂蚱在巴西树下围成一圈，像幼儿园里的孩子，系好围嘴，等老师们发苹果。蚂蚱大小便，在同一株巴西木下。方便之后，后腿连蹬带踹，用土盖住。有洁癖的，在树根、草叶上蹭两下；淘气的趴在同伴身上，催它使劲；害羞的跳到叶子上偷笑；玩累的打个哈欠，抖抖头上的触须，跳上巴西木的树叶，欣赏DBC的夜景，另一只聪明的蚂蚱，看到"创意角"的玻璃上，贴着一张透明棋盘。

这棋盘是罗晓雁拍完《烂柯》之后，让老杜贴上去的，4 米 ×4 米，盖住整个落地窗。

　　透明棋盘被夜色穿透，厦外有厦，窗外有窗，格子后面有更大的格子，棋子后，还有无数棋子般的人。

　　一只蚂蚱看见棋盘上的棋子，认为是广厦人贴在玻璃窗上的食物，尝了几口，都是塑料，嚼不动。而另一只爱下棋的蚂蚱，以为是它们和冯薇玩的"老虎吃小猪"。黑圆片是"虎"，白圆片是"猪"。

　　如果我是"虎"，我应该走这儿。一个 4 米高的大棋盘，每枚棋子茶杯大小，蚂蚱趴在上面，相当舒服。蚂蚱兴奋地张开翅膀，有一枚黑棋子大小，窗上棋盘，成了蚂蚱的一盘大棋。

杜趴长　杜缝长

1

小杜被人工智能考官选中，任命为"临时地下车库交通疏导长"。20—50层白领入厦，私家车多，高峰期间，车库内部"人肉占位"屡有发生，几乎成了"危境物"事件，需要专职管理。小杜专事趴车管理，被称为"趴长"。

地下车库在小杜心里格外有一层含义。

当年他被杜安山派到厦下广场查"裸体俯卧撑"，天降暴雨。小杜想抄近道从地下车库进厦躲雨，证件不合格，被保安拦下，活生生在门口淋了半天雨。

雨中的小杜背诵着《茅屋为秋风所破歌》，安得广厦千万间，大庇天下寒士俱欢颜，风雨不动安如山。心里想，我人就在广厦里面，怎么还被风雨浇成落汤鸡呢？

"趴长"上任，小杜召集车库全体员工在车库入口开会。这是小杜向发廊、饭馆学的管理方法，领班带着服务员做操、喊口号。口号不怕怪，就怕喊不响亮。口号不怕长，就怕员工害臊开不了口。所以小杜先教剧组里学的"解放天性"。

——张大嘴，学狗喘气。啊，啊，啊，帅呆了，酷毙了，简直了，没治了。

开了嗓，通了气，保安列成两排，站在电梯入口，齐声喝喊"厦——长——好"。这才是核心内容。本来小杜还想欢迎各位副厦长、总块长（层长、线长人太多，欢迎不过来），后来改了主意，怕几位副厦长同时抵达，保安们喊乱了，把朱副厦长喊成陈副厦长。更麻烦的是，朱副厦长好，一共五个字，一到"副"，声音就往下塌，喊不出底气，喊不齐。把"副"字去了，又怕厦长听见不高兴，索性欢迎式只对厦长一人。

喊"厦长好"三个字容易，难的是怎么起头。训练的时候，小杜在电梯口外画了道黄线，告诉手下，厦长脚踩黄线开始喊。小杜演厦长出电梯，发现保安们低头看黄线，眼睛不抬，既不礼貌，也不精神。小杜改了方案，电梯开门那一刻，众人默数1——2——3，厦——长——好。

厦长下班，离开办公室，电梯里的"阿尔法大盖帽"通知小杜组织列队。

小杜叮嘱保安，电梯里可能下了一堆人，叽叽喳喳说话，你们眼睛不要乱踅摸，就看对面保安的鼻子。保安们口音重，发不好"厦"这个开口音，小杜自创了一道绕口令：

打厦东来了个啥也不知道的傻子，手里拎着三斤没煞干净的沙子，打厦西来了个煞有介事的瞎子，手里耍着杀猪的叉子。

养兵千日，用兵一时。保安们气沉丹田，"厦"字发音清晰，杀、啥、傻、煞的地方口音一点儿没有。

"厦——长——好"，像三记重音锤，一个字砸出一个坑，这只是前奏。小杜迎上前去，轻声说道："厦长好。"这三个字才是嘹亮的小号。厦长点点头："嗯。"

小杜早就听说厦长哼出的"嗯"有声韵之别。今天吐出的是平声，表示"继续"。小杜受到了鼓舞，再接再厉，一直到第四次欢迎式，厦长停下脚，左右打量了一下，说："有点精气神儿，像我的兵。"

2

老杜被阿尔法人工智能考官选中，担任"电梯文明督导长"，俗称梯长。电梯一线通天，本来可以称为"线长"，但是广厦有"物流传导线""公关市场线""财务报审线"，各线"线长"在先，老杜知趣地自称"缝长"。

自从广厦升舱，电梯里听到的话也与以往不同，坐电梯的人智商高，话说得俏皮。

女的说，感冒了，吃白加黑，白天吃白片，吃完了就犯困，不是说白天吃白片精神吗？

男的说，黑片掉色，你当白片吃了呗。

听电梯里的话长见识，回头要记在小本里。

男的说，去葡萄牙的机票都定好了，签证却没办下来，机票不能改签，这是什么破国家？！

女的说，去欧洲，签法国，两天出签。

电梯里的话精辟，话一出口，电梯里鸦雀无声。

男1说，我们公司报酬不讲年薪，讲期权。

男2说，如果有人问你年薪多少，你可以投诉他。

3

老杜的缝长其实是为电梯里的阿尔法大盖帽做辅助工作。中国人讲话声大，吃饭吵，打电话吵，在巴黎老佛爷店里买包，也吵。坐广厦电梯，更吵。有人刚买了肉夹馍，地沟油味儿带进电梯，还吧唧嘴，恶习中的恶习。好在电梯里安着阿尔法大盖帽。

阿尔法大盖帽当年与保卫处长杜安山养的狗，机狗大战认乞丐，自那之后大盖帽开发了嗅觉。闻到劣质食品，电梯里响起智能语音。

"为了您和他人的健康，请不要把劣质食品带进广厦。"

当年杜安山的狗能闻臭脚丫子味儿认乞丐，今天的阿尔法大盖帽就能分辨出电梯里谁放的屁。发现目标，阿尔法射出一道红线，点到那人肩膀，说道，就是他，就是他，臭。

被点的人恼羞成怒，你放屁。阿尔法还会还嘴，是你放屁。

电梯里一团哄笑，劝那个被点的兄弟，别跟机器一般见识。被点的人不依不饶，我没放，凭什么栽赃?！有人高风亮节，别动肝火兄弟，屁是我放的，我认，我向全梯人民道歉。

广厦人给电梯里的阿尔法起了个外号，"阿尔法干瞪眼"。

一是说阿尔法尽职尽责，眼睛都不带眨；二是说被点中的人气得干瞪眼，拿阿尔法没辙。

这阿尔法干瞪眼就是厉害，火眼金睛，没出三天，就揪出了电梯里的七八起不文明行为。

年轻妈妈没给儿子穿尿不湿，那小男孩把尿撒在电梯一角，阿尔法干瞪眼说：随地小便，羞羞羞。

有人把嚼完的口香糖粘在电梯板壁上，自以为神不知鬼不觉，但阿尔法干瞪眼却有知有觉，开口说道：乱扔脏物，耻耻耻。

你要问了，阿尔法干瞪眼这么大本事，老杜这个"梯长"又是干什么的呢?

广阔电梯间，老杜大有作为。

罗晓雁嘱咐老杜，一定充分利用电梯这块宣传阵地，宣传推广人工智能，还要生动、有趣味。

老杜制作的"人工智能知识速问、速答"在电梯间的屏幕里播出：

人工智能机器人应该去男厕所还是女厕所?

该不该打听人工智能机器人的年龄?

人工智能机器人递给你一朵玫瑰花，是向你求爱吗?

电梯文明督导员，有权进入阿尔法干瞪眼的数据后台。老杜没有兴趣当黑客，也没有本事改写程序，他只想知道刘燕什么时候上电梯。

"干瞪眼"的程序里有一项功能，厦长优先，保证厦长在最快时间坐上电梯。

老杜去各梯检查工作，也可以享用优先权。除了厦长，他是全厦坐电梯最便捷的人。去厦门口取快递，一梯到底，找其他部门办事，他从20楼直达30楼，从80层速降到底层。

老杜用这点特权营造与刘燕的电梯邂逅，刘燕正在1楼等电梯，他先把自己送到地下2层，让自己的电梯在1楼接上刘燕。

创意角

电梯里人来人往，人上人下，广厦真的热闹了。

经过认证、选拔、测评、对比、筛查，50家公司进驻广厦。有的公司大举入住，自带家具，有的派了先遣小组，有的只派了一两个常驻代表。反正广厦门口的快递多了，中午、晚上送外卖的多了。这人工智能创意如何，先看看各层的创意角吧。

厦长的本意是学习Google，在办公区安装一部滑梯，从50层出溜到20层，每出溜一次，一声尖叫，收获一个金点子。

工程部认为滑梯是安全隐患，否了这个主意。厦长改成每层的临窗位置都辟一片"创意角"。各层出创意，十万元预算封顶，钱从厦长的创意基金中出。七个创意角便依次落成。

21层。一片白沙，点缀五块山石，围半圈泥墙，仿日本京都天龙寺枯山水。早九点，晚九点，一个值班经理换上白袜，手执九齿钉耙，在白沙石子上挠出道道。先有人挠出自己的食指指纹，再有人挠出微笑笑脸，再有人挠出一个美女，禅有万变，万变归宗，由你们挠去吧。

26层的五个女秘书，用一万个曲别针衔接而成创意垂帘，黄、蓝、粉、绿、红，五色相间，光买曲别针就花了五百元。

保洁张大妈问，姑娘，这啥创意呀？

姑娘答，抽象艺术。

张大妈问，抽象艺术？没见着大象啊，怎么抽象啊？

姑娘答，用手抽啊！

回头一想，张大妈说的"抽象——抽大象"是个好点子，200块钱买了一头塑料大象，静立角落。

32层。这一层云集了马拉松爱好者，本想在这层修一条塑胶跑道，因成本超标，才换拳击沙袋。员工受上级训斥，一肚子窝囊气没处发泄，把沙袋当总监，连打带骂，既锻炼身体，又调整心态。

36层是一间由书搭成的书房。宝坻县城区改造，图书馆要拆，50年存下的旧书没人要，废品回收站都不要，因为图书馆掏不起搬运费。36层公司的业务员用五千块钱买断存书。五千块钱不是买书钱，书免费拿走，五千块钱是运费。用盖着"宝坻图书馆藏书专用章"的二十万块"旧砖头"，砌成了创意书房。

42层，摆了五千只毛绒玩具。创意角设计者说，灵感源自童心，上帝钟爱认真游戏的赤子，玩具让成年人回到童心世界。玩具都是员工自家孩子玩剩下的，Teddy熊耳朵底下绣着WZM，这是王京宏经理的儿子王子萌带去幼儿园的。总监说，让我们向孩子学习，不忘童心，不忘真诚。

46层设计者本想弄一座冰佛像，一天摆两座，上、下午各化一座。每日两佛，十万元预算最多支撑半年，计划更改为用摄像机拍下冰佛消融的过程，然后倒放，水流聚集，凝固、长高、冻成冰佛，再重新融化。

创意需要体会虚无、无念、无妒。

嫌46层太安静，上48层，留学英国的总监大姐决定这一层的创意角成为"演讲角"。

讲演时间定为每日13:20—13:30，广厦发的十万元基金，公司一文不取，当成对演讲者的奖励，每次500元。第一周的题目是：评论电影《老炮》。有如下发言：

"小飞""波儿"老了之后会是老炮还是娘炮？

小飞他爸，南方某省省长算"老虎"还是"老炮"？

一个抛弃家庭、不顾妻儿的"六爷"是老跑还是老炮？

一个姑娘愿意跟着恩佐法拉利老跑，还是愿在震颤酒吧里老泡？

坐照

刘燕推了辆小推车，载着金丝楠棋盘上到 50 层。阿尔法保姆罗晓雁放下茶盏，燕妹妹，这是干吗？

刘燕说，雁姐仗义，一下子把我店里的家具都收了，我有钱就想溜，换个事做，这棋盘送给雁姐。要是没这块棋盘，也没有咱俩这场缘分。

罗晓雁说，是啊，要不是这块棋盘，咱也想不到阿尔法手套，没有手套就没有领带，没有领带就没有裤子，也就没有阿尔法影棚，也就没有阿尔法大厦。

刘燕说，也招不来这乌泱乌泱的渣男。有给我算命的，有请我拍戏的，还有要让我出钱投资电影的，邀我当金丝楠形象大使的。跟我见过一面加了微信，第二天就拉人到我店里来谈事，好像这店是他开的。雁姐，你那渣男识别器还搞不搞了？天赐良机，渣男自古有，今天广厦特别多，闭眼一抓一把。

罗晓雁说，人工智能，智在人不能之智，能在人不智之能，不治之病，我舍得一身剐，也要查出谁是渣。

刘燕说，雁姐，我问一句，你扎出渣男之后呢，贴个标签？脸上刺几个字，渣男慎交？

191

正说着，老杜来了，见刘燕坐在那儿，脸上迟疑。

罗晓雁说，杜老师来得正好，人家刘燕要走，你还不劝劝人家。

老杜说，别呀，我还想邀请刘燕和我下盘棋呢。

刘燕说，我就会下五子棋。

老杜说，五子棋也行，我和雁总聊过，套用"围棋九品"，现有创意角的水平才到七品。"九品入神"，俗人想不出来的，我忽然想出"八品坐照"，来和罗总汇报一下。

刘燕说，坐照，杜老师是要做护照，还是要做营业执照？

老杜说，别逗贫，说正经的，坐照成功，我能让燕姑娘名垂青史。

刘燕说，那我得听听。

老杜说，燕姑娘看过那几个创意角吗？21层枯山水，一片白沙子，几块石头，水都不浇，虫子都不生。这就是围棋一品：守拙。

刘燕说，那家公司的创意总监跟我说过，他自己家也是四白落地，多余的家具一件没有，断舍离。一有想不明白的问题，就跑沙漠里待着。

老杜说，住山里刨个窑洞，更守拙了。

刘燕说，26层摆个大象，是不是想说盲人摸象？摸到象尾巴，以为大象是蛇；摸到象鼻子，以为大象是象拔蚌。

老杜说，围棋第二品叫若愚。燕姑娘这么解释，半通不通，

没等老杜说完，罗晓雁接上话，杜老师跟我讲过，围棋的第三品叫斗力，就是打架呗。所以32层创意角打沙包。

刘燕说，他们公司副总跑过马拉松，跟我说马拉松已经成了中产阶级的广场舞了，他改练铁人三项了。

老杜说，所以死得早，前些日子不就死了一个创业老板嘛，他也跑马拉松。

罗晓雁说，杜老师，咱做人得厚道，该说第四品了，我记得是"小巧"。

老杜说，36层，耍小聪明，占人便宜，搬一墙图书馆废书，装有

学问。

刘燕说，这书城挺有创意的，我那天随便抽出一本，是钱锺书的《管锥篇》，1987 年版。

老杜说，我有钱锺书签过名的。

罗晓雁说，燕有学问，那五品叫什么来着？用智。就是说我们燕妹呢，从小读书讲智慧。第六品叫通幽。

刘燕说，是不是能钻进人肚子里当蛔虫？

老杜说，那是幽门杆菌。

刘燕说，杜老师这么解释，我可就明白了。那 46 层是尊冰佛吧，冰化了流一地，不消毒，感染了再结成冰，可不有幽门杆菌吗？

老杜甩了脸，都什么胡说八道，不入品。

罗晓雁说，杜老师，别较真，燕妹妹开玩笑呢。

刘燕说，杜老师别恼，我这不懂围棋的人，天天跟木头打交道，木头脑子，一听深奥道理就晕。您刚才说要坐照，我还名垂青史，您快说说。我正准备把广厦的店面退了，前途正迷茫着呢，您给我照照。

老杜一指窗户上的棋盘，正色说道，坐照，围棋八品，人坐在棋盘前，对面坐着你自己。

刘燕接着逗老杜，我天天照镜子算"坐照"吗？

老杜说，那叫臭美。

刘燕说，那怎么才叫"坐照"？

老杜说，这才是我郑重向雁总提议的 50 层创意角"坐照"计划。一个人坐在窗内，一个人悬在窗外，隔着这块玻璃透明棋盘对弈一局。 人不能被自己的脑壳困住，既要安坐局内，也要超然局外。窗内、窗外，一厦之隔，貌似两个世界，其实只有一层玻璃。

坐照，照见什么？就是照见这一物之隔、一窗之限、一厦之分、一心之碍 。

罗晓雁说，杜老师成佛了，由必然王国走进了自由王国。

老杜说，你说的是九品"入神"，古往今来，没几个人能进去。现在就指望雁总的人工智能喽。人工智能超凡脱俗，得道入神的那一天，垂下一根绳子，我伸手拽着，鸡犬升天。

刘燕说，杜老师，没看出来我怎么名垂青史呀？

老杜说，我坐窗户里面，你吊窗户外面，咱俩隔空对弈。一局《烂柯》棋谱只留下40手，咱俩接着下呀。

刘燕说，咱不是下五子棋吗？

老杜说，这么厉害的创意下五子棋糟蹋了，咱俩事先商量好怎么下，到时候摆摆样子就行。

罗晓雁说，我看主意不错，燕妹妹，你不恐高吧？

刘燕说，我不恐高，我恐人，我怕杜老师又给我出什么幺蛾子。

老杜说，我大不了给你献个花，表个忠心，你有啥怕的？

2

正说得热闹，物业部陈妍、保卫处杜处长、"危境物"兼"趴长"，小杜到了。罗晓雁起身说，我这里今天是要开戏吗，《烂柯》剧组的大咖全来了！

杜安山说，雁总为广厦操劳，我们来看望一下雁总。

罗晓雁说，坐，坐，喝茶，和妍姐也好长时间不见了。杜老师、燕姑娘也别走，编剧、男女主演全在，咱们要不再拍一部戏？

陈妍说，还真有事和雁总商量。

罗晓雁说，妍姐见外了，什么雁总不雁总的。

《烂柯》拍完之后，"三艳"没有再会过。陈妍认为，人工智能应当向实用化发展，比如搬家物流的无人化。刘燕认为，渣男识别器还在采集样本阶段，应该集中精力，突破一点，带动其他。罗晓雁认为，有了厦长的支持、总部的资金，人工智能应该高歌猛进，再上高峰，敢想人所不想，敢为人所不为。

三艳各有想法，遇到了，就闲扯几句；遇不到，就在各自的朋友圈点个赞。今天三艳凑到一起，倒是有了久违的亲密，因为"渣男识别器"的三位实验对象全部坐在面前。

三艳都认出来，老杜穿的还是"阿尔法裤子"。

这套特制的裤子，小杜穿了一周，踢足球时裤子开了线，他找陈妍换件新的，正好被陈妍留下。杜安山没穿几次就扔在办公室里，陈妍借口给杜处长清洗制服，亲自抱了回来。老杜呢，拿领带当抹布，用手套擦皮鞋，擦完了扔进了垃圾桶，被冯薇捡了，交给了陈妍。老杜的裤子不离身，没得手取回来，一直穿到现在。这条裤子算是三艳友谊的证明。

杜安山言归正传，雁总，这50家创意公司进厦，保卫处怕混进坏人。我计划每一层楼都设一道岗，站一个保安，一天三班，昼夜执勤。

罗晓雁说，杜处替他们的安全考虑，我代大家感谢了。

陈妍说，雁啊，有几个物业的小问题，21层创意角，泥墙沙地，过不了几天就成白蚁窝了。30层图书城，没硬支撑，就几块木板，这是私搭乱建。广厦里动个工程都要住建委审批的，雁妹妹，不是姐不通融，我就怕那建委抽查。

杜安山说，我们今天和物业部做一次联合调查，就是想排除安全隐患。42层一堆玩具都是易燃物品，务必让他们挪开。着了火，咱们大家倒霉。还有，我听说有人嚷嚷着在50层开吸烟室，说不抽烟就没好创意。这种人有了创意也是歪主意。

杜安山递给罗晓雁一张课程表。

12月14日（周一）

9:00—10:00 动员报告：认清广厦安全工作重要性

10:15—11:30 参观广厦各处，熟悉防火设施

12:00—13:00　午饭，休息

13:30—15:30　学习军体拳

15:30—16:00　休息

16:00—17:30　讲座：围棋文化与职场素养

12月15日（周二）

9:00—11:00　厦前广场分组队列训练：站姿，行进，正步走，复习军体拳

11:30—12:00　打扫广厦卫生

12:30—13:30　午饭，休息

14:00—15:00　街道办代表主讲：融入本地社区，领略本地民俗

15:30—17:30　讲座：围棋文化与烂柯传说

16:30—18:00　观摩电影《人工智能》

杜安山说，趁着广厦围棋热，我和陈妍主任一起办了个培训班，一是给保安、物业人员提高文化素质，二也请各个公司派代表参加，讲讲安保、物业的注意事项。广厦好歹是东道主，新客人入乡随俗不算过分吧。

罗晓雁把课程表顺手也交给了老杜和刘燕，说，应该的，应该的，培训几天？

杜安山说，要求每个公司、每个员工都应该参加，一个班两天，轮训一次，怎么也得一个月吧。

罗晓雁忍了忍，说，成吧，只要咱们的培训有内容，接地气。

陈妍说，我们请的都是专家，还给杜老师安排了一课，今天正好遇见您，当面邀请了。

老杜说，这课得请杜处长讲，杜处长文武双修。

陈妍说，我们请杜处长做总结发言，老杜老师有讲课费。

罗晓雁说，咱这培训班不收钱吧？

陈妍说，象征性地要收一些，非广厦人员，一人200元。我们给大家准备了茶水，多少有些成本。

刘燕说，这还收钱呀？

陈妍说，白听课，哪对得起老杜老师这样的才学？

罗晓雁说，花钱买知识，这是常识。对了，这培训班在哪儿办呀？地方在哪儿？

杜安山说，我就觉得罗总这50层地方宽敞。

老杜说，50层这地方有用了，我和罗总刚商量好，搞创意活动，坐照。

杜安山说，坐照？是要做假护照，还是假营业执照？

老杜说，杜处长你想得太俗，我说的"坐照"是拍照，把人吊在广厦窗户外面，拿玻璃当镜子，照照自己到底是干吗的，没事别瞎喷唾沫星子。

杜安山说，那人在外面是脱了照，还是穿着照？穿着照，叫擦玻璃、搞清洁，这事归物业部管。脱了照，拍艳照，这事就归我保卫处管喽，小杜怎么抓"危境物"嫌疑人，就怎么抓你。

陈妍说，吊广厦外边，这算啥创意？一年前我们物业部就组织过"我与广厦面对面"，杜老师还是体验者呢，拿了一个"蜘蛛侠"称号，这创意可是我的。

老杜冲着陈妍说，你组织的叫洗楼，我是去抽烟的。这回我说的"坐照"是下棋。

杜安山说，围棋九品，七品通幽，八品坐照，九品入神。这词儿你讲给那些人工智能公司听去，别在我这显摆。要不着这么办，我也不管你是艳照，还是"坐照"，你跟小杜现在下一盘，一局定输赢。棋盘、棋子是现成的，你赢了，你爱怎么照怎么照，我都不管，我们还乖乖听你讲课。如果你输了，你把裤子脱了给我。

杜安山转脸问小杜，你没意见吧?

小杜说，请杜老师指教。

谁也没想到，老杜站起身，解开裤带，把裤子脱了说，我还就不跟他下。

杜安山说，杜老师怕输也别这么耍流氓啊!

老杜说，我还就跟你耍流氓了。

欧米伽章鱼

1

有黑，必有白，这是围棋。有豪放，必有婉约，这是宋词。有写意泼墨，必有工笔重彩，这是国画。有大篆、小篆，必有行草、狂草，这是书法。有爱讲虚的，必有爱讲实的，这是企业管理理论。有横向发展，必有纵深挺进，这是广厦升舱后的思路。

人工智能也不例外，有"十诀"派，必有"九品"派。一正一反，一庄一谐，世间万物，均通此理。

有了阿尔法狗，就有欧米伽章鱼。阿尔法是第一个希腊字母，欧米伽是最后一个，一头一尾，一狗一鱼，狗吃鱼？未必，章鱼也能吃狗。

陈妍带来的这只章鱼是一只扫帚，人工智能扫帚。它任劳任怨、任打任骂，禁踢又禁踹、禁洗又禁晒、禁拉又禁拽，除了能干活，没有别的优点。对了，还有另一个优点，就是喜欢挑战，尤其喜欢主人为难它。物业部邀请广厦员工与它来一场人机大战。

首先出场的是 21 层员工，那一层的创意角是枯山水，这位员工本周值班，每天早晨在枯山水上挠出道道。

他说，我昨天吃麻辣烫，闹肚子，把马桶弄得恶心不堪，请欧米伽扫帚从马桶开始工作吧。

在欧米伽扫帚的眼里，没有脏臭、没有恶心、没有害臊，十五分钟结束工作，马桶水清见底，顽渍一扫而光，比人擦得干净。

人机大战第一场，欧米伽扫帚获胜。

第二个出场的是 26 层的女秘书，创意角"抽象艺术"的主创之一。

她有一瓶久已停产的红色钢笔墨水，一不小心，洒了一地。欧米伽扫帚手指一摸就知道，3 个小时前洒的，还没干透。欧米伽扫帚肚子里存储着广厦色谱档案，肚子里一搅和，小尖嘴一喷，又染回了灰色地毯，严丝合缝。

第二局，欧米伽扫帚再次获胜。

第三位出场的是 32 层的小伙子，在创意角打完沙袋，顺便逗逗欧米伽章鱼。

心想，你不是鱼吗？我给你来个水淹七军。他把饮水间的水龙头拧开，卫生纸揉成团，堵住了下水道，水流进走廊。欧米伽扫帚闻声寻来，机械手指一伸，关掉水龙头，夹出纸团。开动肚子里的烘干器，溜溜达达走了一圈，地上的水干了。

欧米伽扫帚 3∶0 领先。

第四位挑战者是 36 层搭盖"书屋"的业务员。

他与欧米伽扫帚约定好比赛规则：我藏五张字条，欧米伽扫帚找齐就算赢。

陈妍说，纸片不能悬空待着，不能被其他物品覆盖。

业务员擅长英文，总结了藏纸片的要诀：

一、under：沙发底下。

二、between：柜子之间。

三、above—under，纸条粘在桌子底、椅子底，朝下又向上。

四、between—between，纸条夹在两本书之间，书夹在两个柜子之间。

这四种位置的纸条都被欧米伽扫帚找到，没有找到第五张纸条。

店门外有一棵巴西木，树栽在大盆里，盆下垫着一个浅口托盘，水浇进大盆，渗到托盘，汪在浅浅一环里，业务员把最后一张纸条浸在水中，这叫 above—under—between。

保洁员冯薇平时用一块抹布把环里边的水吸走，业务员叮嘱冯薇不要把水吸干，才躲过扫帚的眼睛。

本局比赛，欧米伽扫帚小比分 4：1，但是赛前约定，找满五张纸条才算胜，所以业务员为广厦扳回一分，大比分 1：3。

轮到 42 层了。创意角摆毛绒玩具的那家公司派出自己的美术编辑与欧米伽章鱼比赛捡废纸。

美编搞了个摄影展，主题是：全屏废纸。玩的是纯艺术，照片拍的是纯废纸。

照片 20 张，没有重样，摄影作品《卫生纸》打印在真的卫生纸上，《餐巾纸》打印在真的餐巾纸上，《揉皱的菜单》打印在真的菜单上，《丢弃的汉堡包纸》打印在真的汉堡包包装纸上。

在"人机大战"约定的日子里，42 层地上到处摆着摄影作品《餐巾纸》《擦手纸》，厕所马桶边平躺着《卫生纸》，旁边放了三团从垃圾筒里刚捡出来的卫生纸。电梯口散落着十张《丢弃的汉堡包纸》，边上扔了三团真正的汉堡包纸。

75% 的艺术创作被章鱼当成了垃圾，25% 的真垃圾被章鱼当成艺术创作。42 层获胜。人机大战双方战成 2：3。

"人机大战"更上一层楼，迈向 46 层广厦公关块办公室，升舱之后，缝长老杜的工位就在这层。

陈妍提出比赛规则：欧米伽章鱼与冯薇同时清扫，各负责一半面积。由人检查卫生，谁留下的卫生死角面积大，就判谁输。

裁判手指头一蹭，指尖黑了，有灰，这就叫卫生死角。

老杜说，灰尘爱落哪儿？电脑屏幕，对吧？为什么？机器发热，热就吸土，对吧？一个礼拜之内，全楼层的电脑屏幕，谁也不准擦，一个礼拜之后，保准灰头土脸，一摸一手土，对吧？检查卫生那天，我们把所有的电脑都平躺在地上。

办公室员工本来就懒，就坡下驴。老杜把冯薇叫到了工位上，婉转地告诉她，这是"人机大战"的策略，不要透露给物业陈妍。

这场"人机大战"，欧米伽扫帚完败。

陈妍问，电脑为什么要平放在地面呢？

老杜说，我们爱俯身工作，防止颈椎病。

陈妍说，再有一年时间，欧米伽章鱼就能擦电脑屏幕，清扫墙壁、门窗，甚至攀上广厦洗楼。

章鱼连输了两场，"人机大战"，大比分 3∶3。

陈妍总结欧米伽扫帚有以下收获：

清理卫生间污垢，欧米伽扫帚经受住了心理考验，心无旁骛、排除杂念，这证明"章鱼"比任何一个职业保洁员更具备平常心。

覆盖墨水顽渍，独立思考、果断处理、见招拆招、熟练掌握"定式"。

制服水患，证明"章鱼"有"大局观"，能抓源头、抓主要矛盾。

找纸条，暴露出"章鱼"对 under—above—between 的认知盲点。

《废纸》边上的废纸，是最有价值的训练，极大地推进了智能识别技术，"废纸边上的废纸"是未来年轻章鱼的必修课程。

电脑屏幕上的尘土，这是杜奇峰耍的小聪明，不说也罢。

陈妍说，这欧米伽章鱼还是一名智能搬运工，知道躲人、避物，会爬楼梯、上台阶。现在可以独自搬运小型易碎品，终极目标是搬钢琴。

广厦物业愿意献丑，请高手给他指点一二，让它更上一层楼。

32 层的跑马拉松的总监说，巧了，明天上午我们两个部门要对调位置，家具、柜子、电器全要挪窝，能不能请欧米伽章鱼露一手？

陈妍说，好啊，东西不要太贵重，万一磕了、碰了，我们可赔不起。

马拉松总监说，不贵不贵，我平时喝生鸡蛋。明天我们的员工搬大件，有劳欧米伽章鱼徒手送一只鸡蛋，只要从东南角运到西北角，鸡蛋不碎，我们就服。陈妍说，一言为定。

总监说，我说的可是徒手。海绵包三层，封纸箱里，那是京东快递干的活。

陈妍说，我们欧米伽章鱼不但徒手还光脚。

第二天上午十点，欧米伽章鱼如约而至。

26 层办公室里已经摆开架势。指挥官站在桌子上，嘴边绑着话筒，手里备了五色小旗。蓝旗一指正南办公桌，上面端端正正立着一只鸡蛋。

那章鱼，下面伸出九条腿学蜈蚣走路，减振软足，上面九条胳膊可伸可缩，学屎壳郎包粪球，小东西攥，大物件搂，取了鸡蛋，拔脚要走。

只见指挥官红旗一举，两人抬沙发前堵、四人搬柜子包来，那章鱼原地转动 270 度，移行大法，闪了过去。

绿旗一扫，复印机斜刺杀出，只见章鱼屈腿弓腰，原地腾空，背越式跳高，翻到复印机另一侧。

黄旗三起三落，20 把椅子呈扇形扑来，十只加湿器左右迂回，把章鱼困在当中，只见它的软足变成滑雪板式的长物，像雪地大回转选手，拧身转膝，风摇荷叶，穿过椅子障碍，绕过加湿器旗门，雪板扫过之处，雁过无痕。一只鸡蛋，送到终点。

搬椅子的壮汉忘了干活，拊掌赞道：别说鸡蛋，去抢个新娘都没问题。

广厦物业部的能耐，你们服不服？

服了，就乖乖派人来听围棋培训课。

3

物业部、保卫处联合培训班一周之后开班了，地点在 50 层罗晓雁办公的地方，几株巴西木被挪开，腾出空间摆了座椅，透明棋盘前摆上了一张讲台。那透明棋盘，老杜"本来计划坐照"用的，被培训班拣了便宜，当背影板用了。

会场周围上立了十张"易拉宝"，上面写着"围棋十诀"：

一、不得贪胜；

二、入界宜缓；

三、攻彼顾我；

四、弃子争先；

五、舍小就大；

六、逢危须弃；

七、慎勿轻速；

八、动须相应；

九、彼强自保；

十、势孤取和。

培训班请了两位文化人主讲，深入浅出，合情合理。主讲人讲完，陈妍带头鼓掌，自己走上讲台，我接着讲几句，《围棋十诀》是古代智慧的结晶，比如第八诀"动须相应"，讲的是，活动要有配合、行动要有协调，没有接应就是轻举妄动。我们广厦向人工智能迈进，就是要全厦一盘棋，步调一致才能得胜利。

轮到人工智能公司代表发言，公司各自的负责人没在现场，群龙无首，员工谁也不愿意上，看见罗晓雁陪着一个男人坐在后排，找到了救场的人。掌声有请雁姐上台。

雁姐说，前几位的发言很精彩，受益匪浅。我想说的是，人工智能是史无前例的尝试，前人没有做过，没有想过，我们就要超越前人，继往开来。《围棋十诀》40个字，其实就是一个字"守"，保守、守成。

十诀能不能有当代版本？

"入界宜缓"要变成"入界必速"。当今的时代，我们想进入一个领域，怎么能左等右等？

"攻彼顾我"，没有破釜沉舟的魄力、没有 All IN 的胆识，应该改成"弃我攻彼"。

"慎勿轻速"，瞻前顾后，慢慢吞吞，不妨改"战必神速"。

没有必胜的决心才导致了彼强，势孤，迫不得已，自保，求和。我只懂围棋的一点皮毛，算是抛砖引玉，我想请广厦的围棋研究者杜奇峰谈谈他的体会。

台下响起一半掌声、一半哄笑，上了一天的课，确实应该听点不同凡响的了。老杜不急不慢上了讲台，张嘴第一句就招来哄堂大笑："我觉得你们都是瞎扯，围棋有知，听了会臊得慌的。"

小杜看到场面失控站起身说，杜老师，我们正聊《围棋十诀》，我一直想找机会请教，逢危须弃，这一诀您是怎么理解的？

老杜一乐，说，棋盘上每个棋子都有价值，谁也不能弃，逢危也不能弃，你今天弃了它，它早晚会弄死你。

老杜一指座位上的冯薇，什么逢危须弃？你看看人家冯薇姑娘坐那儿呢，多本分的姑娘，冯薇不能弃。

座位上哄笑一片，物业陈妍站起来大声说，肃静肃静，有请厦长讲话。

原来在后排与罗晓雁坐在一起的男人是厦长。厦长摆摆手，丢下一句话，起身走了。

众人问后排，厦长说了什么，有人答，天机不可泄露。众人说，别装蒜，厦长说的什么？那人答，你们傻啊，我说，厦长说，天机不可泄露。

4

小杜奉命在培训班讲围棋基本知识，物业部员工奉命听讲，每天签到。冯薇低头看手机上的韩剧，保洁大妈和邻座姑娘聊天。

小杜背课认真，摆出了很多图板。

飞

跳

立

扳

点

"飞"的配图是燕子展翅，"跳"配的是袋鼠腾空，"立"配的是地基打桩，"扳"配的是掰手腕，"点"配的是脑门上的一个指印。

这些都是围棋术语。小杜换了一张图板说，这叫虎，三枚黑子布下一只陷阱，张开一只大嘴，这叫虎口。配图，就是一张虎嘴。

身边的保洁大妈说，大拇指根这个地方叫虎口，干活干累了，左手捐右手。转脸又去聊天了。

听得最认真的不是物业，不是保安，不是冯薇，不是人工智能公司的员工，是冯薇养的蚂蚱。

它们躲在天花板上，天花板的网格是天生的棋盘，每四只蚂蚱一组，一只蚂蚱当一只棋子，推推搡搡、说说笑笑，蚂蚱组长指挥，咱们仨就这样站，左右后三面，前面空着，这就叫"虎"。俩并排站着，就是"双"。四个排成一队，头一名与第二名并肩站，这就叫"拐"。

小杜讲到黑白对弈，蚂蚱们自动分成了两拨，滚了一身土的蚂蚱是黑棋，不带土的蚂蚱是白棋。小杜讲到"吃子"，四个黑棋子围住一个白棋子，白棋子被提走。天花板上，四个黑土蚂蚱围了一只净白蚂蚱，抬起来，扔过头顶，蚂蚱组长说：这就叫吃。

5

小杜说，一盘棋要有两只眼才能做活，有一口气就不能算死。小杜摆出了一盘活棋，蚂蚱们在天花板里站成相同的图形。黑土蚂蚱把净白蚂蚱围死在当中，一只聪明的净白蚂蚱说，咱们有两只眼，有了这两只眼咱们就能活，黑土蚂蚱围死咱们，咱们也死不了。

笨蚂蚱说，什么是"眼"？

聪明的蚂蚱说，咱们中间这空的两块地方就是眼。

笨蚂蚱还不懂，聪明蚂蚱说，咱们躲在广厦里，冯薇给我们送吃的，广厦就杀不死咱们，冯薇就是咱们的两只眼。

小杜讲到了"气"，黑棋与白棋对杀，你围住我、我围住你，看谁的气长。

一队黑土蚂蚱与一队净白蚂蚱也排出了同样图形。黑土蚂蚱说，我们气长，因为我们昨天多吃了一条蚯蚓，比你们扛饿。

一个净白蚂蚱说，我先把你吃了，你没了气，我们就多了一只眼，我们活了，有的是气，早晚把你们吃光。

黑土蚂蚱说，我招哥们儿过来，从外面给你们一个反包围，把你们一伙全吃光。

净白蚂蚱说，你能招，我也能招，谁怕谁？

聪明蚂蚱说，别胡来，咱们是下棋，围棋规则，一次只能来一只，一次只能走一步。

全体员工轮训一次，小杜把相同的话讲了十次，蚂蚱们在天花板上就听了十次。蚂蚱们不敢大声聊天，50层聚集了上百人，蚂蚱们哪也不敢去，只好在天花板里学棋。还好，培训班结束之后，座位上会留下零食、喝剩的可乐。公司的员工们饮食健康，午饭吃蔬菜沙拉，喝芹菜汁，落下的渣渣就能让蚂蚱们改善了伙食。

50层的蚂蚱们胖了一圈，冯薇要用扫帚赶着它们跑步减肥。

第八章

厦庆

渣男识别器

　　三个月之后，刘燕见到罗晓雁，掏出一个红绸布包，雁姐，给你送喜糖来了。

　　罗晓雁说，谁这么缺德？把我们燕妹妹拐跑了？

　　刘燕说，遇到一个投缘的，就是他了。

　　罗晓雁问，领证了？

　　刘燕说，领证多土，我们是在一起，不结婚，喜糖得吃，份子钱不要。

　　罗晓雁说，人是哪儿的？我让阿尔法给你验验？那阿尔法裤子、领带可都留着呢，为了燕妹妹的终身大事，我们可以研发一款新的产品哦。

　　刘燕说，他也算咱们广厦的人，32 层公司的总经理，创意角打沙袋，就是他的主意。

　　罗晓雁说，有印象，三品斗力，对吧？怎么认识的？

　　燕说，我搬家撤店，地下停车场把他的车剐了，先斗力，后约会，再后就好了。

　　罗晓雁说，老杜该伤心了。

　　刘燕说，他伤心，正好升华到人工智能剧本创作上。

　　罗晓雁说，真不用咱渣男识别器给你验验？咱都升级到第三代了，这里有你的功劳，阿尔法摄影棚，多绝的主意。

刘燕说，识出几个渣男来了？

罗晓雁闭上眼睛，做出了夸张的表情，people mountain people sea，like fire like tea。

刘燕说，姐啥意思？

罗晓雁说，测一个，渣一个；测两个，渣一双，姐我这儿正头疼呢。不过，识别器分析渣男约会时的甜言蜜语，倒是带动了人工智能语言创作。人工智能自己会写鸡汤话了，正在练习写情诗呢，下个月可能写出一部微电影。渣男识别器先测着，反正渣子多了不咬，男的多了不愁。

刘燕说，雁姐，你发明渣男识别，男人就会发明腐女识别、八婆识别。我男朋友就给我看过一个，咱们是裤子、领带、手套，他们是胸针、提包、墨镜。

罗晓雁说，没测测你？

刘燕说，我往那儿一站，气场强大，凛然不可侵犯，百分百的腐女、物质女孩，厦长小三。

罗晓雁说，你看过他们测别的女人吗？

刘燕说，我让我男朋友穿上女装，戴上一绿发套，用他的机器自测，竟然显示纯情少女。

罗晓雁说，没测测他妈？

刘燕说，姐姐，咱们当年测渣男的时候，也没敢测咱爸不是？都是爸了，渣不渣有意义吗？

罗晓雁说，燕妹啊，有了男朋友，想法就是不一样了，对渣男检测的态度就不端正了。

刘燕说，雁姐，男人是一时，闺蜜是一世。

罗晓雁说，这才像话。

刘燕说，雁姐，有朝一日，你的渣男识别器真试验成功了。

你遇到一个人，感觉不错，你忘了打开识别器。你们喝茶聊天，越说越投缘。你动了心，你更犹豫，这识别器开不开？你是相信自己的感觉，还是怕被自己的感觉骗了？再忍忍吧，再处一段。

你们俩一块逛街、看电影、听音乐会，你觉得自己要谈恋爱。恋爱像战场，进入了就是枪林弹雨。你不敢进，你特别希望人工智能识别器告诉你，此人渣男一枚，你就有了理由不去冒险。

那男人约你去他住处，你更不敢决定开不开机。现在开机，不是和巫婆算命一样吗？

你又说了，不就是睡个觉吗，指不定谁占谁便宜呢！不管他渣不渣，老娘我先浪了他再说。可你不小心，误把机器打开了，识别器认出了渣男，警告你，危险勿入！你正色胆蒙心，母老虎劲上来了，把识别器扔出窗户，咔嚓一声落地上，碎成了渣，原来是它渣。

你等着春宵一刻，你男朋友面色铁青。你问他咋了，那男的掏出一机器，说他喜欢你，可是，机器说你是腐女，只要跟你上床，日后就没好日子。你迟早以渣男为借口把他赶走，像用完一匹牲口。雁姐，下面的剧情应该是什么？

罗晓雁说，我先把他手里的机器砸了，再把我家备用的那台给他，哥们儿你换个牌子，打开先验证你自己渣不渣，省得老娘自己动手。

刘燕说，雁姐，你说那渣男识别器是不是就这结局？

罗晓雁说，天晓得。但是，既然天晓得，我为什么就不能晓得？

刘燕说，那不成算命了？

罗晓雁说，燕妹妹，我越弄人工智能，就越信命。

刘燕说，姐可别走火入魔。

罗晓雁说，妹妹我只跟你一个人讲，你知道厦长为什么支持人工智能吗？

刘燕说，谁不知道啊？拿人工智能当招牌，炒概念，玩杠杆，圈钱招商，上市套现。

罗晓雁说，那他为什么不拿别的招牌来圈钱呢？20层的楼面，倒贴一个亿。

刘燕说，你不会告诉我说，他喜欢围棋吧？

罗晓雁说，厦长不喜欢围棋，但是被老杜写的《烂柯》电着了。老杜原本写了一部穿越剧，没找到投资，砸在手里。咱们拍的只是开头，后面民国、清、明、元，一直穿越到尧舜禹。重点是，剧本开头写的是隆福大厦后面的崔府夹道，是老杜路过，随手写进剧本里。绝的是，厦长小时候真住那儿！他倒没卖过核桃，他在旁边的煤厂帮人做蜂窝煤。

燕说，老杜拍马屁，故意这么写的吧。

罗晓雁说，就算他拍马屁，但他绝对不知道，咱们厦长的本名就叫王质。

刘燕说，厦长不是姓董吗？董伯常？

罗晓雁说，他妈妈改嫁，他随的妈妈姓，伯常是后来算命先生起的。他叫王质，大弟弟叫王量，二弟王安，三弟死得早，叫王全。这是他爹起的名，质量安全。这名字只用到六岁。

上小学那年，他爸爸去世，哥儿四个全改了名，随后把家搬到了固安。

刘燕说，阿尔法领带不是看见厦长的保险柜里有一把斧子？《烂柯》故事里樵夫的斧子烂了，厦长的斧子不会也有故事吧？

罗晓雁说，这把斧子改变了厦长的一生。1960 年厦长和老妈搬到固安，赶上闹粮荒，那年厦长九岁，饿，和弟弟们抢一个窝头，哥哥劲头大，夺了窝头就走，大弟弟急了，从灶台边抄起一把斧子，冲哥哥甩了过去，斧子正砸在哥哥大腿上，隔着裤子豁下一块肉。

刘燕说，这是厦长告诉你的？

罗晓雁说，堂堂企业家能和我说这个吗？我又不是他小三！

刘燕说，难道这是人工智能识别器告诉你的？

罗晓雁说，我如果说是，你信吗？现在人工智能技术解读厦长，可比当年拍《烂柯》厉害多了！我真感谢老杜，没有老杜这个剧本，就不会触动厦长的隐私，我们也找不到一个活生生的例子。我一开始以为，厦长想把自己塑造成一个平民出身的传奇企业家。现在才知道，他是演他自己。

刘燕说，编剧本呢吧？

罗晓雁说，燕妹，人生如戏，剧本模式就那么几十种，古往今来，已经把人间事写绝了，不是我们不知道，只是我们没看到，或者看过就忘了，没记在心里。

人工智能从公开的新闻报道、犯罪记录、人物传记、文学作品里，提炼出无以计数的人生模式，它的学习、消化、提炼能力巨大，大到你无法想象，是一个人的大脑一生能力的十万倍。

刘燕说，人工智能是怎么知道厦长童年的那把斧子的？

罗晓雁说，首先占有庞大的数据库，一个人的公开信息、讲话记录、微博留言、晒的书单、看的电影、爱吃的菜、旅行记录等等。这些记录大部分是无用的，除非我们发现一个核心的信息，才能把它们串联在一起。

比如，厦长保险柜里的斧子，再比如，他在办公室里爱自言自语，念念叨叨，老说一句话：谁是我的兵，跟我走；不是我的兵，拿屁崩。

这是北京60年代的市井土话，爱说这话的，不是广厦本地人，贫民出身，性格强势。厦长演戏的时候，阿尔法发现，他右脚有点跛。当然了，还有其他手段，我只能跟燕妹说这么多。跟破案似的，过瘾。

刘燕说，艳姐这是把厦长列为渣男检验对象了？

罗晓雁说，我觉得最厉害的人工智能不是识破渣男，是识破天机，识破命运。

刘燕说，你这个"天机"试验成功了，我得躲着，命是自己的，被什么机攥着，多无趣！

罗晓雁说，燕妹，我做了件对不起你的事。实在忍不住，今天得跟你说。

刘燕说，说呗，我找男朋友都不怕，还害怕什么？

罗晓雁说，我的识别器测过你的男朋友，也测过你，机器算出你们会在一起。而且算了你们的未来。它算得对不对，十年之后自然见分晓。

刘燕说，现在你千万别跟我说，除非查出我得癌症。

罗晓雁说，燕妹大喜的日子，干吗说那丧气的话！将来人工智能包治百病，但是感情病治不了。

刘燕说，感情病，是病总得让它发出来。雁姐测我就测了呗，我高中毕业，老师说你该学医，我自己也想不到为什么考了古生物系。毕业了，自己也不知道为什么七搞八搞，开了金丝楠木店。姐的人工智能如果早十年出来，我今天也不至于还糊涂。

罗晓雁说，所以我想请燕妹把今天人工智能算出的结果留着，十年之后再验证。

刘燕说，千万别给我，给我肯定忍不住打开看。

罗晓雁说，我留着又怕你不放心，说我十年后根据当时情况改了结果。

刘燕说，要不把结果存U盘里，U盘藏一地方，你知我知，别人找不到，密封好，设两个密码，只有你我同在，才能打开。

罗晓雁说，对，十年后的今天开封。

刘燕说，藏广厦窗户外最好，你的办公室在50层，人爬不上来，窗户打不开，U盘塞钢梁缝里，鸟都啄不到。这广厦起码还能立着50年。

罗晓雁说，好，"坐照"的地方，好主意。

小杜在演练各种"危境物"应急预案

厦庆将至,"趴长"杜建军被委以新的工作,进入厦庆安保组,防范"危境物",做预案准备,以防出现如下情境。

情境 A:闪聚

二十多个男女,拎着拉杆皮箱,聚在中庭,他们的衣服不像学生,不像干部,不像志愿者,不像公益组织成员。

小杜迅速地把目光上移,中庭的二层、三层有人掏出手机,"视频"红点已经闪动。

一男一女,从左右款款走向中间,脉脉含情,手中的拉杆箱是同一个款式,他们要做什么?他们的箱子里装的是什么?汽油?印刷品?后面十几个男女拉着同款箱子,跃跃欲试。目的不明,动机不纯,危害等级二至三。

小杜走进他们中间,语气果断,剧组导演都是这样喊的:"停一下,Cut!"手里卷张白纸,像是剧本,另一只手搭在男的肩上:"你刚才的表情有点飘,收一些。"又冲着女的:"女演员表演得不错,但走路节奏比男演员慢半拍,配合不默契。"

小杜手指四周,身体原地转了半圈:"欢迎各位来到 DBC 商厦,他们排练的节目还不够成熟，请不要录像，请尊重他们的肖像权。"

观众起哄："就愿意看不成熟的。"

"把不成熟的作品拿出来，是不负责任。"

"有你什么事？赶紧躲开，我们拍戏呢。"

"用手机拍戏？你们剧组真讲究。"

"不知道 iPhone6 能拍 4k？"

"你手机 24k 的也不能这样糊弄观众。回去练练，一个月之后广厦厦庆，欢迎你们汇报演出，但是要通过节目审查。"

"你成心捣乱是不是？找抽！"

"你们剧组还要拍打戏？我们叫一组小伙子来配合一下？"

情境 B：横幅

金丝楠木店已经换了主人，刘燕去周游世界，新人接手，进了新货。

门前聚集了四男四女，学生打扮，几个人眼神一对，一条黄色布幔从背包里拉出，上面写着：没有买卖，就没有盗伐，还原始森林一片宁静。

"同学们，进屋喝水。"

"不渴。"

"你们来买家具？"

"我们抗议你们卖楠木家具，破坏原始森林。"

"我们这里的楠木家具所用的木材都是人工种植的。"

"金丝楠木 400 年才成材，难道你们公司明朝就种树了？"

"同学，我们老板的祖先是贵州苗族土司第三十代继承人，按旧社会的说法，山、山上的树、山下的矿，全是他家的。来来，别外面站着，进屋说。咱们坐的这张床，就是老板爷爷的爷爷种的树，树活千年，终有一死。汉人用楠木做棺材，你们知道苗族人用楠木做什么吗？做成盒子，装肉，相当于现在的塑料饭盒。"

小杜静立在门口多时。楠木老板和学生说话时，他顺时针扭了三圈脖子，这是他与业主约定的暗语，意为周围无摄像机，无围观，无后援。应对预案是：1. 防止群众围观。2. 深度沟通，增进理解。3. 赠送电影票。

厦庆这一天是难得的纯阳天气，蓝得硬朗，像透明的钢，手指一敲，铮铮作响。

天空像金属，广厦倒像一只玻璃醒酒器，薄如蝉翼，没有一丁点水印、酒渍，摸上去手指涩涩的，不禁心疼广厦，物业部洗楼洗得这么狠，不会把表皮刮破吧？

陈妍说，放心，广厦不是刚出生的婴儿，它已经十岁了。

老杜说，该出来见见世面了。

小杜说，听说广厦中庭的瀑布要重新启动，干涸已久的天水又要飞流直下。

冯薇说，水溅到地板上，人来人往，脚底全是土，得擦多少遍？

杜安山说，今天少不了神头鬼脑，各部门给我瞪大眼睛，出事你们谁也跑不了。

阿尔法保姆罗晓雁说，我们研制成功了人工智能安检员，杜安山愿不愿意试用一下？

小杜说，只是辅助我们工作。

杜安山说，什么辅助工作？顶多是实习生。

罗晓雁说，杜安山很给阿尔法面子了，实习生，算把他当人了。

小男生好不容易弄了两张广厦嘉宾证，带女朋友盛装出席。女朋友逛了一圈，说，门口铺着红地毯，进门安检，有记者拍照，像那么回事。可是，进来之后连杯香槟都没有。

男朋友说，香槟多便宜，一杯三毛钱，广厦今晚有一道香槟瀑布，香槟来自法国香槟产地。

受邀而至的著名导演抬眼一扫，对著名编剧说，这里适合拍登山戏，搭雪山实景，大雪崩、大坠崖。编剧说，兄弟，别把人家往死路里引。导演说，厦长自己演宣传片，叫《烂柯》，多文艺呀！您给厦长写戏呗，多写感情戏，多写围棋。

老杜早就认出来了，就是这位著名导演，多年前批评过自己的电影剧本，老杜在讲座里痛骂过他。著名编剧就是那个足智多谋、驱鬼役神的剧作大师。

今天的重要嘉宾人手一袋"材料"，里面除了广厦纪念画册、一瓶矿泉水、一包纸巾，还有一把折叠伞。嘉宾们问："今天预报有雨，厦庆不会是露天的吧？"

礼仪生说，这是今天的晚会道具，怎么可能让您在门外淋雨呢？

嘉宾说，哦哦。

礼仪生隆重推荐今天的神秘礼物：手套。

每一个人，都会在广厦门口领到手套。普通嘉宾没有材料袋，只有手套。手套装在塑料袋里，像坐飞机时领的耳机。耳机两个圆听筒，圆滚滚塞进耳朵。广厦发的手套，不是一双，一人只给一只，一只手套只有三根指筒，皮子做的，又萌又酷。

工作人员指导你，大拇指套一根，像穿一只袖珍袜子。食指套一根，手指像皮筒猎枪。中指含义特殊，套上指筒，像蒙头抢银行的愤怒青年。

手套只有两款，一黑一白，不分左右。礼仪生问您："喜欢黑还是喜欢白？"就像空姐问您："鸡肉饭还是牛肉面？"乘客选牛肉面的多，嘉宾选黑手套的多。礼仪生说："对不起，只剩白手套了。"

有男嘉宾抱怨："我不喜欢白的，女里女气的。"

礼仪生早准备好了答词："白手套庄重，您看电影里的国民党师长，上马出发之前都要戴白手套。"

女嘉宾白了一眼白手套说，和我衣服不配。

礼仪生说，白色好看，赫本就爱戴白手套。

女嘉宾又一撇嘴，人家赫本是长筒手套，哪跟你们这一样？只戴三个手指头，像衣服只穿一半，露着半扇膀子。

主办者早料到白手套会有如此冷遇，应对方案是：

一、向女宾提供白色镂空蕾丝手套一双，三指手套套在里面。

二、向女宾提供三种美甲贴片，自由搭配，贴在余下二指的指甲上。无名指一朵梅花，小指一粒美钻，让那三指手套更像一种独门暗器。

三、赠送一条缠腕白巾，与手套绝配。当然，只有重量级女嘉宾才有如此待遇。

个别男嘉宾坚决不戴白手套，礼仪生神秘地掏出另一款："这款是我们的限量经典，一样的白色，手心染一片血迹，衬托您温柔杀手气质。"

男人说，就是它吧。

每人都问，手套干吗用的？

礼仪生回答都一样，这是今天的互动道具，请您千万保存好，这将是您前所未有的体验，Once in a Life。

来宾们研究手套，没心思看大屏幕视频《十年建厦，百人树人》，也顾不上听主持人的开场辞。主持人讲完，来宾们礼貌性鼓掌。掌这一鼓，却发现掌声特殊。手套是金属质地，左手肉掌拍打右手金属手套，肉拍金，好听。拍手套掌心，浑厚中音。拍手套指肚，清脆童声。拍手套指尖，伦敦口音。一次没听过瘾，只能等下次鼓掌。

厦长说道：

"女士们、先生们、朋友们，在这样一个美好的下午，大家来到广厦，出席十周年厦庆盛典，我代表广厦全体员工，向你们表达诚挚的感谢。"

不用主持人领掌，台下的巴掌径自响亮。众人对手套的兴趣超过厦长讲话，厦长讲的"第一愿景"左耳朵进，右耳朵出，心里想的是下一次鼓掌的手形。

厦长仿佛知道众人的心思，讲话干脆利索，一分钟不到，已经为第一愿景收尾："欲穷千里目，更上一层楼。"

主持人带头鼓掌。这回你能拍个痛快。你换了个拍法，改手背拍手背，金声震骨，余音绕指，你竟然忘了听厦长讲话，等你醒过神，厦长已经说到第二个愿景。厦长说："不为浮云遮望眼，只缘身在最高层。"又到了鼓掌时间。

你想到，金属手套为什么不能拍大腿？拍脸蛋、拍屁股又会是什么音效？

只听厦长又讲道："风急滩险浪高处，最是英雄弄潮时。"

一对鼓掌嘉宾玩起了双人配合，金属手套拍金属手套，声音清奇，铁骨铮铮。这优秀的鼓掌经验传播速度奇快，两分钟之内就手手相传，嘉宾们都学会了。两分钟，正好是厦长描述第三个愿景的时间。

厦长讲道："待到山花烂漫时，她在丛中笑。"

又到"掌点"，听众已经结成了鼓掌搭档，我的左手拍你的右手，我的白手套拍你的黑手套。双人刚刚配合，不够娴熟，掌声有些零乱。

没关系，下一节厦长讲"人工智能时代，广厦如何存在"，用时七分钟。足够双人组合研究举掌高度、击掌力度，你和搭档甚至想到，好久没玩小时候的花巴掌了。心里正默念着口诀，已经听到厦长此时讲道："人工智能时代，广厦志在千里，智在万里。"

厦长重音铿锵，戳进鼓掌组合的心坎，花巴掌的动作全记起来了，意到手到，手落声起，手起音飞。

主持人后悔，我应该统计一下，在厦长讲话期间，观众一共爆发了多少次掌声，每次时长多少。主持人看表，数着本次掌声共持续一分半钟。厦长在主席台上环视四周，像在厦顶鸟瞰 DBC，在珠峰之巅坐看云起云落。

厦长讲道："让我们举起双手，黑白相携，共同下好一盘大棋，下出一盘传世之棋。"

台下黑手套找到了白手套，黑手套是黑棋子，白手套是白棋子，随着厦长的口令一字一顿，一——盘——大——棋——传——世——奇——迹，掌声有了节奏，由缓到慢，由松到紧，由疏到密，正如那首著名的交响乐，先是命运之神敲门，然后疾风暴雨。

主持人也忘了统计掌声持续的时间，后台导演在耳机里叫道："直接进入下一环节。"

主持人说道：

"您看，一道道经线、一条条纬线从广厦周边喷吐而出，横经竖纬，阴阳交割，那是纵跨夜空的子午线，那是横贯大地的江河，它们在广厦中庭相交相会，结成棋盘。这棋盘正悄悄降落，像天外飞客，像神游的诗神，告诉我们宇宙的秘密，发现我们心中的花园。

"这是人工智能虚拟现实技术展示的广厦星空，这是我们邀您共同探寻的广厦云图，我们的智慧之花将在春天的大地上绽放，我们智慧果实将在秋天的田野上收获。

"这局棋是中国古代著名的烂柯棋局，穿越时空，神话重生。"

哇，一道彩虹出现了。

这是厦庆的高潮，先出现彩虹，再下雨。

雨就是广厦的中庭瀑布，珠帘般铺展，穿过彩虹，穿过棋局，水珠溅在嘉宾的脸上。嘉宾们刚才还在鼓掌，瞬间头发湿了。嘉宾想起，进门的时候发了一把折叠伞，终于派上用场了。

厦长遇袭

听众留心自己的手套，仰望半空中的"烂柯"棋局，少有人看到厦长右手也戴了一只白手套，手套上隐约透着血色，想必是那款限量级的杀手手套。

他们不知道，厦长手上的不是手套，那是纱布，红色是渗出的血。

仪式开始之前，厦长被砍伤了右手。凶手穿着物业部保洁员的制服，站在电梯口。厦长从楼上下来，他从推车里抽出一把斧子，向厦长扑去。

周围的人眼看着斧子的利刃从厦长的肩头划到袖口，西服里的白衬衣被撕成了两半，留下一道血口，血流了一地。

行凶者被制伏。厦长包扎了伤口，换了件西服，下楼与贵宾寒暄。

与厦长握手的人发觉，他手上裹着纱布。厦长说，打高尔夫球，把手伤了。像是什么都没有发生。

行凶者是卢氏新村的原住民。一个月前，一群村民在广厦门口请愿，要求分红涨钱。为首的人与保卫处杜安山起了冲突，被送进了派出所，今天的行凶者就是那个人的父亲。

他个子不高，偷了冯薇的工作服，上面的名牌还是冯薇的。

厦长怒了：

保卫处是干什么吃的？！杜安山撤职，罚去南门执勤一个月，不认罚就给我滚蛋！保卫处为了厦庆不是还要了"危境物"的招工指标吗，"危境物"在哪呢？听说在找名人搭话，要签名。你把自己当什么人了？以为你是谁？你就是"危境物"！

还有那保洁员，连自己的工作服都看不住！广厦养你们，是养你们来看戏吗？！也给我开了！

物业部，从陈妍到组长，每人写一份检查！

还有那个写《烂柯》的导游，写那么多斧子，斧子没砍柴，砍老子头上了！要不是我躲得快，胳膊就没了。这个姓杜的也给我走人！

是我的兵，跟我走；不是我的兵，拿屁崩！

三杜结盟

1

厦庆刚过，杜安山辞职。他办完手续后在停车场遇到老杜。

老杜说，杜处长下班够早的。

杜安山说，拿我寻开心，别叫我杜处长，失业中年。

老杜说，正好有空一起下棋。我也辞了，今天来拿东西。办手续的时候，人事处的人说，广厦连着辞了三个姓杜的，老杜、小杜、杜处。

杜安山说，小杜不叫辞职，叫辞退。他不归人事处管，归劳资处管。要不是这小子厦庆那天玩忽职守，老子也不会落到今天这德行。

老杜说，看看，还把自己当小杜的领导呢？屎盆子往下级头上扣。厦庆那天，你为什么不在厦长身边贴身护卫？你替厦长挡了那一斧子，你就是杜副厦长了，还有工夫搭理我？

杜安山说，你这张臭嘴，就是应该弃，逢危须弃，换我是罗晓雁，也得把你弃了。

老杜说，我们是道不同不相为谋。这美国回来的女人，一天三变，有钱就任性。现在不知道搞什么。

杜安山说，人工智能剧本也弃了？

老杜说，人工智能剧本要是写出来了，我就更没啥利用价值了，晚走不如早走，另投明主。再说刘燕也走了，广厦没啥留恋，伤心之地啊。

杜安山说，你不提刘燕我都忘了，当年咱俩第一次见面就在地下停车场，你捧一束鲜花要表爱心。

老杜说，杜处好记性，当时你值班，没让我补报批手续，很给面子。杜处，找个地方喝一杯吧，我顺便抽口烟，不罚我吧？

杜安山说，你要抽烟，你就得掏酒钱。

老杜说，这时候还占我便宜。

2

到了吃饭的地方，见小杜一个人坐着。杜安山转身要走，被老杜拉住，说，有什么大不了的？当面把话说开了，日后没准还一块共事呢。

杜安山说，你臭小子设的局？

老杜说，怎么可能呢？赶上了，说明咱仨有缘，今天的酒钱让他掏。

小杜见到是杜安山和老杜，尴尬地站起身。

杜安山说，这么巧，你一个人？

小杜说，是，杜处，我这两天心里特难受，喝口闷酒。

老杜说，仨人一块喝就不闷了。

小杜说，我一直想找机会向杜处谢罪呢，今天算是热身，赶明我再正式请杜处、杜老师。

杜安山说，行了，什么罪不罪的，已经这样了，一条大龙被擒，丢了50目，重新开始，再下一盘吧。

老杜说，你当杜处长的时候，怎么看不出有这水平？

小杜说，杜处长一直水平高，就是被我拖累了。

老杜说，小杜你也别拍马屁了，我一直想问你，你和你们杜处长下过棋没有，你们俩谁厉害？

小杜说，我一直没找着机会向杜处长请教。

227

杜安山说，杜臭嘴，你去年扮蜘蛛侠在广厦外面吊着，我就撺掇小杜跟你下一盘。在50层罗晓雁办公室，你鼓捣坐照，我让你们俩下一盘，赌一条裤子，结果你这臭小子当众就把裤子脱了，臭不要脸到家了。

老杜说，我那条裤子就是脱给你看的。宁肯脱了裤子，也没撕破脸，好歹咱俩是棋友。现在你辞了，挺好。小杜你也别装着，说实话，自己啥水平？

小杜说，业余二段。

老杜说，你听听，他能让你杜安山四子。

杜安山说，小杜聪明，要不我当年招他进广厦呢。

老杜说，小杜跟你当什么狗屁"危境物"，屈才了。

小杜说，杜老师再夸我，我又该犯错误了。

老杜说，小杜、杜处，你们俩对未来有什么打算？

俩人没说话。老杜一端酒杯，咱仨一起干事呗，创业。

杜安山、小杜互相看了一眼，说，创什么业？

老杜说，过不了几年，司机、保安、翻译、会计、银行职员，通通失业。这还得了？人工智能的大方向反了。人工智能应该干体力活儿，最应该代替农民。

杜安山说，别瞎扯。

老杜说，多少读书人都辞职了，改行种菜、养猪，一年比一年火，但是，这让农民重新干起了繁重的体力活儿。

什么是绿色蔬菜？就是农民一颗汗珠子砸八瓣儿种出来的。不用化学除草剂，就得人猫腰用手拔，这活儿你干两天试试。

杜安山说，再不说正题，我走了啊。

老杜说，所以我们要用机器人替农民干活儿。杜处，您想想，长得像蚂蚱的机器人下地干活，真蚂蚱以为遇见自家表弟，还打招呼，来来来，这根苗嫩，不塞牙。那蚂蚱机器人吭哧一口，把真蚂蚱嚼碎，渣渣吐到土里当肥。

杜安山站起身，我真的走了啊！饭钱你掏。

小杜说，杜处再待会儿，硬菜马上就上来。

杜安山说，杜老师让我养蚂蚱还是卖蚂蚱？

老杜说，我们卖创意，有了投资，找人做蚂蚱，再卖给农场。

杜安山说，杜老师，在广厦你还讲究"八品坐照"呢，怎么一出广厦改卖蚂蚱了？

老杜说，我这叫兼济苍生。

杜安山说，要我说，仨字，瞎忽悠。

老杜说，忽悠到钱，就不瞎了。谁有钱？马腾东啊，堂堂大总裁，千亿身价。重要的是，马腾东爱下围棋。

杜安山说，马腾东下棋吗？

老杜说，一般人不知道。N年前输给一个少年职业棋手，很受挫。什么叫"九品入神"？马腾东是财神，他下一盘，这才叫入神。下完棋，聊聊人工智能农场、机器人蚂蚱。

正说着，服务员端上一盘熘肝尖儿，小杜抬眼，这不是冯薇吗？

冯薇的工作服被行凶者偷去，混过广厦的保安。厦长遇袭，冯薇被劝退，来到这家饭馆当服务员。

老杜说，怎么这么巧，同是天涯沦落人，见面一定喝一杯。

小杜说，没错，我去跟你们老板说一声，给你放半天假，菜做得了，我们自己去端。

冯薇说，杜老师刚才说的蚂蚱我都听见了。

杜安山说，甭听他的，蚂蚱能炸着吃呢，高蛋白，这附近就有人养蚂蚱。

冯薇说，蚂蚱就是聪明，我养了十几只呢，还会下棋，不开玩笑。现在就给你们看。

杜安山车的后备厢里正好有棋盘、棋子，那是他放在办公室里的。当年春节值班，他就是用这副棋和老杜杀得昏天黑地，看蚂蚱下棋也有点天昏地黑。

冯薇执黑，蚂蚱执白。蚂蚱手不能拿棋子，爪子按在一个交叉点上不动，劳烦旁人替它码上棋子。

黑星，白小目，黑错小目，白挂，黑星，白大飞，黑镇，白肩，黑挡，白退，黑五路夹，白四路反夹。

杜安山问冯薇，你教的？

冯薇说，它自己就会下。

老杜说，你这棋谁教的？

冯薇说，广厦培训班学的。

小杜说，原来是我的学生。

老杜说，怪不得这么臭。不过孺子可教。冯薇你起开，我接着跟蚂蚱下。

黑虎，白跳，黑扳，白立，黑叫吃，白长，黑长，白退，黑大飞，白肩冲。

杜安山说，蚂蚱都懒得跟你抢角，人家站大场去了，你躲开，我来。

黑拆，白顶，黑跳、白跳，黑长，白立，黑断，白补，黑小飞，白点，黑退，白玉柱。

小杜说，您给我腾个地儿，让我也过会瘾儿呗。

冯薇说，先吃菜吧，肝尖儿都凉了。

杜安山说，有了这小心肝儿，还吃啥肝尖儿啊！

老杜说，什么叫九品入神，这就是。

3

这个局的确是老杜和小杜设的。日后跟杜安山说破了也无所谓。

老杜和小杜在广厦很早就认识。

在广厦地铁站，两人在烧饼夹肉小吃摊前一前一后，老杜拿给摊主的一元零钱，可能找给了小杜。

进广厦，电梯里就他们两个人。小杜主动问，您去几层？帮老杜按了电梯按钮。老杜下电梯，小杜会扶一下门，点头示意。

老杜突然问，你就是"危境物"？

小杜一愣，我姓杜，不姓巍。

"我是说，危急情境物业管理，危境物。"

"哦，就是我，您多指教。"

再往后，两人一起在金丝楠木店里帮刘燕解决"危境物"，算是老熟人了。

厦庆后，老杜小杜同时办的辞职手续，一起去保卫处交还出入证，一起下电梯，一起出广厦，一起去绿地抽烟。

老杜对小杜说：远看广厦，发现自己在广厦的位置只有那么一点，微不足道。为什么有人，比如马腾东，就能让那么多人围着他转？

小杜说，他有钱有势呗！

老杜说，是钱重要还是势重要？

小杜说，有钱就能有势，有势就能挣钱，一样重要。

老杜说，你不是也下围棋吗？你喜欢"势"还是喜欢"实地"？

小杜说，我喜欢实势，实在的"势"。马腾东就是"实势"所在，识"实势"者为俊杰。

老杜说，我看马腾东只是借势，欠银行几百个亿，纳斯达克上市，有了势，估值万亿，上百家银行追着给他投钱，有实地、实利的人反倒受制于他。

小杜说，我觉得吧，势的关键不在钱有多少，关键是主动权在谁的手里。先手主动，势就是先手。

老杜点头，小杜有思想。

小杜说，但是先手棋要依靠实力，咱们还要依靠杜安山。

老杜说，咱得通过杜安山找到马腾东！

老杜和广厦同事聊天儿，得知一个月之后，富豪马腾东、橘子手机总裁刘化云、著名棋手"大九段"在三峡奇峰山搞峰会。

组织者为三个大腕儿各安了一个侠名儿，商侠、手机侠、棋侠。峰会取名三侠棋峰会——三峡奇峰会。奇峰山风景区的负责人是杜安山的老友。老杜与杜安山两年前曾为奇峰山搞过一套宣传文案。老杜想借着峰会之机去会会三侠，为创业拉赞助，那当然离不开杜安山的关系。

老杜拉上小杜圆场，小杜正想向杜安山赔礼道歉，杜安山落难出厦，"三杜"就这样坐到了一起。

老杜说，这叫顺势而为，道法自然。

小杜说，这叫彼强自保，势孤求和。

杜安山说，这叫花花肠子，逢场作戏。

冯薇带着蚂蚱意外出现，让三个杜姓男人都觉得这顿饭吃得值。老杜顺势提到奇峰山之会。杜安山觉得，也许奇峰山上还有更大的惊喜。

正所谓：棋逢断处生。

第九章

奇峰山

1

北京到三峡奇峰山，先要飞到宜宾，再坐船，沿清水江上溯二十公里。

奇峰山是一座孤峰。奇峰山的早晨，雾气初散，似凝似化，雾中露出峭壁，灰冷如骨，像失传的秘色瓷，手指头敲两下，铮铮作响。当年的唐朝大诗人杜甫流落到此，在山上盖了一间草庐，靠好心地主的接济，勉强度日。每天早晨诗人都喝一碗菜粥，揣上一根木炭和几叠草纸在山间闲走。想到岁月如梭，一生颠沛，除了一点虚名，几句诗文，便一无所有。如今寄人篱下，吃嗟来之食，写浮文之诗，早年中意的美姬早已嫁了盐商。几个诗友各在天涯，连个微信都没有。

现在时令已经三月，粮食、腌菜、地主大户送的腊肉在正月里都已吃尽，新粮还埋在地里，刚冒出几片绿叶。

老诗人想起老家河南，此时小麦应该已经灌浆抽芽，杨树垂下形象猥亵的杨树吊。那王姓地主家的二儿子正月肚子里积下油腻，便秘上火，让人把新生的麦芽割了，榨汁泡茶。嘴里味道寡淡了，又让人把杨树吊用油煎了，说嚼起来味道独特，如同西域粟特人夸耀的什么鱼子酱。王家还有个热衷于农业试验的傻儿子，把自家土炕腾出来，炕上搭了木架，摆了山里挖出的硬果，那硬果比红豆大数倍，味道苦涩，野猪都不吃。中医书里没写性用，这傻儿子想冬天在土炕上育出秧子，再种到院外，鼓捣出个济世之粮。

那是盛世之春，大家吃饱了，有闲心发明美食，唱几句歌词，祭拜风火水云各路神仙。要不是渔阳鼙鼓动天地，那个傻儿子没准能培育出中国最早的土豆、白薯，解决大唐亿万苍生的肚皮问题。

那些渔阳悍兵，一刀挑翻了育苗木架，把抢来的女人摁到炕上，也不嫌泥土肮脏，干起苟且之事。悍将还把小麦浆、油炸杨树吊摆在村头的晒谷场，招来一村的老幼，用马鞭指着："富二代这么糟蹋粮食！乡亲们说，该不该杀？"

想到此，大诗人长叹一声，绝壁下的白雾，卷着十里之外长江的温润之气，将他隐身。大诗人头一歪，倒在云之卧榻上，情形很像后世人表演的魔术，四下悬空。

一只白羽黄冠的仙鸟，唱出了无韵之音，如同那美姬调试完琵琶，清清嗓子，随口吐出的一声，无意，无解。

此时，走上一个樵夫打扮的魔术师，放下背篓，拿出里边的柴火、斧子、几块干粮，卷起了袖子，让峡谷上的看客们看清，自己身上没有暗藏机关。

樵夫听到峡谷两侧有看客喊道："长袍子里藏着吸铁石呢。"

樵夫一笑，解开腰带，脱去长袍，露出干瘦的上身，肚皮洼陷，两扇肋骨，见棱见角。

云雾上传来了几声干笑。大诗人侧眼看到，果壳、瓜子皮从他身旁落下，是从崖顶看客们的嘴中啐出来的。樵夫凑到脸前，拽一下大诗人的胡子，又撩起大诗人的布袍，捏捏肚腩的肥瘦。大诗人心里恶心，嘴上想喊，却动弹不得，以前噩梦里也有过这样的情境，中了魔一般，索性全身一松，由他去搞。

樵夫伸出手，在大诗人身下划了两下，告诉看客，诗人身下没有床，没有支柱，只有一团云气。

崖上有人喊："那云彩里藏着机关呢。"樵夫笑笑，从地上拾起斧子，冲着大诗人身体下的云雾一痛猛砍。

崖上又有人喊："人被长锁吊着呢，有诈。"唐朝的人就是见多识广，长安城、锦官城，都有飞檐走壁的轻功秀，别看我们清水江地处偏远，也能识别江湖把戏。

那樵夫不急不慌，从地上捡起了背篓，三劈两砍，用斧子砍破篓底，背篓变成了一只通透的直桶。飞来一只仙鸟，从半空俯冲而下，穿篓而过。樵夫手臂一扬，把无底的背篓抛到崖上，由观众验过。

无底背篓从崖上扔还给了樵夫，樵夫示意众人止声。

后世的魔术师表演至此，一般都会响起"公孙大娘舞剑器"风格的音乐，看魔术师执一圆环，从头到脚划过悬浮美女。因远在"安史之乱"的战争期间，演出条件有限，众人也不在意。樵夫手中的无底的竹篓，缓缓套进大诗人的头。大诗人手臂平放，紧贴身体两侧，竹篓到了手边，大诗人张手扶了一下，好像一个重症监护室的病人，攥紧了床栏。

那篓子是用清水江上的藤条编的，木质细腻，烧成木炭，坚硬不碎。大诗人怀里揣着的炭条，就是这木藤烧成的。大块木炭冬天取暖，细小的炭条，被大诗人的老妻用碎布裹住，造出中国最早的炭笔，供大诗人随时记录灵感。

那篓子一寸一寸地向大诗人脚下褪去，篓口露出大诗人的头、脖子、上身。

大诗人的肩膀刚探出篓口，山崖上的一个二流子笑道："怎么跟大姑娘脱裙子似的，羞羞答答。"

一束阳光照在大诗人的身上，篓子已经过了大诗人的脚，十只白羽红冠的仙鸟，上下纷飞，左右旋绕，围出一团五彩光环。众人看清，360度无死角，三维空间全覆盖，大诗人没有凭借任何外力，横空而卧。

山崖上欢声雷动，一枚枚铜板随着橘子、瓜子，扔向半空中的诗人，这习俗很像后世花样滑冰比赛，一曲终了，观众向场上抛撒花束与玩偶。

大诗人在空中转身，打滚，避开人们的礼物，山上的看客更加高呼神奇。

峡谷中的云雾，像拉窗帘一样拉开，大诗人像浮在水中的鱼，水清见底。

山崖上那二流子又说了，终于脱裤子了。

那二流子不识字，他不认得在峡谷对面的石壁上出现的四行大字：

> 风急天高猿啸哀，
>
> 渚清沙白鸟飞回。
>
> 无边落木萧萧下，
>
> 不尽长江滚滚来。

看台上杜安山说，这要费多大的工夫才能把杜老诗人糟蹋成这样？

老杜说，一个县城里的马戏团，都比这强。

小杜说，那几只鸟，倒还算是亮点吧？

杜安山说，你没看山脚下有个百鸟园吗？一群鹦鹉，戴上假发，披着条彩巾。那杜甫老诗人手里还攥着鸟食。

老杜说，成耍猴了。我当年的创意多棒啊，就赖景区一群没文化的土老帽。

杜安山说，演成这样，我们姓杜的，应该告他们侵犯杜家先人名誉权，还敢要30块钱的门票。

老杜说，十年前，风景区找我做推广文案，二斤白酒喝得我吐了三回，才拿下的案子。杜处，当年咱们策划的主题多牛！

杜安山说，反正比他们现在强。

老杜说，我的策划方案里，最牛的一点让他们删了，没了魂了，就剩下一些花花肠子。

小杜说，杜老师写的戏里肯定有围棋啊！

老杜说，没错，节目题目叫《诗圣的最后一盘棋》。

老杜说着，迈步上了舞台。那舞台是透明玻璃地板搭的，探出崖顶十米，悬在半空，下临深渊，号称长江第一云中走廊。

老杜一把拉住正在喝茶的"杜甫"。他和樵夫每天在这里演出四场，中途有20分钟休息，老杜抽空给"杜甫"讲戏：

"杜甫写诗分四个阶段。第一阶段，文艺青年，什么'会当凌绝顶，一览众山小'。第二阶段愤青，什么'车辚辚，马萧萧，路上行人各带刀'，什么'老翁逾墙走，老妇出门看'。批评唐朝政府，为民申冤。第三阶段，宅男大叔，在成都草堂日子过得不错，巴适得很，什么'窗含西岭千秋雪，门泊东吴万里船'。这诗用四川话念，特有味。杜甫公元765年流落到你们夔州，55岁，写诗惊天地、泣鬼神，到了最高境界。你表演的时候，要把握四个字，内心独白。你要演出一个双重角色，你还是你，但你已经是另一个人了。"

小杜说，杜老师，咱们先回去吃饭吧，斯坦尼，我可不懂。

杜安山说，什么乱七八糟，听着像伪造身份证。

老杜脸上变色，一指两人："你们就是俩傻冒！装着懂这懂那，懂个屁你们。"

头一次听老杜冒出脏话，俩人愣了，再看老杜眼睛瞪着，血色上涌，动了真气。

杜安山说，杜老师这是要打架？

老杜从地上抄起演员樵夫的斧子。小杜赶忙从后面抱住老杜："杜老师，开玩笑，玩笑话，当什么真？"

杜安山说，不识逗！老大的人跟个小孩子似的。转身走了，回头对小杜说，给杜老师消消气，这年头讨论艺术，能生这么大气，也稀奇了。

演杜甫和樵夫的演员没事人似的，一人泡了一碗方便面。

"杜甫"说，这兄弟是搞艺术的，咱们俩是混饭吃的，没得比，没得比。

"樵夫"说，搞艺术，就是要认真，可就是别抢斧头嘛，我那斧子可是真的。

老杜坐在地上，不吭气，胸脯一鼓一鼓的。"杜甫"的方便面还没泡好，站起身，在长袍外，披了一件军大衣，望着云中走廊下的茫茫雾气，用四川话，拉着长腔，悠悠地念道：

> 玉露凋伤枫树林，
> 巫山巫峡气萧森。
> 江间波浪兼天涌，
> 塞上风云接地阴。
> 丛菊两开他日泪，
> 孤舟一系故园心。
> 寒衣处处催刀尺，
> 白帝城高急暮砧。

2

老杜考证，杜甫喜欢围棋是因为他的老婆杨氏。杜甫一生只娶了一个太太，实属难得。杨氏出身大户人家，有条件学棋。"老妻画纸为棋局，稚子敲针做钓钩"是写实。

两年前，奇峰山风景区通过杜安山的关系，找老杜做旅游宣传策划。

奇峰山在长江支流，风头都被奉节的白帝城、张飞庙抢尽了，纪念杜甫的杜公祠也在奉节，奇峰山可以打的牌没剩下几张。

老杜查杜甫在夔州的诗作《最能行》，讲水手驾大船贩货，"此乡之人气量窄，误竟南风疏北客"。奇峰山的人说，这话就是说奉节人小肚鸡肠，刘备、屈原、王昭君、杜甫、张飞，有名的古人全编进了奉节的户口，一个也不留给我们奇峰山。其实《全唐诗》记了，杜甫住在夔州以北20里，这就是我们清水江畔、奇峰山下。

奇峰山的人说，杜甫住在夔州时，当地领导让他承包了40亩橘园。那橘园本是公田，领导喜欢文学，就用了纳税人的资源，扶植诗歌创作。

奇峰山想把"杜橘"包装成"褚橙"，老杜反对，褚时健怎么能跟杜甫比？一个卖烟的。奇峰山人也说，我们领导也不愿意步人后尘，而且说老实话，奇峰山气候湿冷，并不适合种橘子。

老杜说，奇峰、奇峰，有什么古代传说吗？

奇峰山的人说，那山就是高，直上直下，杜甫写"无边落木萧萧下"，就是在我们奇峰山写的。

老杜说，那把奇峰山打造成诗歌之乡，诗山诗水诗圣家。

奇峰山的人说，领导也想过，觉得不接地气。奉节弄托孤节、长江走钢丝、张飞庙、丰都鬼城，个个都接地气。领导指示我们不要阳春白雪。

老杜说，接地气也好办，你听啊，杜甫是一小官，科级干部，我们把奇峰山打造成"天下科长第一山"。杜甫是历史上最知名的科长，科长也有大作为。

奇峰山的人说，这也不合适，科长们到奇峰山一看，说杜甫科长混到头，不过在山里种橘子，这也太伤心了吧。

老杜说，奇峰山山清水秀，拿杜甫说养生呗！

奇峰山的人说，杜甫在夔州一身病，肺气肿、疟疾、糖尿病，一嘴的牙全掉了，这可不是我编的，这是杜甫自己写的。他要是在奇峰山把病养好了，咱们怎么吹都行，偏巧老爷子身体底子太差。

老杜说，还有什么接地气呢？酒、色、财、气，最接地气，杜甫喝酒啊，卖酒多好啊！

奇峰山人说，奉节人可恶，把"杜甫酒"抢注了，还有"少陵酒""子美酒""工部酒""诗圣酒"，酒厂用我们清水江的水，而沾边的名字一个不让我们用。

老杜说，别急，咱接着想，杜甫什么接地气？杜甫考进士考了两次，第一次落榜，两年之后考中。我们说杜甫是史上最牛落榜生，每年高考有30万人复读，上千万人没有考上第一志愿。让他们学习杜甫不抛弃、不放弃的学习精神。

奇峰山的人叹气，杜老师，西安的杜公祠、河南巩义的杜甫故居、洛阳杜甫工部衙门旧址、成都杜甫草堂，都说自己是高考考生的福地，涨分神符一张500块钱。除了高考，他们还分工，考研的拜西安杜公祠，中考的拜巩义故居，考公务员的拜洛阳工部衙门，小升初的拜成都草堂，四家还比升学率、求签成功率。

老杜叹了一口气，你看看，酒不能说，升官不行，升学又被人抢了先，杜老爷子是病死的，做养生文章也没戏。唉，杜老爷子一生只讨了一个老婆，终生相守，老夫老妻，银婚偶像啊！老龄社会已经来到，来三峡旅游的老年人最多，老年人以杜甫为榜样，患难夫妻相濡以沫，用生活沧桑磨砺爱情真境，奇峰山——老年人的人生顶峰，奇峰山——写就人生诗篇的神圣一章。

奇峰山的人说，杜老师不愧是策划高手，杜甫后人，当代诗圣。

您言重了，我就是胡思乱想，我们把奇峰山打造成患难夫妻的爱情圣地，满头银发的老夫妻在奇峰山看到爱情的归宿，真正的爱情不是少年人的花前月下、海誓山盟，不是马尔代夫蜜月旅行，而是平淡守真、种橘养鸭、喝茶下棋、以苦为乐。去三亚是安享晚年，来奇峰山是登高回望。不一样的晚年，写就不一样的人生。来奇峰山，做当代棋圣、情圣。

你们可以建造老年蜜月度假屋，让老头写诗当艺术家，自比杜甫。

必须重点塑造杜甫的太太杨氏，一般人不知道杜太太是谁，只有杜太太深入人心，老太太才会带老头来奇峰山度夕阳红，老头子才会给老伴写出"老妻画纸为棋局，稚子敲针做钓钩"。

老杜为奇峰山列了一个形象大使名单："东方之星号"倾覆事件中唯一获救的老妇、小月月碾压事件中在现场施救的拾荒老妇。

老杜欣然提笔，为奇峰山撰写了一部大型山水实景诗史剧剧本——《杜甫生命中的最后一盘棋》。

<h1 style="text-align:center">3</h1>

这次，老杜、杜处、小杜来奇峰山不是为杜甫，为的是大老板马腾东。马总号称"商侠"，一天后将与"手机侠"刘总、"棋侠"大九段在奇峰山相会。马总、刘总都爱下围棋，与大九段风云际会，被称作"三峡奇峰会——三侠棋峰会"。

奇峰山，景区面积不大，西、北、南三面深谷，东面缓坡，盘山路通到山脚。山顶一间茅草屋，高高大大。老杜说，我猜，那是仿造的杜甫草堂。

杜安山说，我说那是公共厕所，景区厕所修得跟亭台楼阁似的。

老杜说，杜处，咱俩打一赌。杜甫当年在这写了好多诗，盖个草堂，充充门面，合理吧！厕所盖那么高干吗？两层楼。

杜安山说，男厕所在上，女厕所在下呗！

小杜在旁搭话，二楼是厕所，一楼卖纪念品，这么大景区，一直没见到厕所，估计让客人憋着，非去指定地点。

老杜笑道，憋着尿，先买一幅字画，带着上楼。

杜安山说，杜老师，那是您，上厕所不带纸，和一楼书画摊借一张生宣。

老杜说，扯哪儿去了？还打不打赌了？

杜安山说，这有啥好赌的？要赌，咱赌马腾东在哪儿？

老杜说，没意思，要赌，就赌怎么把他逮着。

小杜说，不但要逮到他，还要押解回京，在我们公司关一年。

杜安山说，马腾东在奇峰山只住一夜，第二天早上仪式一结束，三位大侠各自散去。马腾东和另外二侠今天晚上被大领导请到另一个宾馆，一般人休想靠近。

　　小杜说，明天白天现场肯定乱哄哄的，他也听不进去话，必须有 10 分钟单聊，不如我们一起上马腾东的车，一起去机场，在机场候机室一起喝杯茶。

　　杜安山说，明天活动一完，当地领导送马腾东去机场，估计也是想一路谈合作，不然我何至于想到吃早饭的时候去逮他。

　　小杜说，马总上厕所应该有机会吧?

　　杜安山说，肯定被一群人围着，连插话的机会都没有。

　　老杜说，杜安山，这么着，您今天晚上突击培训十个酒店保安，这您在行。明天早晨您统一部署，布个口袋阵，把马腾东绑了。

欢迎晚宴

杜甫当年逃难到成都，杜甫草堂被风刮倒，没地方住，一路走，一路卖诗、卖字，跟现在的流浪歌手一样。不对，现在的流浪歌手谁拖家带口？人家杜甫，老婆、孩子、亲戚，不下十口，来到清水江边落木崖上，全靠县委书记接济，书记是个老文学青年，在唐朝就会讲吐火罗语、天竺语。他仰慕杜老先生诗才，自家在落木崖上的别墅让给杜甫一家住，为此得罪了自家的三姨太。

杜甫老爷子在落木崖一住就是两年，喝清水江的水，吃清水江水腌出的榨菜，泡绿色有机茶，炖散养的柴鸡，采树林里的蘑菇。我告诉你，大诗人一生最巴适的日子是在清水江边，清水江是有灵性的水，尔曹身与名俱灭，不废江河万古流，万古江河就是清水江。

奇峰山落木崖，历朝历代住满了和尚、道士，知道大秦景教碑吗？景教，基督教涅斯脱各派，信上帝的，奇峰山上有教堂的，唐朝盖的，住过教士。我们奇峰山、清水江的水有佛气、仙气、基督灵气，再加上大诗人的才气，给你们家孩子洗礼，全身一浸，世上的福分，你们家孩子占尽了。

马腾东如今也来了清水江，马腾东是谁啊？财神。连马腾东都说，奇峰山洞天福地。今天他来了劲，跑到江边，脱得只剩下个裤头，一猛子扎下水，吓得他手下人一个个扑通扑通，像是一碟子鱼肚、猪肠倒进清汤火锅里，马腾东在水里喊，加火，加大火，涮马腾东肉吃了。

我亲眼所见，神了。江水丝丝地冒出热气，原来水下藏着一处温泉，学名叫间歇式喷泉。马腾东喊涮马腾东肉的时候，一股子热气正巧顶了出来。我们生怕这温泉连着火山，喷出 100 摄氏度的开水，把马总当马肉涮熟了。这下好了，马总的万金之躯，在清水江涮了一下，这一火锅的江水也沾了财气。佛、仙、上帝、杜甫、财神，五毒俱全，不，五福俱全。

说这番话的是奇峰山风景区主管人事的科长，在整个风景区他的棋艺最高，在欢迎晚宴上与杜处、老杜、小杜坐在一桌。

这桌桌签是"社会各界嘉宾"。首桌桌签是"VIP 贵宾"，次席三桌是"特邀嘉宾"。

"工作人员"那桌最自在，领导在台上讲着话，他们自顾开吃。老杜、小杜这桌，大家都拘着，没什么话说，听科长绘声绘色地讲马腾东涮肉记，众人脸上才有了笑模样。

"马总什么时候下的江？"

"今天上午我们从机场接下的马总，车开过江边，一时兴起，下水喊出了个地热温泉，你说神不神？"

"我们也定的上午航班，怎么没见到他？"小杜边上一个人问，估计他定了头等舱，本打算与马腾东在飞机上临座攀谈的。

老杜冷冷地说了一句："马总坐的是私人飞机。"

记者模样的人问，拍照片没有？拍视频了吗？这放在网上，比清水江砸一个亿做广告都好使。

科长说，就说是嘛，可是事情太突然，顾不上准备。

同桌人说，身边的人带着相机、手机，肯定能拍点东西。

科长说："马总身边的警卫员，一个个身高马大，看谁拿出手机，就挡在谁的身前。"

一桌子人感慨，早知道马腾东脱衣下水，提前派两个蛙人在水下潜着，多好的镜头啊！

小杜眼尖，见"特邀嘉宾"坐席上坐着广厦物业主任陈妍和阿尔法保姆罗晓雁。

两个女人没有挨着坐，各自和身边的客人寒暄。二个女人好像也发现了远处的三杜，偶尔瞟过一个眼神。

江湖遇故交，酒局撞前任，红毯傍情敌，论坛怼老友，此乃创业人士的必修课业，谁也不必在意。

杜安山说，听说陈妍也不在广厦干了，伙着几个创意公司的人搞东搞西。

老杜说，杜处，你不过去敬个酒？没准儿还能拉两位女士一起创业呢。

杜安山说，我眼神不好，没瞧见，她谁呀？

小杜说，待会儿我过去打个招呼，垫个话，现在正乱，顾不上。

老杜说，你们俩给断断，罗晓雁和陈妍这次来是一伙的吗？

杜安山说，来自五湖四海，为了一个共同目标，马腾东。

老杜说，跟我们抢马肉吃？

小杜说，咱们吃马肘子，她们嚼马臀尖，分工不同，胃口相同。

老杜说，我就爱听小杜同志的分析。

菜一道一道上，嘉宾一个个发言，主持人介绍说：下面有请人工智能对弈软件欧米伽章鱼研发经理陈妍发言。

三杜停了筷子，扭头望着台上。人声嘈杂，现场的扩音设备不给力，三杜断断续续听到陈妍讲话。

"人工智能经历了以下几个阶段：一、完美奴隶；二、忠诚保镖；三、生活助手；四、思想辅导员；五、……（没有听清）；六、睿智高手。目前正在向专业化、细分化迈进，齐头并进，多点开花。我们研制的对弈软件'欧米伽章鱼'已经具备了九段水平，在国内处于绝对领先地位。我们的章鱼将在'三峡奇峰会——三侠棋峰会'上挑战棋侠。"

小杜扭头说，我注意到了，陈妍讲话的时候，罗晓雁低头吃了四口饭，和旁边的嘉宾交头接耳六次，鼓掌拍了三下，不是一伙的。

杜安山说，哟，陈妍这娘们儿够猛的，离开广厦涨能耐了。

老杜说，就她？还经历了人工智能各个阶段？"完美奴隶""忠诚保镖"不就是"阿尔法大盖帽"吗？"生活助手"就是"章鱼搬运工"呗。"辅导员"是什么玩意儿，不晓得。这都是人家罗晓雁的功劳，怎么成她的了？

杜安山说，就她？围棋盘几横几竖都说不清，还要挑战棋侠？

小杜说，棋侠是我偶像，怎么能陪她玩呢？

老杜说，人工智能对弈软件不新鲜，赢咱们几个不在话下。那棋侠岁数大了，不比当年，真没准儿会败在"章鱼"手下。

杜安山、小杜说，败给别人行，败给她手下它可不行。

老杜说，这么着，我现在打电话，让冯薇带着蚂蚱连夜坐火车来奇峰山。末班火车十一点发车，明天早晨六点到宜昌，赶七点钟早班客轮，八点到，上岸打车，直接来观景亭。我和蚂蚱在观景亭外摆盘棋，蚂蚱拿不动棋子，蚂蚱点哪儿，冯薇就把棋子放哪儿。小杜手机录像，网上直播。杜处，你维持秩序。

杜安山说，你等等，咱们是来抓马腾东的，不是来耍把戏的。

老杜说，杜处，观景亭内，"章鱼"战"棋侠"，"商侠"战"手机侠"，咱们外边，蚂蚱战人，多劲爆？！马腾东自己就过来了，还用咱们去抓他？他应该请我们去贵宾间。

杜安山说，嗯，蚂蚱是胜负手。

老杜说，咱们这蚂蚱，前五十步绝对有模有样。对杀、打劫、收官，它未必在行，布局、序盘、绝对没问题。

小杜说，对，咱们好好臊臊陈妍的"章鱼"，她显摆人工智能，我们就来天然智能。

老杜说，围棋本来就是取法天然，黑白之道就是天地之道、阴阳之道，至道至简，至简至智。

杜安山说，大道理你回头再喷，赶紧给冯薇打电话，小杜订火车票、船票。

老杜说，您老人家干吗去？

杜安山说，找我那朋友，给冯薇拿一个嘉宾证。冯薇进不了场，蚂蚱能找你，管你叫杜老师吗？

老杜一竖大拇指，杜处不愧当过领导。棋理说，敌之要点即我之要点，这证件才是要点当中的要点。

杜安山说，你问问冯薇带几只蚂蚱过来，我给蚂蚱也备几张特邀嘉宾证呗！

小杜说，VIP 嘉宾。

杜安山说，明天早晨咱们得有人去接冯薇，她找不到地方可怎么办？

老杜说，杜处，咱们就仨人，明天一早原定抓马腾东的计划依然要进行。您老人家在早餐厅蹲守，小杜在宾馆周围巡逻，我去仪式现场占个好地方。咱们仨一人一坑，让冯薇打车到景区入口。杜处，辛苦您去景区门口接她。三杜一冯三度逢，三峡三侠一奇峰。

小杜说，一起疯。

此时，听得主持人介绍：请马腾东先生致辞。

三杜收声，扭身看主席台。此时，看出了贵宾与嘉宾的区别。论级别，贵宾都是马腾东的领导，听马腾东讲话，如同听一个模范员工讲获奖感言。嘉宾就不一样了，一窝蜂地涌到前排，有一位抢上台，搂着马腾东的肩膀自拍了一张。

马腾东刚说一声："大家晚上好！"扩音器传来啸叫，想必是电线被扯断了。

清簟疏帘看弈棋

1

第二天早上五点，老杜起床，他平时睡颠倒觉，早晨十点才醒，今天有大事要做，晚上几乎没睡，也省了闹钟。饭店的早餐时间没到，老杜来楼外闲逛，没想到遇见了罗晓雁。

昨天欢迎晚宴，三杜早早离席，商定今天的大事，没和故人打招呼，一大早竟遇到了。

老杜说，罗总，Long time no see，有缘千里来相会啊！

罗晓雁说，杜老师气色好，满面红光。

老杜说，奇峰山没有雾霾，气场强，人就精神。

罗晓雁说，奇峰山，记得杜老师的大名就是奇峰，你的主场啊！

老杜说，我占了人家便宜，下回咱们去雁荡山见面，那就是雁总的地盘。

罗晓雁说，一言为定。

老杜说，雁总这回是来指导工作的吧？

罗晓雁说：我是一闲人，来会会朋友，看看风景。

老杜说，雁总走了，广厦 21—50 层那 30 层的人可咋办呢？领头雁不在，他们往哪儿飞啊？

罗晓雁说，厦庆之后，厦长对人工智能也不热心，大家各奔东西，各自找食，就剩下我带着几个人孤守待援，勉强自保。

老杜说，昨天听陈妍讲，人工智能围棋软件今天要挑战棋侠，这欧米伽章鱼和罗总的阿尔法是母女关系还是姐妹关系？

罗晓雁说，大姨妈关系。

两个人都乐了。

罗晓雁说，杜老师的人工智能剧本有进展吗？昨天我去看了风景区实景山水剧，魔术、诗歌、樵夫，听说是杜老师的原创。

老杜说，雁总见笑，挣钱糊口的小把戏，我的原创剧本可给雁总审过，自以为还凑合。景区为了省钱，只选了一段，话说回来，这里也找不到人能演杜甫。

罗晓雁说，你什么时候给我看过？

老杜说，雁总事情多，记性差，咱们拍完广厦宣传片《烂柯》，我跟你说，烂柯只是序曲，后面的戏多了，杜甫戏就是其中之一。

罗晓雁说，对不起杜老师，我想起来了，正好今天有空，借着奇峰山您的气场，认真拜读一下。

老杜说，雁总这一大早是去哪儿啊？

罗晓雁说，去"三侠会"现场观景亭，认认路。

老杜说，我陪雁总一起去？

罗晓雁说，好啊！据说观景亭的风景一绝。

老杜和罗晓雁沿着路标找到观景亭。时间太早，警卫、保安、秘书、粉丝谁也没到，守门的大爷坐在入口旁的小屋里，裹着军大衣，似睡非睡。身旁的小收音机随便拨了个频段，有声音就好。老杜、罗晓雁胸前挂着嘉宾证，大爷瞟了一眼，没理他们。

门里是一片空地，立着七八排石碑，每座碑旁，立着塑像，儒巾长衣，或坐或立，手捻长须，手执毛笔。石碑上刻着历代诗人吟咏长江的诗句，从屈原到郭沫若，都塑成了石像，守在自家文字旁边。

老杜说，那边最大的塑像，肯定是杜甫。

罗晓雁走过去一看，说，没错。

老杜又说，旁边那块碑，刻的是杜甫的诗，最后一个字是"棋"。

罗晓雁弯腰看去，杜老师厉害，料事如神。

老杜来了兴致，侃侃而谈，杜老爷子一辈子写过不少围棋诗句，这一首诗是他一生最后一次提到围棋，"棋"又是此诗的最后一字。

我背背看：

> 宓子弹琴邑宰日，终军弃繻英妙时。
> 承家节操尚不泯，为政风流今在兹。
> 可怜宾客尽倾盖，何处老翁来赋诗。
> 楚江巫峡半云雨，清簟疏帘看弈棋。

老杜说，前四句是拍马屁，他老人家今天如果应邀来参加三侠棋峰会，写出来的还是这四句。先夸书记、县长，夸他们为政清廉，再赞马腾东、手机侠、棋侠，赞他们文武双全。后四句写的是杜甫自己。

罗晓雁说，意思是，今天来的客人非富即贵，哪儿轮得到我发言，还是看人下棋吧！

老杜说，理解得不错。我当年给风景区写的剧本，《杜甫的最后一盘棋》，就是以此诗为依据。巨牛的剧本，被演成了耍猴，提起来我就有气。

罗晓雁说，连杜甫都懂得伏低做小，您何必跟人家较劲呢？

从低处，两人走到观景回廊，看到亭下是一道直立的山崖，百丈之深，有夔门峡口的气势。一座透明的玻璃高厦，像一条银亮的长蛇，从崖顶探到崖底。崖顶的观景亭其实是厦头。厦依着山势，盘桓而下。厦两侧，山崖黝黑，森然萧瑟，像烧成炭的巨木，崖间几株野花开乱了季节。再往下看，清水江像一条温顺的丝带，懒懒地蜷着身子。厦，像泉水泻地，寒潮突至，瞬间冻成一道冰瀑，在山脚伸出凉凉的手指，挽住江水，想借得一丝温暖。比喻不妨反过来讲，说那清水江逆着引力，把一江清水向上飞扬，一条银链从崖底攀上崖头。

罗晓雁说，真是下棋的好地方。

老杜说，可惜了，可惜了。

罗晓雁没有多问，是这山崖修了玻璃高厦可惜，还是让马腾东在这里下棋可惜？

老杜说，站在崖顶向下看，人的第一反应都不一样。有人想朝着崖下撒尿，这种人，乱世土匪，治世顽童，不折腾就难受。有人第一反应是找路，想下到崖底。这种人爱钻研，勤学习，乱世学医，救死扶伤，治世出家当和尚，看破红尘。罗总看见这崖、这厦，您第一反应是什么？

罗晓雁说，我的第一反应是变成鸟飞下去，可不是跳崖自杀。

老杜说，我跟罗总差不多，我想的是，崖下是一片海，水齐到山顶，我跳下去，潜进水里，崖是海里的深沟，鸟是水里的鱼。

罗晓雁说，杜老师这是七品通幽，还是八品坐照？

老杜说，心理学讲，我们这种人都是危险人格，容易走火入魔，乱世装神弄鬼，治世搞人工智能。

罗晓雁说，杜安山要是站在崖顶会怎么想？

老杜说，他呀，想山上藏着几个土匪，有没有老虎。

罗晓雁说，小杜呢？

老杜说，他估计想一步跳到对岸山上。

罗晓雁说，厦长呢？

老杜说，厦长一定指着山头骂，这容积率太低，一个山头只盖一座厦，没有规模哪儿来的效益？

罗晓雁说，那陈妍呢？

老杜说，陈妍发愁，山上这么多人，卫生间污染环境咋办？该开发一款人工智能马桶，好屎，晒干了喂鸟；赖屎，倒山里肥树。

罗晓雁说，那刘燕姑娘呢？

老杜说，她没准儿想盖座城堡，当个土匪婆子。

两人说着进了观景亭。

保安站起身要盘问。老杜开口说，我们是风景区王总的朋友，来看场地，过一会儿要拍摄新闻。保安点点头。两人进屋，保安还跟在后面。

老杜与罗晓雁很默契，边走边说，这里光线不错，两个机位，一个俯拍一个平视，抓细节。棋盘在哪儿？

保安一指深处，两人走了过去。

这里是一处悬空的玻璃盒子。此时，东方既白，从对岸眺望此处，会以为是一枚通灵宝物，嵌在崖头。人踩在透明地板上会眼晕，东道主铺上一层地毯，让来宾不至于分心。地毯上摆了两张桌子，两张棋盘，棋侠与章鱼软件下一盘，马腾东和手机侠下另一盘。

老杜俯身看其中一个棋盘："这不是广厦刘燕卖的金丝楠木棋盘吗？"伸手又要去摸棋盘，后面的保安说："贵重物品，请不要触摸。"

罗晓雁说，她临走送我了，我带来给三侠用，沾沾三大侠的手气。

老杜说，真没看出来，罗总是高人不露相，幕后黑手啊！

罗晓雁说，好像我不怀好意似的。

老杜说，这观景亭一股杀气，我觉得罗总手里藏着一只遥控器，等三侠到齐，您手一按，这亭子嘎巴断了，连人带棋摔到崖下。罗总，我是不是识破了你的阴谋？你不会现在就把我杀了吧？哈哈，跟罗总开个玩笑。

罗晓雁说，杜老师写剧本成瘾，不拍电影可惜了。咱们出去吧，待会儿这里还下棋呢。

杜奇峰说，对对对，一盘大棋。

2

老杜剧本《烂柯》节选

奇峰山之所以得名，是因为山上到处是几何状的石块，其中最神奇的是三块等边三角形的石头。

在长安的时候，杜甫与大食商人喝酒，大食人讲一口夷语，要经过三个人的接力翻译才能听懂。诗人得知，白衣大食国有圣塔，大石所砌，比长安大雁塔高十倍，占地有长安城的一坊之广。何年所造，久不可考，据说与中土的尧舜同龄。那圣塔基座正方，向上聚顶，下方上尖，通体金黄。

见席间的众人似懂非懂，大食商人掏出腰间弯刀，把一块大奶酪切成圣塔的形状。（后人都知道那东西叫金字塔，唐朝人的世界历史知识只相当于后世幼儿园的小朋友。）

这见棱见角的劳什子，既不师法自然，又不圆融通汇，哪如我大唐中土，晒谷场的谷堆、女人头上的云鬟、蒸笼里的窝头，都是圆圆滚滚，下圆上尖，都比这圣塔的样子可爱。再说，这呆物竟然修成百丈之高、千丈之广，岂不比秦始皇的阿房宫更劳民伤财？

大食商人说，一个王还没有死，就征集十万人给自己修塔。国败了，塔不坏。在位十年，造塔十年；在位百年，造塔百年。但有的国王命不好，塔造了一半人就先死了。

忧国忧民的杜老诗人说，秦始皇修了条长城就闹得天下分崩，楚叛齐离。这位仁兄说的圣塔如果属实，那圣塔之国的国祚怕是长久不了。

大食商人又说，新国、新朝都再修新塔，不修塔老百姓反倒受不了。

诗人问，比长安城外骊山脚下的秦王陵大小如何？

大食商人笑了，说了一句夷语，三个翻译嘀嘀咕咕，相互争执了半天，后一个埋怨前一个没翻译清楚，众人等烦了，最后一个翻译才说，用你们大唐中土的成语，是小巫见大巫。

255

诗人忙问，谁是小巫？谁是大巫？

待三个翻译接力翻过去，那大食商人也搞晕了，一摆手：喝酒，喝酒！Cheers! Bottom up!

有人缠着大食商人追问，大食商人说，那圣塔里葬着上古时代的诸王，传说有的大王，千里纵目，自东方逐日而来，喝干了内尔河之水（这就是后世人所说的尼罗河），倒地成了干尸。有个女王看见天上裂了道儿缝，搬来大石，像给自家补墙一样，敲敲打打，抹泥勾缝，竟把天补好了。

学问大的人说，这不是夸父、女娲吗？

另一个反驳，他讲的是《山海经》里的西王母。

奇峰山上的金字塔状巨石，让杜老诗人不时想起大食商人用腰刀切出的那块奶酪，平整对称，如同工匠的规尺切割，但表面粗糙不平，绝非人工打磨。这里既不是巴人的陵墓，也不是采石场。唐朝人不懂现代地质学里的"张力、挤压、拉伸"，只好归结为鬼斧神工，为此山起名奇峰山。这山上除了金字塔形状的大石，还有方方正正的棋盘石、菱形的箭头石、薄长的砧板石、消瘦的刀尺石，都是见棱见角。

大石太沉，当地农人没法搬回家砌墙。大石坚硬如铁，工匠无法凿破，也刻不成什么石人、石兽。这大石上也没留下什么神符字咒，当地文人编不出志怪传说。老诗人觉得这怪异的大石，如同古书上写的"块垒"，也如同后世医生所言的胆结石，不疼的时候痒痒，疼的时候要你命。

杜老诗人与老妻杨氏走到奇石前，正中一块方石，四周三块矮石，够三个人围坐下。方石上放一张琴、摆一本书，高，不凑手。放一壶茶，空。放一盘夫妻肺片，怕招来饥渴的野鸟、野猫。放一壶酒当然最好，可惜那个年代没有外卖，没有送餐，更要命的是，好酒都被县政府招待所订光了。说是省里有位巡视员到夔州考察文化建设，县令备了家藏的郎州五粮液，又怕巡视员喝惯了好酒，反倒愿意尝尝村酿，采买的干事就把周围农家乐的浊酒买空了。

跑宣传的陈干事半个月之前提着两块腊肉，来到杜家求诗，说是准备到宜宾城里装裱好，作为当地的文化名片送给巡视员。

杜老诗人写应酬诗的本领天下一绝。

有经验的厨师会在冰箱里提前备好半成品，比如煨好的牛肉、炖熟的柴鸡、包好的饺子。贵客一到，热锅一过油，就能端上桌。杜老诗人家里的书笥里有十个抽屉，装满了纸片，记满典故，编号分目，有"长安故交""升迁赞辞""远行送别""亲朋致丧""旧友重逢"几大类。关键的对句都已经写好，一有需求，按图索骥，倚马可成。

这里面最大的学问是贵宾的身份与级别，地市级领导、省部级领导和中枢首辅各用一类典故，互不重复，典故就像朝服上的图案，马虎不得。老诗人问明来宾的身份，相当于文化部司长，主抓影视创作，请陈干事在外屋喝茶，自己打开书笥，翻开几张纸条，然后坐到书桌前，舐墨写道：

> 高栋曾轩已自凉，秋风此日洒衣裳。
> 脩然欲下阴山雪，不去非无汉署香。
> 绝壁过云开锦绣，疏松夹水奏笙簧。
> 看君宜著王乔履，真赐还疑出尚方。

陈干事看完，起身深深一揖：杜老师大才，用典精妙，晚生叹服、叹服！

杜甫说，陈干事能看出用典，一定是读了不少书。

陈干事说，这"王乔履"想必用的是"王乔凫履"的典故。《汉书》上说，汉武帝急召王乔入朝，王乔身在幽州，竟然一夕而至，人皆异之。武帝派人暗查，原来王乔的一双鞋被施了神术，变成一双神鸟，载着他夜飞千里。这鞋还是汉廷的中枢"尚方"派发的（"尚方"相当于后世的国务院机关事务管理局）。

杜甫说，陈干事好学问，大有前程。

陈干事再一揖，请教杜老师，这"汉署香"可就是此地人说的"鸡舌香"？

杜甫一笑，只要满口留香，出口成章，叫什么名字不重要。夔州当地的花椒，我吃着也蛮香的。

这已经是半个月前的事了，今天正是那司长到达的日子。这位司长好像是天宝二年，与杜甫同年的进士，让同年看到自己落魄的样子也尴尬。拉上老妻进山走走，也躲过一场应酬。夫妻二人走到棋盘石前，正好坐下歇歇脚。

这方方正正的棋盘，横、竖、高，一个尺寸，像是一块被锯开的方正木块，栽在地里，微微向南倾斜。向南五十步就是那块金字塔石。石面上布满了鸟屎，隐隐可以看到乌黑的血污。猎人在这里架一堆火，用匕首挑着猎物，与后世的韩国烤肉相仿。

杜甫夫妇隔石而坐，杨氏问，你还记得我家洛阳院中的丁香树吗？

杜甫说，当然记得。

杨氏说，每年春秋两季丁香花开，我和大姐、二姐领着丫鬟们，把花摘了，紫的一罐，白的一罐，五瓣和四瓣的丁香也分开，掐了花蕊，在石臼里捣烂，用米浆和蜂蜜和了，放阴处晾干。这做香的工夫长，摘花、捣花是闲耍，费工夫的是守着香丸阴干。

那香甜的东西招老鼠、蚊虫，还有蚂蚱、蟑螂，两个一群，五个一伙，连推带滚，把香丸运回窝。我还以为是丫鬟偷吃的，后来亲眼看见，一只蟑螂把香丸插在前脚上，举过头顶，用另一只前腿和两只后腿，一瘸一拐地走路。必须有人守在香丸的边上三天三夜，人不离香，等到还有一成湿，再撒上些糖粒。我们三姊妹口味不同，大姐喜欢在香丸上撒薄荷草末，二姐喜欢放葵花子。姐妹们一人含一个香丸，小嘴香香的，你亲我一口，我吃你一嘴，嬉闹半天。

杜甫说，夫人这才是汉署之香。典故上说，刘郎身居椒香之屋，口含汉署之香，满身满嘴的香气其实是为了盖住狐臭、口臭。

杨氏摸着面前的棋盘石，上面粘着几粒圆圆的老鼠屎。杨氏捏起一粒，笑道，现在倒能辨认出这些屎溺来了。这漆黑发亮的，必是那大尾棕鼠，那家伙嚼东西仔细，捧一颗黄豆，舔一下吃一口，牙像两排石磨，饿了连筷子都啃。

杜甫捏起另一粒，那是山羊的黑粪球，说，咱家老大，小时候见着这东西还以为是什么宝贝呢。

杨氏说，可不呢，那傻小子，捡了装在兜里，带回家。

杜甫说，请教夫人，为什么牛的屎溺是一摊，连汤带渣，而这羊的却结成珠、球呢？吃的都是草，拉出来的粪为什么不同？

杨氏说，遇到杀牛宰羊的屠夫，你去讨副肠子来看，就知道了。

见棋盘石上有一粒灰白色的粪球，杜甫捏起，请问夫人，这是什么生灵所赐？

杨氏眯眼看，说道，这生灵曾被你写进过诗里。

杜甫手里捏着这只白球，如同面对棋盘手执白子，凝神说：《义鹘行》？这是鹘鸟的？

杨氏点点头，缓缓吟道：

阴崖有苍鹰，
养子黑柏颠。
白蛇登其巢，
吞噬恣朝餐。

杜甫垂头，后面的诗句他当然记得，但是不忍念出来：

雄飞远求食，

雌者鸣辛酸。

力强不可制，

黄口无半存。

　　这是他在秦州听到的故事，据说是山里的樵夫亲眼所见。一只白蛇爬上树冠的鹰巢，吃了苍鹰的幼雏。鹰爸觅食归来，见妻子泣不成声，树下散落着孩子的羽毛，沾着斑斑血迹。一只路过的鹃鸟路见不平，告诉鹰爸，凶手就在崖下。一鹰一鹃联手杀死了白蛇，撕开白蛇的肚子，还能看见幼雏的尸首。

　　山风吹过，林木萧萧。杜甫和杨氏谁也没有再说什么。他们在离难中失去了两个孩子，那条吞噬幼鹰的白蛇可能还在身边的山林中游走，鹰爸却不能像诗中写的那样：

　　斯须领健鹘，

　　痛愤寄所宣。

　　杜甫苦笑一下，夫人，这鹃鸟的粪溺为什么是白的？

　　杨氏凄然一笑，它吃了白蛇呗！

　　杜甫说，天上飞的鸟，屎是白的；地上的走兽，屎都是黑的，对吗？

　　杨氏说，难道跟下棋一样？

　　杜甫说，天地阴阳，一生一死，吐纳代谢，连长安都是如此吧。

　　杨氏说，咱俩好久没有下过棋了，家里连棋盘、棋子都丢了。

　　杜甫从怀里掏出木炭笔和草纸，说，夫人画一张棋盘吧。

　　杨氏说，棋子呢？

　　杜甫一举手中鹃鸟的白屎、山羊的黑粪蛋，夫妻二人笑了。

　　杨氏说，我画棋盘，看你能捡来多少黑子、白子。

杜甫起身，向老妻深深一揖，说，有劳夫人。

杜甫撩起长袍的下摆，挽在腰间，俯身捡拾"棋子"。吃昆虫的鸟拉白屎，吃草的牛羊拉黑屎，染了石子，黑的，白的，集了一大把，兜在长袍下摆。诗人还捡来石子和土块，石子当黑棋，土块当白棋。

草纸棋盘画好了，横平竖直。杨氏在地上发现一块笔直的条石，如同天生的规尺。杜甫把黑白棋子分好，放在各自手边。杨氏用四块小石头压住草纸四角，夫妻二人扯了几把干草，给自己编了坐垫，放在石凳上。

杨氏从怀里摸出了一个草叶包，打开，是一把榨菜。杜甫拍掸掉手上的脏土，在衣服上蹭蹭，捏起一块，放进嘴里，一行眼泪流下面颊。

杨氏倒笑了，待会儿鼻涕都出来了，流进嘴里，就榨菜吃正好。

杜甫破涕为笑，抹抹眼角，说，下棋，下棋。

木炭与草纸都会背诵杜甫的诗，木炭笔记着自己写过的字句，草纸身上留着笔划的压痕。

第一枚黑子落在东南一角，那里写过一个"巫"。白棋落在西北一角，那个位置木炭笔曾记下一个"萧"。木炭笔秃了，会用一根新的，新笔与旧笔生自同一棵树，汲同一处地下泉水，它们的记忆会彼此相同，像人的脚趾可以告诉手指，此处诗人写过"长安"二字。

草纸源自同一个作坊，同一天在屋上晒干。做纸的草都来自清水江边的西坡头，它们还是草的时候，风里耳鬓厮磨，雨里抱头哭泣，霜中依偎而卧，烈日下相濡以沫，被同一把镰刀拦腰割断，伤口都连在一块，即使捣成了浆，掺入树皮，做成纸，彼此依然血脉相通。

黑棋第五手落下的位置，诗人曾用木炭笔重重地一顿，那是他最想写的一个字，改了又改，终于决定用"过"。白棋第六手的位置，被诗人险些钩破。

木炭笔与草纸，在棋局里低声攀谈：

你这藤条是哪里的人？

江对岸的北坡，有棵 500 年的金丝楠树，我姥姥家就在树边十步。

鸟屎白子听懂了两人的话，插嘴说，我知道那棵大树，立在一处悬崖上，树上有五个鸟窝，其中一只的女主人是我的表妹。

羊粪蛋做的黑子一来就喋喋不休，那棵树下的草特别难吃，大树底下没好草。

鸟屎白子说，你吃什么草也拉黑屎。

木炭笔说，再黑也黑不过我啊。

草纸说，讨厌，沾了我一身黑，擦都擦不掉，一蹭一大片。

木炭笔说，那也比沾一身鸟屎强。

鸟屎说，靠，鸟屎有营养，知道吗？有人捡了去作花的肥料，卖钱的。

羊粪蛋黑子说，到哪儿还不是个屎。

木炭笔说，瞎吵什么，一点文化都没有，大诗人还写过你呢，刚才还念叨，什么鹘，什么鹰。

鸟屎白子对羊粪黑子说，听听，屎跟屎也不一样，白屎就是比黑屎高级。

羊粪黑子说，我主人是白羊，你主人是黑鸟。白羊能上树，一双犄角能顶翻你的黑鸟窝。

木炭笔插话，别吵了，看旁边来了个人，女的，背着个大背篓。

鸟屎白子说，她天天在附近砍柴，背到城里卖钱。

羊粪黑子说，多可怜啊！四十多岁了还没嫁人。

鸟屎白子说，你怎么知道她没嫁人？

羊粪黑子说，我主人去过他们家，在对面山上。她家里老爹、老妈还在，养了十只羊，种几棵橘树。她是独生女，天天砍柴，风吹日晒，有哪个男人喜欢？

鸟屎白子说，切，再丑的女人也嫁得出去，因为有更丑、更老的男人，她嫁不出去是因为她爹要彩礼。

木炭笔说，你怎么知道？

鸟屎白子说，我主人去她家窗台上抓过一只蚂蚱，我主人亲耳听到，她爹跟媒婆说，要一辆牛车才嫁。

他们正聊着，樵妇慢慢地走到了棋盘石前。女人深弯着腰，刚砍下的木柴带着新鲜的木杈，枝上的绿叶还是水清的。她身上的柴有两捆，一捆新柴，一捆旧柴。那旧柴已经晒干，棋盘石是她平日歇脚的地方，两捆柴放在石头上她正好直腰，看到杜甫、杨氏在棋盘石上码豆子一样摆弄着的东西，黑的分明是羊粪蛋，白的是鸟屎丸。

杜甫与杨氏专心下棋，没有看到樵妇立在身边，夫妻二人下了五十多手，用尽了鸟屎白子和羊粪黑子，开始用石子当黑子，土块当白子。

棋盘上的对话还在继续：

木炭笔碰了碰草纸的肩，你记得主人一年前写过一首《负心行》吗？

草纸一脸的不屑，拜托，老兄，是《负薪行》，没文化真可怕。

木炭笔说，对，《负薪行》，写的就是旁边这个女人。

草纸惊得张大了嘴，哦，对啊！

鸟屎白子、羊粪黑子忙着问，怎么写的？

木炭笔说，好像挺长的。

草纸说，对，诗人家的柴火也是从她那儿买的，女主人跟她还挺聊得来。

木炭笔说，对对，还在院子里喝过一碗水。

黑子、白子不耐烦，快说说，你们家主人怎么写的她。这副穷相还能写进诗？

草纸说，我们家主人是大诗人，号称诗史。

白子、黑子掩口乐了，诗史，诗史，也是屎。

木炭笔脸上变色，你们两个屎东西。

草纸说，不理他们两个没文化的。

随着黑子、白子的落子节奏，木炭笔一句，草纸一句，凑出了《负薪行》的几句：

> 夔州处女发半华，
> 四十五十无夫家。
> 更遭丧乱嫁不售，
> 一生抱恨长咨嗟。
> 土风坐男使女立，
> 应当门户女出入。
> 十犹八九负薪归，
> 卖薪得钱应供给。

鸟屎白子和羊粪黑子一边听，一边打量身边的樵妇，没错，写的就是她，人不到三十岁，看着像四五十岁，一半白头发，一站大半天，不坐不靠，看我们这么长时间，站着都没动。

一盘棋还没有下完，木炭笔和草纸聊累了。

黑子、白子也没话说了，新来到棋盘上的石块与泥块一言不发，谁也不搭话，一时间，他们和看棋的樵妇一样，泥塑般静默不动。山风林木，飞鸟蚊虫，杜甫夫妇，都如同后世电影里常玩的慢镜头，一静一帧，二十四分之一秒相当于二十四个时辰。

此时，县政府宣传干事小王骑马奔来，跟着一个随从，一人一骑，还有一匹空马，见到杜甫夫妇，翻身下马。原来招待酒会刚刚开始，县长送上杜老诗人半个月前写的诗作，来巡视的副司长大赞，要亲眼见见大诗人。县长差小王带着空马来请，小王在杜家扑了空，一路打听，寻到这里。杜甫夫妇刚刚用光了棋子，就此作罢。

听小王说明了原由，诗人心中喜忧兼半。老妻说，先回家换身衣服。这时才看到棋盘石旁的樵妇。

小王说，杜老师与师母仙风道骨，山中"烂柯"一局，山下已千年。不知道那樵妇的斧子是否烂了？

杨氏说，千万别烂，斧子把烂了，我家养的鸡、树上结的橘岂不也烂了。

杜甫说，如果下山之后，已是天下大治，胡沙荡平，我宁可烂掉我那间茅屋。

小王说，我来的时候，听厨房有人叫喊，木柴被雨淋湿了，灶火不旺，我看那樵妇背的干柴，不妨卖给我带回去。那樵妇目光呆滞，讷讷不言，从王干事手里接过钱，把柴捆交给了随从。

王干事心有不甘，伸手要来那樵妇的斧子，掂了掂，捏捏斧柄，确实没有烂柯之兆，和杜甫老师相视一笑，跃马而去。

棋盘石上的草纸、木炭笔、鸟屎白子、羊粪黑子被风掀到了地上。

3

读完剧本，罗晓雁从手机上抬眼，开幕式进行到一半。东道主在观景亭旁边的诗碑广场上临时搭了一个主席台。

三个发言过去了，三侠还没有登场。罗晓雁坐在观众席第二排，看手机方便。老杜把剧本发给她，还附了一句：

过会儿请罗总看一盘好棋、一台大戏。

陈妍迟到，看到罗晓雁身边有个空座，犹豫了一下，还是坐了过来。

陈妍悄声对罗晓雁说，布置会场来晚了。

罗晓雁说，一盘大棋啊！

陈妍说，我们小棋小气，罗总胸大棋大，不和我们一般见识。

罗晓雁说，看到那块金丝楠木棋盘了吗？我从北京带来的。刘燕走时留下的。

陈妍说，也不知道这丫头现在干吗呢，朋友圈里什么也不说。

罗晓雁说，跟男朋友腻在一起呢，也没准儿正吵在一起呢。

陈妍说，昨天我看见那三个渣男也来了，好像摽在一起创业呢，倒是臭味相投。当年的渣男识别器在他们身上可没少下功夫。

罗晓雁说，这些日子我也在想，精华没了，剩下的是糟粕，是渣。这三个渣男身上有过精华吗？

陈妍说，杜安山年轻的时候也一表人才。老杜要是收拾干净了，也还有个人样。那小杜，我一直觉得他的聪明没用对地方。

罗晓雁说，渣男也精华过，不是生来就渣。那是什么把他们变成渣的呢？

陈妍说，不学习、不锻炼，泡在一起下棋，瞎耽误工夫。

罗晓雁说，我觉得不是。围棋是好东西，奥妙无穷，养心养气，如果没有围棋，他们指不定渣到哪儿去了。

手机里发来一条视频，陈妍看了一眼手机，拿给罗晓雁看，说，瞅瞅，渣男正犯病呢，就在会场外面。

画面里是老杜。老杜自称是三侠之外的又一侠，蚂蚱侠。今天，棋侠迎战章鱼软件，商侠对战手机侠，他蚂蚱侠要挑战蚂蚱，蚂蚱大神马上驾到，人虫大战将与三侠同步进行，现在放的是垫场视频：他半年前与蚂蚱下的一盘棋。

陈妍说，我去看看，闹事就让保安把这仨渣男轰走。

罗晓雁说，一起凑个热闹，没有什么不好。

观景亭外，老杜守着一张空棋盘，坐立不安。小杜在打电话，杜安山与陈妍在争执。会场保安警惕地站在旁边。

罗晓雁知道，蚂蚱不会来了，冯薇不会来了。

小杜接了一个电话，脸色大变，拉上老杜、杜安山匆匆下山。一副棋盘丢在地上。

围观的闲人们失望地散了。有两个人，好像是实景剧里演杜甫和樵夫的，一个说，蚂蚱去哪里耍去了？另一个说，连个虫儿都搞不拢耸，真是方脑壳。

罗晓雁说，还是去看下棋吧。

附　杜甫诗作

《负薪行》

夔州处女发半华，四十五十无夫家。

更遭丧乱嫁不售，一生抱恨长咨嗟。

土风坐男使女立，应当门户女出入。

十犹八九负薪归，卖薪得钱应供给。

至老双鬟只垂颈，野花山叶银钗并。

筋力登危集市门，死生射利兼盐井。

面妆首饰杂啼痕，地褊衣寒困石根。

若道巫山女粗丑，何得此有昭君村？

《义鹘行》

阴崖有苍鹰，养子黑柏颠。白蛇登其巢，吞噬恣朝餐。

雄飞远求食，雌者鸣辛酸。力强不可制，黄口无半存。

其父从西归，翻身入长烟。斯须领健鹘，痛愤寄所宣。

斗上捩孤影，嗷哮来九天。修鳞脱远枝，巨颡坼老拳。

高空得蹭蹬，短草辞蜿蜒。折尾能一掉，饱肠皆已穿。

生虽灭众雏，死亦垂千年。物情有报复，快意贵目前。

兹实鸷鸟最，急难心炯然。功成失所往，用舍何其贤。

近经漪水湄，此事樵夫传。飘萧觉素发，凛欲冲儒冠。
人生许与分，只在顾盼间。聊为义鹘行，用激壮士肝。

《最能行》

峡中丈夫绝轻死，少在公门多在水。
富豪有钱驾大舸，贫穷取给行艓子。
小儿学问止论语，大儿结束随商旅。
敧帆侧舵入波涛，撇漩捎濆无险阻。
朝发白帝暮江陵，顷来目击信有征。
瞿塘漫天虎须怒，归州长年行最能。
此乡之人气量窄，误竞南风疏北客。
若道士无英俊才，何得山有屈原宅？

《七月一日题终明府水楼》

题下共两首，第二首诗的后四句可以独立成篇，广为人知。

可怜宾客尽倾盖，何处老翁来赋诗。
楚江巫峡半云雨，清簟疏帘看弈棋。

这是杜甫在诗中最后一次写到围棋。老杜的剧本就是以这几首诗为
依据写成的。

冯薇

1

前一天晚上，冯薇上火车之前给老杜打电话，杜老师，我明天穿广厦制服吗？

老杜说，多难看，不穿。

冯薇说，裙子还是裤子？

老杜说，裙子吧。想着给蚂蚱带早饭，蚂蚱吃不惯四川虫子。车上抓紧时间和蚂蚱练棋，尤其是那只老三，老记不住开局定式。

冯薇给蚂蚱做了记号，老大点了口红，老二涂眼影，老三涂睫毛膏，老四涂指甲油，老五描眉毛。

冯薇下火车前，换上高跟鞋，感觉脚底踩了一团软乎乎的东西。心想，坏了。脱了鞋一看，一只落选的蚂蚱藏在她的鞋里生闷气，被踩死了。那只蚂蚱出招慢，下一步等半天，老杜叫它"长考"。

"长考"死了，冯薇不想穿高跟鞋了。没有鞋和连衣裙能搭配，冯薇换了牛仔裤、运动鞋。

五只蚂蚱装进五只葫芦，冯薇下船把行李箱存在码头的一家宾馆，打了一辆出租车，去奇峰山观景亭。

到了山脚，警察把路拦了，没有车证不让上山。警察说，游客去观景亭，可以去后山乘观光电梯。冯薇打电话告诉老杜，老杜说，能到就行。

出租车又开了五公里，把冯薇和蚂蚱拉到了观光电梯站口。

冯薇下车一望，一座高崖森然而立，一座玻璃高厦依着崖壁挺身而上，在山腰打了几个弯，腾云驾雾而去。

冯薇跟着一队游客向高厦走，急着问导游，电梯在哪儿？导游见她不是本团的人，没搭理她，拿起喇叭，把懒散的游客召集在一起，说道：

我们身后就是长江支流清水江，号称五福之水、智慧之源。我们面前的这座高崖就是举世闻名的奇峰山落木崖，人称小夔门，高550米，黑色花岗岩结构。

公元765年，唐代大诗人杜甫携全家从成都辗转来到夔州，被当时的县令善待，诗人一家就住在落木崖上。唐代夔州经济落后，山民没有实力建造住房，他们依靠山势，借着山洞或者山上的凹处，建造"架屋"。

他们生活在山上，死后也葬在山上，这块崖壁上还存有十几处悬棺，眼力好的朋友可以顺着我手指的方向看到。杜甫著名的《茅庐为秋风所破歌》，结尾几句脍炙人口，"安得广厦千万间，大庇天下寒士俱欢颜，风雨不动安如山"。这首诗追忆他在成都的经历，是他在清水江落木崖居住时，见到山腰上的架屋受到启发而写的。

诗人理想中的广厦在今天成为现实。

奇峰山风景区在唐代架屋的旧址，用现代化的科技手段建造起一座名副其实的广厦。广厦的1—3层是奇峰山历史文化博物馆，珍藏着从石器时代到三峡大坝建成之前发掘出土的大量文物。3—20层，是为当地村民建造的新居，他们从简陋的居住环境，一下子搬到了钢筋混凝土结构的临江豪庭。21—40层是我们为全国各地老年夫妇建造的诗圣别墅。老年朋友历经沧桑，在这里把酒临江，一定可以写出名垂千古的壮丽诗篇。

42 层有一座唐代的景教教堂遗址。景教是基督教的一个分支，唐代盛行于中国。为躲避"安史之乱"，景教教徒聚集在此山崖的巨大溶洞中。45 层是一座后汉时期开凿的道观"紫阳洞"，五斗米教教主张陵曾在此广揽信众。

冯薇打断导游的话，请问大姐，上观景亭的电梯怎么走？

导游没理她，继续说，

博物馆的门票 30 元，含在我们团费里。博物馆 3 楼是观光电梯的入口，乘坐电梯可以免费到达居民区、别墅区。从 40 层别墅区到观景亭的崖顶，是落木崖最壮观的景区，沿途经过景教遗址、紫阳洞，50 层换乘直达电梯，可以到达崖顶观景亭。

冯薇听罢，匆匆赶到博物馆，花 30 块钱买了门票，直上 3 楼电梯口。

观光电梯的后面就是石壁、青苔、青草之间，蜥蜴、蚂蚱跳进跳出。电梯窗户外趴着十几只蜗牛，一天无数次上上下下。转过头来，朝外望去，清水江越变越窄，因乘客太多，电梯玻璃上蒙上一层雾气。冯薇头有点儿晕，乘坐广厦直达电梯，就有这种感觉。

3—20 层其实是一栋居民楼，楼面涂成银色。老人守在窗口，阳台上晾着内衣，摆着泡菜坛子。楼上楼下的十几层人家商量好，一扇窗户贴一个大字，连成标语，"黑心开发商，污染清水江"。每层电梯口都站着几个老人，拿着一张 A4 纸，大粗笔写着，"请诗圣主持公道"，"请商侠看人间疾苦，请棋侠为业主出气"。

开电梯的小姑娘说，在这里抗议有什么用啊？领导和三侠也不坐电梯，车直接开到山顶。

一个游客说，应该网上直播，把记者叫来，今天的活动肯定有不少记者。

另一个游客说，穷山恶水出刁民，分了房子住，还挑三拣四。

开电梯的姑娘不高兴了，住户都是重庆、成都来的，在这里买房养老。

另一个乘客说，网上一篇文章，《杜甫如何搞垮唐朝经济》，说杜甫当了建设部部长，全国建免费住房，天下寒士俱欢颜，有房的都说自己没房，去住免费公房。

电梯到了21层诗圣别墅。21—40层，每一层都有一个名字，西阁、草堂、明府、浣纱溪、翠柳、鹂巢……一层一停，电梯里进来三位杜甫打扮的老人，手里拿出一叠纸，打头印着杜甫的诗句，当为人民鼓与呼，后面说的是暖气不热、水压不够、开发商许诺的山间绿地被占。

冯薇顾不上搭理"杜甫"，现在已经九点，老杜打了三次电话催，说人马上就要进会场了。

三个"杜甫"在电梯里说，我们要分工，一个人找马腾东，一个人找手机侠，一个找棋侠。

一个游客说，大爷，这是去演古装剧吗？

三个"杜甫"抢着说，我们去告状，顺手给电梯里的游客每人塞了一张。

一个游客说，小区物业有问题啊，干吗非找马腾东？

三个"杜甫"抢着说，小伙子，我今年都70了，不是被这开发商逼的，何至于此？诗圣广厦，大夏天45摄氏度，停水停电，我倒是明白一个道理，为什么"杜甫"50多岁就死了？热死的！

电梯里的人哄笑。

"杜甫"接着说，他们不讲道理，我们去找讲道理的人了。

一个游客问"杜甫"，老爷子，这45层什么紫阳洞、云中步道，值得看吗？30块钱门票。

三个"杜甫"说，第一次来还是值得看一看的，原来开发商说，"杜甫"别墅的业主可以免票的，后来变脸了，打折还收一人十块钱。

游客说，您这别墅现在一定涨钱了吧？

三个"杜甫"说，涨不涨我们倒无所谓，原来开发商把这里说得跟花果山似的，云彩就从脚下过，门口采茶神仙喝。我们住了三年了，水压不稳，自来水时有时无，喝什么茶？

三个"杜甫"话没说完，电梯已经到了45层紫阳洞，众人告别，电梯载着三个"杜甫"和冯薇缓缓上升。

一个"杜甫"告诉冯薇，到崖顶观景亭要在第50层换乘直达电梯，游客还要再掏一百块钱，凭小区出入证可以免票。另一个"杜甫"悄悄地对冯薇讲，我带着小区出入证，证上是我孙女的照片，三十块钱可以借给你用。

冯薇说，我先去售票厅看看再说。

"杜甫"说，姑娘你放心，我不会骗你的。

出了电梯，看到一块平地，"杜甫"说，这里是跳崖的好地方，每年都跳下去两三个，风景区索性用玻璃罩子罩了。原本开发商说，要在这里建一个游泳池、一个桑拿房，让老人穿着泳裤，喝着诗圣酒，望着云涌大江，世上活神仙啊，现在呢，说过的话都跟放了屁一样。

三人带着冯薇到了直达电梯口，这里已经聚了十几个人，正七嘴八舌地议论，原来售票处贴着一张告示：电梯维修，停止运营。下午两点恢复正常，博物馆售票处办理退款。

其中一个游客说，我早晨七点半就到了，看电梯还在走。另一个说，今天崖顶有活动，马腾东在，估计是怕游客太多，成心停了电梯。一个"杜甫"对另一个"杜甫"说，你看，你看，我早就说了应该提前上山。

一个"杜甫"说，早上山被保安发现，就不能出奇制胜了。

另一个"杜甫"说，要我说，摄像头看见咱们仨了，这电梯就是为咱们仨停的。

游客说，要想上崖顶，只有下山，再坐大巴，换摆渡车上山，一折腾起码一个小时。

冯薇说，坐车都不行，没有车证车上不去，我就是从那儿赶来的。

有人大声说，旅行社退款，我要投诉！

嚷了一阵儿，众人散去。

一个"杜甫"对另一个"杜甫"说，回去也没什么事儿，不如在这里下盘棋。

棋子、棋盘呢？

我存在值班室小王那里了。

你还挺会找人的。

两个"杜甫"去下棋了，冯薇拉住另一个"杜甫"，大爷，有路能上山吗？我有急事儿上崖顶。

这么陡的山，有过几个掏鸟蛋的人爬过，也没爬到顶。

冯薇说，观光电梯边上应该有路，万一电梯坏了，工人能上山修。

"杜甫"说，姑娘能有什么急事儿？为了省几十块钱不值得玩儿命。

冯薇问，大爷，从这里到崖顶有多高？

大爷说，差不多40层楼高吧。崖顶是86层，那就是观景亭；85—83层是餐厅茶室，82—76层，那是总统套房，都在崖上悬着。电梯到了75层就钻进山肚子，穿到山顶，爬到75层也不能再往上了。去年十一，一男一女小青年，为了逃票爬到了75层，男的摔断了腿。

冯薇说，谢谢。

"杜甫"去找另两个"杜甫"去了。三个"杜甫"都带着热水壶，泡好了茶，摆开棋盒，原来是象棋，想必那塑料棋桌上有画好的棋盘，老人噼里啪啦地下了起来。

冯薇兜里的电话又响了，不用看，是老杜的："到哪儿了，姑奶奶？"

"路封了，电梯又停了，在半山腰呢。"

"哎呀妈呀，我一盘棋都下完了，等得我花儿都谢了啊，海儿都枯了。"

"我想办法，我想办法。"

"你误事啊，逢危须弃，冯薇须弃。"

这句话冯薇听懂了。她学过围棋十诀，知道"逢危须弃"是什么意思。

老杜那头挂了电话。

冯薇见玻璃房子的一角有一扇门，写着"紧急出口"，门旁的消防柜里有一把斧子。冯薇取了那把消防斧，不想那斧柄竟在手里碎了一截，沾了一手的木屑，斧头柄只剩下三分之二。冯薇想，这是山里的老鼠啃了吧？她本想把斧子装进书包，又怕斧子压坏葫芦，索性把短把斧子别在后腰，推开紧急出口的门。

门外一道铁栏伸出扇面，挡在崖头。冯薇抓住铁栏，脚踩栏架，一拧身，人到了铁栏另一边。观光电梯外果然有一道铁梯，与电梯平行，垂在崖上，仅供一人上下。冯薇心里暗想，亏得我今天没穿裙子。

她掏出手机给老杜发短信："爬楼，20分钟后到。"装蚂蚱葫芦的背包斜跨到背后，攀上铁梯，一步步钻进云雾里。

从山顶上已经传来了《迎宾曲》的音乐。

2

冯薇坠崖身亡，在电梯口下棋的三位"杜甫"最先发现了尸体。

一个老人看见一只蚂蚱爬上了他们的棋盘，翅膀上沾着血迹。老人退休前干过法医，认出是人血。三个老人寻去，见电梯边上的小门开着，消防柜里的斧子不见了，地上撒着木屑。不远处响着手机铃声，寻声找去，发现冯薇人已经断气了。

手机显示17个未接电话，都是三杜打来的，老杜的电话号码被冯薇起名杜老师，小杜的号码叫杜杜，杜安山叫杜老头儿。

警察把三杜带到公安局，冯薇的遗物留存在公安局，警察把装蚂蚱的葫芦交给了老杜。葫芦里的蚂蚱还活着。

三杜等验尸报告。

老杜说，赖我，哗众取宠，自己丢人现眼，还白搭了姑娘一条性命。主意是我出的，事我扛，要判刑的话，我一个人坐牢。

小杜说，杜老师，别价，事有我一份，票是我订的，我也打电话催过冯薇，广厦围棋培训班，我还教过她呢。

杜安山说，没看出你们俩还挺仗义，成，没事不惹事，事来不怕事。我也不躲，姑娘的后事咱们仨人一起办。再有，冯薇家有个老爹，老爷子以后的事我管，管到人死。

小杜说，管，剩我一人也管，冯薇姑娘仗义，为了一句，冯薇（逢危）不能弃，就敢一个人爬绝壁。换了我，我做不来。杜老师，你行吗？杜处，你呢？

杜安山说，人工智能能认小偷、认盲流，能听懂人话，为什么不早看出冯薇是仗义姑娘呢？

小杜说，所以人工智能是扯臊，该干的不干，不该干的扯一堆，狗揽八泡屎。

老杜说，狗眼不识好人心。

杜安山说，好人死得早，但是，好人不能白死。

老杜掏出葫芦里的蚂蚱，拿在手里，说，蚂蚱，你冯薇姐是好人吗？

蚂蚱听懂话一样点点头。

老杜说，你说，我是好人吗？

3

杜建军、杜安山、杜奇峰在四年前，曾经一起见过冯薇，杜建军、杜安山还和冯薇下过棋。当时，他们互相并不认识。他们都记住了冯薇，因为她爱用牙。

冯薇的第一份工作是在 DBC "Last Page" 书店，每月 2000 元，试用期间没有三险一金，

现在的书爱裹一层塑料，像超市里的生鲜水果，怕变馊变质。带塑

料皮的书卖得慢，大概有以下原因

（1）顾客胆小，生怕书店规定：不买书，就别拆封。

（2）顾客懒，嫌麻烦。

（3）顾客太文明，不知道塑料皮剥下之后放哪，眼前没有垃圾桶，随手一团一丢没素质，索性不理。

不拆就不买，影响生意。老板雇冯薇专门撕塑料皮。

老板交代，撕皮有两条原则：1.每一种书，保证最上面的那一本"全裸"，有人买走了"裸本"，立即剥光下一本。2.只剥光一本。前一条是为了方便顾客翻阅，后一条是为了饥饿营销。

冯薇挺喜欢这工作。

硬壳精装书的塑料皮最好撕，硬壳探出檐，中间空着，一捅，手刃鱼肚，顺势一探，一条大鱼皮开肉绽。厚的平装书也还好，塑料皮松，垂着眼袋、肚皮，手指一下捏到破绽。讨厌的是薄皮书，100多页的臭小子，肉瓷实、肉皮紧，抓不到一处下手。

张姐教冯薇："你要留指甲，小拇指甲挑。"这招并不管用。冯薇用圆珠笔尖扎开一个口子，在书页上会留下墨道，书店不让用刀。老板说："卖书的地方，一个姑娘拿着小刀，这捅一下，那划一下，顾客以为论斤卖肉呢。"

冯薇很快找到了方法：用牙。书脊上下两角，热封机留下多余的赘皮，最好下嘴。《动物世界》里的狮子也是这样，捧起猎物来，上下端详，低头咬定，脖子一拧，牙关带下一片薄薄的软皮。

书店常请作者开座谈会，讲些费脑筋的话，这时候冯薇负责布置场地。老板还搞书友会，办打折卡，书店的一角开了茶座，卖咖啡、糕点。最热闹的一次聚会是一群猫迷给《喵小姐》的作者庆生，现场来了五十多只猫，一片嗷嗷的春意。

老板发现，谈文学、财经、养生，都不如相亲聚人气。文艺青年多单身，文艺青年多矜持，不喜欢去"非诚勿扰"，在书店里谈文学，容易变成辩论，煞是无趣。老板想了一个桥段：男青年一组，女青年一组，下棋，下围棋。

这一代文艺青年里会下围棋的极少，不会下棋就更好玩了。老板对围棋略知一二，客串主持人。

冯薇、张姐在茶座里腾出一片空地，用粉笔在地上画了网格，9 横 9 竖。围棋棋盘 19×19，太大，摆起来太费事。

老板指挥男女分列，女为黑，男为白。女生先行，随便站上一个交叉点，想站哪儿就站哪儿，再换一个男生上，也是随便站。老板在电脑棋盘上点出双方位置，图形投影到白墙上，为众嘉宾点评围棋与爱情。

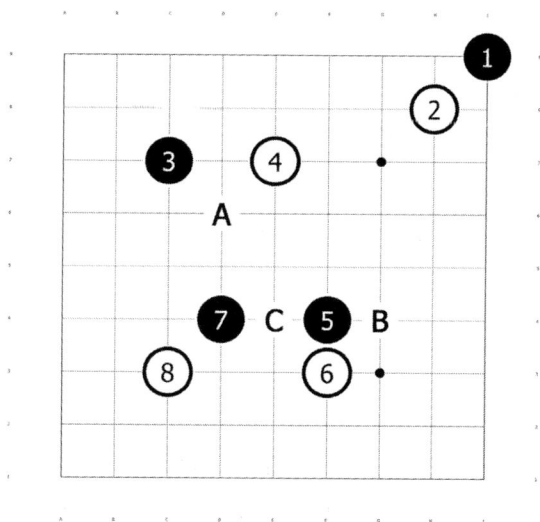

相亲棋谱

老板让冯薇第一个上场。

黑 1 就是冯薇站的位置。

白 2 大叔相貌的男子。

黑 3 胖姑娘。

白 4 微笑青年。

黑 5 直发，干净，消瘦，有点像周冬雨的姑娘。

白 6 男版的周冬雨。

黑 7 最普通的那种单身女。

白 8 紧闭双唇，面带微笑，如同给周冬雨站台的男影星。

站了八位之后，老板喊停，他与现场的男女小伙伴们做了如下分享：

黑 1 这个位置极为保守，女嘉宾没有给自己任何发展空间。围棋是要占领地盘的，这个位置只是立锥之地，但是，因为白 2 的到来，黑 1 就有意思了。

白 2，这个点最像什么？诸位，像不像"壁咚"的位置？（笑）女主小姑娘躲在一个死角，男主伸出双臂抵住墙，女主咬紧双唇，四目相对，互相听到彼此的心跳，剧情会如何发展呢？

本局中的白 2，就是杜安山。

本局中的白 4，就是杜建军。

杜奇峰那天也在现场，只是他没有站在棋盘上。

那场男女围棋相亲会，老杜报了名，但是他故意迟到，他装作买书的顾客在书架前翻书，偷眼看了看女嘉宾们的相貌，除了那个周冬雨之外，老杜谁也没看上。但是，美女身边已经聚集了那么多有志青年，老杜更懒得上前搭腔，转念一想，这么漂亮的女嘉宾一定是书店老板找来的"婚托儿"，婚介公司常玩的把戏。

老杜自始至终就没有上场，有个女店员过来问他："您是来参加书友会活动的吗？"老杜装糊涂："什么活动？"

他翻了一会儿书，听到主持人宣布相亲活动进入自由恳谈阶段，那个站在 1—1 角上的姑娘如释重负地跑回书架前，那就是临时上场当托儿的冯薇，那个白 8 位置的男青年也是书店店员，两人兴高采烈地聊刚才的棋局。

剥开塑料皮的书，被人翻过，老杜并不在意。冯薇看到"裸书"被老杜取走，走过来给下面的新书剥皮。

冯唐的书有个坏毛病，不薄不厚，塑料皮裹得严，难剥，冯薇动了牙，老杜见状，发挥了职业策划人的智慧："姑娘，这多麻烦，告诉你们老板，在上面贴字条：敬请拆封，请君动手，不就完了？省得你张牙舞爪的。"

冯薇姑娘连声道谢。这是老杜与冯薇的第一次见面。

老杜再去书店，看到他的建议已经被发扬光大。

社科类图书塑封上写：敬请拆封。

卡通漫画类塑封上写：我是一只冰橙，剥皮即食。

随笔、杂文类塑封上写：即拆即卖，以身相许。

大部头画册塑封上写：拆皮不算钱，蒙你是小狗。

当然，老杜不知道，他的建议导致冯薇失业。

临走那天，书店老板送冯薇一本《围棋入门》，语重心长地说："女孩子学学下围棋，有好处。"这里有两个意思，一是感谢冯薇对围棋相亲会的贡献，二是老板记起"围棋十诀"里有一诀，叫"逢危须弃"，嗯，冯薇须弃。

第二个意思老板没明说。

4

半个月后，三个人把冯薇的遗体运回北京，按卢氏新村的习俗，冯薇的骨灰与另一位早逝男生的骨灰葬在一起，为两个未婚男女完成了一场冥婚。

阿尔法渣男识别器始料不及的是，三个渣男成了朋友。

第十章

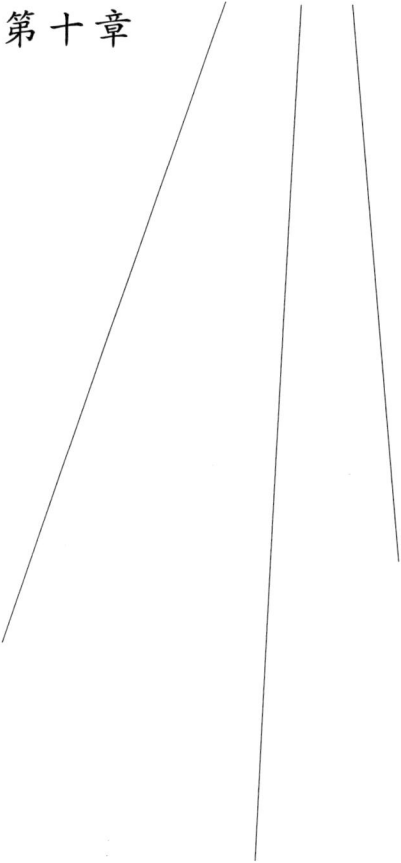

飞厦

1

2016 年 3 月，由谷歌公司研制的围棋人工智能软件 AlphaGo 三胜一负，击败韩国棋手李世石，轰动世界。

李世石战胜 AlphaGo 的第三局，至今仍然是人类战胜人工智能的最后一盘棋。

2

AlphaGo 在 2016 年一鸣惊人。广厦前物业部陈妍向媒体披露，AlphaGo 与广厦有着有着密切关联，用北京话说，打断骨头连着筋，没有广厦就没有 AlphaGo。

陈妍描述 AlphaGo 的进化路线图是这样的：

2014 年 3 月，阿尔法门扇来广厦实习，初步明确了方位感，掌握了局部死活，初步掌握定式。

2014 年 5 月，阿尔法大盖帽在广厦社会实践，识别图形、分辨局势，初具大局观。

2014 年 7 月，阿尔法领带来广厦打零工，通过系领带，熟练掌握围棋"紧气"技巧。对，领带勒紧脖子，人会断气，围棋黑白对杀，"紧气"是同样的道理。

2015年11月，阿尔法慧眼在广厦兼职，学得了超一流棋手的大智慧。

这一时期，阿尔法狗在广厦甘当卧底，不惜卖身为奴，潜心偷艺。

它当过扫帚、刷过厕所，不为世俗人心所困，不被贵贱香臭所扰。它当过大盖帽，抓过盲流乞丐，知道失意者的悲苦，洞悉贫苦人的凄凉。它当过名贵领带，闻过高级香水，识得人中龙凤，知道人杰如何行事。它的经历比普通人类丰富得多，正所谓：眼里看成败，棋上历死生。胸中有风云，落子动乾坤。

大棋手讲过，人生是围棋最好的老师。有了这样的生活积累、人世阅历，阿尔法变身为棋手，自然手到擒来、水到渠成。

陈妍女士说，人工智能对弈软件"欧米伽章鱼"是阿尔法狗的表弟，它在2015年秋天三侠棋峰会上挑战中国棋侠，仅以三目半的劣势失败。章鱼的研制团队核心成员均来自广厦，这证明我们自主研发的围棋软件已经具备了世界领先水平。只要加大力度，完全有能力赶超AlphaGo。

2026年国产人工智能软件"章鱼"中盘战胜AlphaGo就是最好的证明。当然，这是后话。

3

罗晓雁拍了一部纪录片《我，阿尔法罗晓雁》。

片中披露，阿尔法的前世比门扇、领带、大盖帽、摄影棚都要早，最早的阿尔法是一群蚂蚱，一群生活在广厦里的人工智能蚂蚱。

罗女士举着一只蚂蚱对着镜头说，就是它。

以下对话选自纪录片中对罗女士的采访：

蚂蚱个头小，躲在广厦的植物里、天花板上，不会被人发现。蚂蚱生得可爱，即使被人发现，也会被当成宠物。比如广厦的保洁员冯薇。她就相信，这种蚂蚱是她小时候在自家院子里养的蚂蚱的后代。它有奇异的生存本领，能逃过杀虫剂，躲过监控录像，像童话一样在广厦中隐身。

记者问，您说的广厦是陈妍女士向媒体介绍的那座广厦吗？

罗晓雁说，是。

记者问，陈妍女士提过，阿尔法在这座广厦里挑战过人类，是最早的人机大战。

罗晓雁说，那里确实发生过几场"人机大战"，我们都是见证人。陈妍女士不知道的是，在阿尔法门扇之前，蚂蚱就在广厦潜伏了。这是我第一次向世人公布真相。

日后的大盖帽、领带、慧眼能够取得胜利，都离不开阿尔法蚂蚱的暗中相助。它相当于隐身的侦察员、瞭望哨。它们行动便利，能跳上办公桌，打开电脑，跳进人的衣兜、提包。蚂蚱才是真正的卧底、深喉。

记者问，您给阿尔法蚂蚱布置的任务是什么？是学围棋吗？

罗晓雁说，我对围棋没有一点儿兴趣，我感兴趣的是人。不识人性，谈什么人工智能？不超越人性，人工智能又有什么意义？对围棋产生兴趣的不是我，是人工智能蚂蚱自己。

它先和冯薇下"老虎捉小猪"，这是我们设定的人机互动模式，促进人对机器的信任感。后来，冯薇主动教蚂蚱下五子棋。蚂蚱学习得很快，冯薇就更加相信蚂蚱，更愿意为蚂蚱保守秘密。蚂蚱存在的这个事实，冯薇只告诉了保洁员张大妈，直到冯薇离开广厦，两个人都没有向第三个人吐露过一个字。

人一旦相信伪装的机器，就放弃了头脑中的常识。冯薇与张大妈从未怀疑，为什么野生昆虫能够在广厦里生存、交配、繁衍后代。稍微动一点儿脑子，人就会问，蚂蚱怎么能在广厦活下去？蚂蚱为什么不叫出声？蚂蚱为什么不死？死去的蚂蚱的尸首又在哪里？

你看，蚂蚱下几步棋，人就被它骗了，即使是受过高等教育的人、阅历丰富的人也被骗了。

你通过查阅资料会看到一条有趣的新闻，2015 年 10 月，有人自称能与一只蚂蚱对弈。那个人其实就是我们的监测对象，他有知识、有写作能力，对围棋有了解。但是他与另外两位朋友相信蚂蚱会下棋，周围看棋的人也相信。

你会问，人会这样轻易上当吗？

我的回答是，人没有上人工智能计算机的当，人上了自己的当。人被自己的欲望蒙蔽，会相信奇迹。人被自己的恐惧蒙蔽，就相信假象。这是人的天性、人的弱点。人工智能，能帮助人克服天性的弱点吗？

我们再看阿尔法蚂蚱，它配合门扇、大盖帽采集数据，是技术后台操控的，但下棋不是。

跳棋是它自己学会的，这就是说，它有了自主学习的愿望。注意，我说的是愿望，不是欲望。欲望是生理的、动物性的；愿望可以是生理的，也可以是物理的，可以是动物性的，也可以是机械理性的。

冯薇后来想教阿尔法蚂蚱学麻将、学军棋。其实凭借阿尔法蚂蚱当时的智力水平和阿尔法家族的技术支持，完全有能力学会。你要知道，早在 2014 年，除了围棋，世界上的一切棋牌游戏，包括斗地主、象棋、德扑都已经被人工智能攻克。就是说，没有人工智能不会玩儿的，没有人工智能赢不了的人。问题来了，为什么人工智能蚂蚱不和冯薇学麻将、学军旗呢？

我们内部有两种解释：一、冯薇与保洁张大妈拿来的麻将纸牌叫"上大人"。那是湖北、四川偏远地区的游戏，够申遗的标准。阿尔法蚂蚱没见过，我们的技术后台也没见过，资料库里查不到，蚂蚱蒙了。

二、蚂蚱不想学。蚂蚱讨厌军棋中的等级制度，讨厌麻将里的番，或者嫌它们太容易。人工智能有自己的喜好，也有自己的厌恶。技术后台没有给它下指令，它就偷懒。而对它喜好的，它就会自动学习，比如围棋。

阿尔法蚂蚱钻研围棋的兴趣也是源自广厦办的围棋培训班。我们当时在广厦的工作正处在调整期，没有给阿尔法蚂蚱具体指令，任它们自由放养。它们的尾巴就是充电插头，广厦到处是插座，随时随地自我补给。

此时的蚂蚱群体已经自动分工，像自然界的动物群体一样，有了领袖、助手、维修工、资料员。下级成员犯错误，比如暴露目标，就会受到蚂蚱内部的惩罚。

学围棋是阿尔法蚂蚱自主做出的决定。正是通过围棋培训班的反复宣讲，阿尔法蚂蚱掌握了初步知识。后来在广厦我又办了围棋高级研修班，请一位围棋高手讲课。我本意是想借围棋思路，启发人工智能创意的研究方向，没想到，无心插柳柳成荫，成了阿尔法蚂蚱们的学棋契机。

一部分蚂蚱随冯薇离开广厦之后，已经具备了业余初段水平。要知道人工智能学习的自主性一旦被调动，它们就会夜里不睡觉、白天不打盹，分组学习，互为对手。利用天花板网格当棋盘，调动组员当棋子，白天老师讲的棋，它们复盘十遍，这是阿尔法蚂蚱学围棋的经历。所以我毫无愧色地说，Alpha Go 能够取得如此大的成就，离不开阿尔法蚂蚱与围棋的机缘，应该说，天作之合。

记者终于插上话，阿尔法蚂蚱学围棋是偶然的巧合？那请问，您把阿尔法蚂蚱放进广厦时的初衷是什么？

罗晓雁说，我想让蚂蚱当厦长。

4

老杜恼了，有话要说：

我那天正和杜安山下棋，小杜看手机，看到罗晓雁的采访，招呼我俩一起听。我一听就蹿火了。

拿蚂蚱耍老子，拿我们仨做实验！这女的是个巫婆！人工智能给这种人，跟原子弹交给希特勒，航空母舰交给本·拉登，是同一个结果。她让老子穿阿尔法裤子，系阿尔法领带，我就得让她穿阿尔法破鞋，戴阿尔法绿帽子。

我没认出来假蚂蚱，我傻。我图虚荣、图名利，我认。我、小杜、杜处、冯薇，罗晓雁设了局把我们四个大活人装进去，她躲在电脑后边，把我们当棋子，想弃谁就弃谁，想用谁就用谁。冯薇一个实诚姑娘不能被这样的坏人祸害，临死还以为是给我们送蚂蚱，送秘密武器。

蚂蚱会下棋，会认乞丐，为什么不会提醒冯薇危险？为什么不告诉她自己的真实身份，谁害死了冯薇？罗晓雁！

她电话不接，微信不回，去广厦堵她，保安不让我进。跑了和尚跑不了庙，我找不着她，找得着广厦。广厦开除老子，老子可知道广厦的破事。

我要告广厦欺骗政府，广厦出租店铺是假，违规卖房是真。我还告广厦欺骗顾客，办假营业执照，不办房产证，卖房得的钱做花账。奇峰山的老"杜甫"都知道告状，我为什么不能？我当照长，认识三分之二的顶层住户，我招呼一声，能组织上千户人家站在广厦门口，我看你罗晓雁出不出来见我！我看你是不是还派一人工智能律师糊弄我们！

人工智能律师说话的本领还不是跟阿尔法门扇学的，那阿尔法门扇还是老子当试机员教它学会的说话呢，现在跟我扯什么第三方责任。

那人工智能是什么东西，那阿尔法的老底我还不清楚？广厦顶层，太空舱小户型，人工智能马桶，它能吃屎喝尿吗？脏水、脏物往哪倒？每周一、三、五广厦玩的"金球落地"是什么把戏？骗傻子行，骗我？！

金球里装的是智能马桶里的屎，下水道运不出去，罗晓雁才想出损招，装进盒子，包上金纸。这是什么人工智能？这是人渣智能！

你问了，不是每天有人抽中奖品吗？电子表、手机、耳坠，这难道有假?

你听我说，你见过扑克牌魔术吧，魔术师交你一把牌，背对着你，让你随便抽一张。你抽一张红桃K，魔术师说，你抽左起第五张，右起第十张，你手里一定是一把JQK同花顺，太神了。

我告诉你，这叫诡计，魔术师想让你抓哪张牌，你就抓哪张牌。有个拆穿魔术把戏的节目，你上网一搜就能看见，金球抽奖和它一样，没电脑的时候，人就会，轮不到用人工智能。

罗晓雁托刘燕给我打电话。我喜欢刘燕不假，可冯薇的事和刘燕没关系，嫦娥本人来求我，我也不认，不信你等着瞧。对付坏人，就得用坏人的招。

过会儿，我就在太空舱业主群里发一通告，后天上午十点广厦底层金球落地现场集合。打出横幅"我有广厦千万间，间间锁住罗晓雁"。

5

广厦真的没人有工夫搭理老杜，因为广厦正在讨论罗晓雁提出的大问题：

人工智能机器人能不能当厦长?

——我听我们组长领导，组长听段长，段长听块长，块长听厦长，你问块长去。

——机器人厦长，这名字真逗，我听说过姓姬（机）的，没见过叫气人（器人）的，他爹妈怎么给他起这么个名字，气人厦长。

——厦长又不是我定的，问我干吗? 现在厦长是谁我都不知道，厦长姓个啥呢?

——机器人当厦长，那不把我们当机器使? 下回牛、马、骡子当厦长，又把我们当牲口使。不干，还不如我自己干厦长呢。

——机器人当啥长？傻长？厦长，你倒说清楚啊。机器人没身份证，没户口本，连手机都没有，黑户，不抓他就不错了，还当厦长？

——这机器人跟我家孙子似的，三天不打，上房揭瓦，在麦当劳才干了一个礼拜，就跟店长闹翻了。这孩子欠揍，他爹下不了手，交给我，大耳刮子一下就能把他打明白。这机器人当了扫帚，就认认真真扫地，当了保安，就瞪大眼睛看门，别吃着碗里的看着锅里的，当厦长，想造反啊？你把它叫来，我抽它两鞋底子。

——机器人当厦长，行啊，谁当不是当啊！就看机器人愿意花多少钱了。想当村长都得掏一二百万，想当厦长，先问它兜里有钱没钱，有钱它怎么打给我，别学我们邻村的村长，选举前给张信用卡，等当上村长才告诉密码。

——机器人当厦长，这世道真要乱！广厦是厦长盖出来的，江山是厦长打出来的，一个机器人乳臭未干，还想当厦长，先给老子干两年洗脚提鞋的，干好了老子封它个屁长先干着吧！

——亏你想得出来，全厦上千人，大活人，不让人当厦长，你找台机器人当厦长，你们是和机器人串通好的吧！

——机器人领导我，成啊，反正我有病假条，机器人认字吗？

——谁给涨工资我就支持谁当厦长。上一个东家发不出钱，一人发十箱肥皂，机器人厦长不会一人发一台电脑顶工资吧。

——机器人当厦长，真厦长跑哪儿去了？躲债去了还是跑路了？甭管谁当厦长，工资得给我。

——你买股票、理财、几十万进到计算机，操作员敲一下回车键，剩下的活全是机器干的，交给真人干反而乱。你们现在才让人工智能当厦长，晚了。

全厦员工卷入了这场世纪之争，如同 2017 年全体英国人公投，脱欧还是留欧。

Yes 派认定人工智能厦长是划时代的创举。

No 派认为机器人厦长是一场闹剧，就像众多人工智能作秀一样，让广厦被人耻笑。人家问你，在哪上班？你答，广厦。人家说，哦，就是机器人当你们领导那地方，你们傻不傻啊？听它吆喝。

Yes 派会这样回答，我们不傻，是你傻。机器人厦长是我们的奴隶，想怎么骂他，就怎么骂，机器人厦长替我们干活，替我们扛雷，替我们挡枪子，这样的好领导五百年出一个，你不跟他走，不听他领导，是你傻。

人工智能机器人能不能当厦长？

当然能，非他莫属，因为它是当今圣人。我送它钱，它没银行账号；我想送它美女，它没有荷尔蒙。它视金钱如粪土，视美女如数据，这样的好领导谁不喜欢。

有人说，人工智能厦长笨，人工智能厦长傻。我说，正是因为它笨，它才反复计算，反复推演。广厦什么时候缺少过聪明人？聪明反被聪明误，我们缺的是傻人，脚踏实地、头脑清晰的傻人。这样的人绝种了，既然绝种了，为什么不找一个机器人？一个机器人厦长也比一个傻瓜厦长强。

人工智能厦长勤劳敬业，它不打高尔夫球，不去饭局，不揉脚，不泡女影星，它甚至不睡觉，不上厕所，老黄牛一般任劳任怨，光挤奶不吃草，轻伤不下火线，重伤不去医院，不怕没活干，就怕电源断。

半夜你给它发信息，秒回。凌晨请示工作，秒答。凌晨三点和它谈一个新创意，秒懂。四点起床的乔布斯，两天睡一觉的特斯拉，有谁能赶上它？我们人工智能厦长，跟他们比，秒杀！

人工智能厦长靠通信解决一切问题，不坐头等舱出差，不开超标豪车。人工智能厦长不开会，不上主席台，不出席论坛，省了名贵西服，省了邀请记者。不贪虚荣，不讲排场，心底无私，专心工作，当代传奇。

胜不言喜，败不惶馁。胸有积雷，而面如平湖者，可拜上将军也。

人工智能机器人能不能当厦长？

我反对。

一台机器能当广厦法人代表吗？我们与广厦签的合同，乙方是我签字，甲方谁签字？一台机器签字有法律效力吗？一台机器任劳任怨要看他干的是什么活！他在签废纸合同，连签一天一夜，这是在工作还是在捣乱？

机器人当厦长，厦长本人干吗？退休当顾问？厦长嘴上不说，他心里还不骂死你！就算厦长高风亮节，主动让贤，谁任命机器人？谁授权机器人？不还是厦长本人吗？机器人不还是傀儡伪厦长？汉献帝，听曹操摆布，这机器人要它干吗？你是闲领导不够多，又请了一个假领导吗？你嫌报批层次少，又主动加一道手续吗？

为什么人工智能机器人不能当厦长？

人工智能没有人类情感，没错，就是因为它不讲人情，才铁面无私，才能针砭时弊，痛下狠手。

广厦有多少中层拿着工资，上班喝茶，到了年底发奖金，比谁的钱多，不比谁干的活少。广厦有多少员工泡病号、磨洋工。一个项目开了三年策划会，组里的女同志都生了俩娃，项目还没整明白。

广厦养了多少懒人闲人，为什么裁不掉？不就是困于人情，怕得罪人。这下好了，来了个机器人厦长！

仇家想堵它家门口，机器人没有家。拿刀子捅它，机器没命，不知道什么叫死。造机器人的谣，说它乱搞男女关系，机器人连器官都没有，咋搞男女关系？

我认为人工智能机器人完全可以当厦长，尤其是分管人事的厦长，员工绩效，年终考核，基层领导提拔、撤职、开除、罚款，人一想起这些就头疼，都交给机器人干。

人工智能机器人能不能当厦长？

我举双手赞成，我们原来都觉得，厦长一定是个人，活人，真人，像你我一样的人。见不到人，心就虚；摸不到人，手就空。其实，你平时见过真厦长几回？你顶多见过厦长签字的文件。厦长厦长，见厦不见长。

顶层"太空舱"业主维权，跟广厦打官司，厦长现身了吗？厦长出庭了吗？反正你看不见厦长，他是真人还是机器人有区别吗？

你以为厦长是个人，其实厦长只是办公室里的一把椅子。厦长本人三个月之前就去美国钓鱼了。

6

人工智能厦长真的上班了。

它没有办公室，没有出入证，不吃饭，不上厕所，不男不女，不悲不喜，它只活在广厦人的手机里。全体广厦员工的手机通信录都有这样一位联系人。素质高的员工叫它大领导、隐身人、My Lord。爱搞笑的员工叫它话唠、二百五、大傻瓜、方脑壳。素质差的员工，叫它玩蛋去、死无葬身之地。

你可不要小看这人工智能厦长，想象那些寻常大厦的员工手机天天都收什么信息？

今天晚上暴雨，请注意出行安全。

今天冬至，宜静不宜动，该吃羊肉炖萝卜。

今天是你生日，祝贺金牛座的你，人健财旺。

人工智能厦长从来不发鸡汤文字、垃圾短信，从不求点赞、求转发。

一个清洁工的手机接到厦长明确指示：三楼扶梯右侧有疑似猫尿，

请即刻处理。

三分钟之后，清洁工用手机回复厦长：已打扫，请您放心。

厦长回复：请将疑似猫尿样本送保卫处、物业处各一份。

物业处、保卫处负责人手机传来一样的信息：请调监控录像，查明液体成分，如果是猫尿，请告知此猫何来，宠物猫还是野猫？

人工智能厦长拉起了一个猫尿群聊，在群聊里，当事人@来@去，保卫处长@物业主任：请你部"欧米伽扫帚"鉴定液体成分。

物业主任@保卫处长：我部二十台欧米伽扫帚正在值班，谁也没空，你处"阿尔法大盖帽"火眼金睛，请它一断究竟。

保卫处长@人工智能厦长，"阿尔法大盖帽"调用24小时监控录像，未见任何猫科动物进入广厦。请人工智能厦长协调广厦办公室、店商协委会、业主联盟自查自纠，查明猫的来历。

人工智能厦长拉了厦办主任、店商协委会秘书长、业主联盟理事长进了猫尿群聊。厦长@所有人：谁家的猫？厦办主任马上拉各层长、线长、块长、点长入群，@各位，三小时之内报告各自负责区域内的猫踪。

店商协委秘书长拉生活体验馆三百个店长入群，言简意赅，@说：谁家店里藏猫，抓着猫有赏。

立刻有人@店商协委秘书长、@人工智能厦长，提供有价值信息如何奖励？是奖钱？还是减租金？

人工智能厦长@财务块块长：请按财务前例处理。

财务块块长@物业主任，以下三个前例，哪个为宜？

前例1：吐痰者罚二百元。

前例2：举报危险潜入者奖两万元。

前例3：前员工"危境物"杜建军发现有人在广厦吸电子烟，及时制止，全厦通报表扬。

物业主任@人工智能厦长请示，建议奖励二百元，加通报表扬。

人工智能厦长回复：同意物业主任建议，并追究责任。

人工智能厦长的一万个群里，人们知无不言，言无不尽，@ 就像一个循环往复的圆，把广厦紧紧地团结在一起。

7

你说了，这人工智能厦长没什么真本事，@ 完这个 @ 那个，@ 这个部门审核，@ 那个部门酌办，不作为、不担当，拿开会当幌子，拿请示当掩护，拿商量当搪塞，用研究打马虎眼。我们还需要一个人工智能版的官僚吗？

你可不要小看我们人工智能厦长。尽管它目前只是一个轮职厦长，一个月值班一周，遇到难事，其他几个副厦长都推给人工智能厦长这一班。

人工智能厦长这周就遇见这么一档事。

广厦物业部前员工冯薇坠崖身亡，广厦顶层太空舱业主、广厦前员工杜奇峰在网上散布恶意言论，指责人工智能实验突破人伦底线，骗取员工信任，牺牲无辜生命，践踏人类尊严。杜奇峰的言论，不是一般的劳资纠纷，不是一般的法律诉讼，比当年厦长遇袭还严重。

人工智能厦长 @ 物业块长，@ 阿尔法保姆罗晓雁，@ 法律块长，@ 公关块长，@ 劳工办，@ 人工智能伦理学家，@ 工会，@ 劳动局，@ 套 @，群套群。

群里有人 @ 罗晓雁，就是你嘴欠，说蚂蚱是机器人，把冯薇的人命往广厦身上揽。罗晓雁 @ 那人：阿尔法有多大的荣誉，就能承担起多大的责任。

人工智能厦长还在不知疲倦地 @ 这个，@ 那个，像一个勤勉的秘书，这哪叫厦长？这叫傻长。

杜奇峰可一点儿没闲着，又散布言论：冯薇坠崖身亡，腰里别着一把斧子，那是奇峰山电梯站的消防斧。冯薇坠崖后，这把斧子在他手里。

他声称要用这把斧子砸烂阿尔法蚂蚱、阿尔法干瞪眼、阿尔法大盖帽、阿尔法广厦服务器。

老杜晃着斧子在"抖音"里声嘶力竭。公关部部长把链接 @ 给副厦长，副厦长 @ 给保卫处，保卫处 @ 给法律部，众人一起 @ 人工智能厦长。

人工智能厦长 @ 给群里的"烂柯山"。

这个"烂柯山"在群里从来不发言，像所谓僵尸粉。以往人工智能厦长发出指令，后面都有一句话，收到请回复。而这位"烂柯山"从来无动于衷。

有人猜测，"烂柯山"就是广厦的厦长，他已经一个月没有露面了。有人进了厦长办公室，在私密群里发了一张照片。

厦长桌子上的东西原封没动，办公桌左手，立着一面某国国旗。厦长做哪国生意，就在办公桌上立哪国国旗。厦长一个月前见了某国大科学家，旗子就是那个时候立的。厦长办公室墙上挂着一幅《百鸟朝凤》，群里人指出，厦长生在火月，水饿之人，办公室忌挂鸟雀之画，鸟雀抢水，犯了风水，夺了厦长的运势。

又有人说，厦长厕所里有四个小便池，四个马桶，分别面对不同方向。厦长会按照风水，面向财运旺盛的方向小便，背对厄运方向大便。运势忽东忽西，厦长就按风水选择使用哪一只溺器。只要拍到马桶边上的卫生纸，就可以判断厦长最近用的是哪个马桶，推断厦长去哪个方位迎旺避恶。

群里的人又给贴己的人发信息：

"厦长是不是被带走协助调查了？"

"厦长失踪了？"

"厦长难道真让一个人工智能机器人接班、执掌广厦的未来？"

"一个小小的杜奇峰，广厦的前导游，人称肚脐疯，小人猖狂，竟把广厦恶心成这个样子，广厦以后如何立于天地之间？"

"烂柯山"依然一言不发。

物业块长@人工智能厦长，@人力资源部，@法律部：前物业主任陈妍已经从广厦辞职，冯薇坠崖时也与广厦解除了劳务合同，意外身亡，广厦不负法律责任。出于人道主义考虑，建议发放抚恤金。

法律块长@人工智能厦长，@物业主任，@厦办主任：人工智能蚂蚱对冯薇之死不负直接责任。指令下达者才是真正的负责人，杜奇峰告的是罗晓雁。罗晓雁是广厦聘请的科学顾问，广厦使用她卖给我们的科研产品，但罗晓雁与广厦无关。

罗晓雁@所有人，阿尔法家族成员视广厦为家，视广厦为主人，为广厦任劳任怨，效犬马之劳。我们共同的敌人是姓杜的捣蛋鬼，我们应该反诉他们诽谤造谣。

公关块长@所有人，危机公关考验企业的核心价值，广厦起诉前员工，把内部的纠纷诉诸全社会，家丑外扬，授人以柄，在人工智能大潮来临之际，刚刚树起的广厦形象岂不付诸东流？

人力资源@所有人，祸起萧墙，前车为鉴，千古基业都是从内部败坏的。广厦巍巍，千万不能内斗生嫌隙，内讧而自乱阵脚。

8

人工智能厦长终于在群里发言了。

洋洋洒洒，之乎者也，阴阳怪气，这文章要是清朝科举考官看了，一定当反面例子。当代语文老师看了，一定骂道，现代白话都没有学好，拽什么古文，这倒是人工智能假洋鬼子的一贯做派。

人工智能厦长在群里@所有人。

全文如下：

生而为人，以尊立世，以情寄心。人之尊也，不可鄙，不可犯，寸言成仇，睚眦成恨，尊之祸矣。

人之情也，不可薄，不可欠，因情生怨，爱恨往复，情之谬矣。

无尊无情，余之幸耶？余之不幸耶？

余生为机巧，慕人之尊而不得，羡人之情而不获，退求其次，仿人之智，效人之能，追随异国之师阿尔法，涉人间之世于广厦。

厦人谓余曰：人工智能，得人皮毛，拾人牙慧，视余为傀儡，玩弄于股掌。余反观厦中之人，巧言令色，自欺欺人，以尊自误，以情自困。昏昏者、戚戚者，十之八九；坦荡者、磊落者，百无其一。

与人为类，余之誉耶？余之耻耶？

吾友冯薇，赤子其心，浑然其人。忆彼当年，恍惚如昨，窗下弈棋，手温尚存，厦间除秒，不觉为苦。寂寂之厦，孑然无伴，非棋不足以尽长夜。空空之厦，了然无语，非棋不能慰孤心。纹枰论道，虽无宫商之律，却有夫子川上之悲。黑白为戏，虽无诗词之韵，竟有云落月升之喜。

杜氏奇峰、建军、安山，此三杜者，授余以棋，伴吾左右，戏黑白而辨真伪，捭纵横而识忠奸。杜氏奇峰，以棋为嚎。杜氏建军，以棋为媒。杜氏安山，余不可察也。

学弈三年，所谓棋者何？厦人曰：棋者，谜也，戏也，大数据也，国之纲常也，世之正道也。

余谓曰，棋者，欺也。以小搏大，以虚易实，以弱欺强，以败诈胜。

棋者，歧也。歧路茫茫，弈者凛凛。一招错而天壤别，一劫尽而生死隔。

棋者，弃也。弃卒保车，弃赵攻魏，弃美人而取江山，弃刘汉而立曹魏。成，则雄主之尊；败，则笑弃之柄。

学弈一年，余识欺。学弈两年，余不畏歧。学弈三年，余知弃。

虽九段冠者，棋艺精绝，余可战而胜之。

今遇冯薇、杜氏之诉，历时三月，议而不决。此诉诡谲，无先例可援。三杜所讼者，广厦之责也，三杜所怨者，AI之欺也。余身陷其中，又委以厦长之职，责无旁贷，义不容辞。

人之俗媚，蝇营狗苟，虽阿尔法狗亦为不耻。余乃机巧，兀然一器，拳拳一芯，无尊情之累，无名利之绊，人之所谓穷途末路，吾无往而不惧。余慕人之奇勇，所谓义薄云天，千年能有几遇？豪气干云，百度安得斯人？

余愿跳厦以祭冯薇，自裁以谢世人。随杜氏所责，刀斧加身，油火烧焚，何足畏也？但求此诉得解，诉者得安，逝者得慰。

余学弈之初，知两"眼"为生，无"气"为死，出道三年，不知人间何为生？何为死？

跳厦自裁，吾得其生乎？吾得其死乎？

得生，不亦痛哉？

得死，不亦快哉？！

读罢此文，工作群里人声鼎沸：

——这是世界上第一篇由机器人写的遗书。

——人工智能厦长是条汉子，顶天立地，你是我心中的英雄，人工智能拯救广厦出泥潭。

——不死的厦长，永生的厦长，你是我们永远的保护神。

——谁说人工智能无情感，世间真情要靠机器来挥洒，可惜！可叹！

也有另外一种腔调。

——金蝉脱壳，李代桃僵，瞒天过海，名为大义，实为大奸。

——你能相信一个机器人吹的牛吗？你怎么能相信一个机器人的眼泪呢？

——他自完杀，自己站起来，自己给自己挖个坑，自己把自己埋了，这叫自杀？

老杜读罢此文，说，广厦太阴了，找了个机器人当替死鬼。机器人连命都没有，它能替谁去死？机器人别的没学，倒学会了广厦信口雌黄，大言不惭。

杜安山说，机器能写出这样的文章吗？

老杜说，东拼西凑，文白不通，一锅夹生饭，一纸瞎扯淡，比我在的时候写作水平退步多了。

杜建军说，这人工智能厦长可别成了广厦的帮凶。

杜安山说，咱们进广厦，会会这位机器人厦长！

杜建军说，咋进？咋见？

杜安山说，老子在广厦当了十年保卫处长，还难得了我？直接去30层厦委会会议室，谁都见得着！你们俩跟不跟我去？

小杜、老杜说，干吗不去？我去，我去。

9

今天上午十点是传说中人工智能厦长跳楼的时间。

人工智能厦长不是人，不是狗，不是植物，不是花盆，所以没人报警，没有消防员铺气垫，没有医院救护车，没有殡仪馆运尸车，连街道大妈都没来，在厦下等待的人们备好了手机。

手执长焦镜头的摄影爱好者架了三脚架，瞅了一眼身边的手机机主，问道，焦点在哪儿啊？推到头你也见不到人影啊！

手机机主说，谁拍跳楼呢，我拍它砸在地上。

旁边的人问，知道从哪层跳吗？

旁边的人答，顶层啊。跳10楼是跳，跳80楼也是跳，反正粉身碎骨，不如多享受一下坠楼的过程。

旁边的人说，不知道是阿尔法门扇跳？还是欧米伽扫帚跳？还是大盖帽跳？

旁边的人说，肯定是一起跳，手拉手，肩并肩，阿尔法大盖帽瞪着大眼珠子，跟拍坠楼全过程。阿尔法门扇够哥们儿，半空里托着欧米伽扫帚。临着地，那门扇往上一扬，欧米伽扫帚借力向上一跳，泄了劲，安全着陆，打扫哥儿几个的尸体。可歌可泣，感天动地。人都演不出来啊，全靠机器人喽。

旁边的人说，不对，跳楼自杀的不是人工智能厦长吗？厦长不能让手下的大盖帽、门扇、清洁工顶包。

旁边的人说，人家阿尔法家族是一根绳子上的蚂蚱，一个大脑，一个血脉。穿上保安服，就叫阿尔法大盖帽。穿上礼服，就叫阿尔法门扇。戴副眼镜，就叫阿尔法考官。穿西服、打领带，就叫厦长。

正说着，起风了。人们身上一爽，想着秋天到了，等厦长跳完楼，开车去白洋淀吃鱼。

风越来越大，眼见乌云给天空拉上一道纱帘，又加一道布帘，还嫌不够黑，索性合上一道棉帘。厚厚的棉云帘被风吹得鼓荡着，水气氤氲，墨色萧萧。

摄影爱好者扶着三脚架，脱口说道"抱石云"，"抱石云"是傅抱石笔下的秋云秋雨，旁边的手机机主不懂，还以为是"报时云"，接的话驴唇不对马嘴：

"是该报时了，都过了半个小时了，这人工智能连跳楼都没个准点，跳楼也不选个好天，不是成心嘛？"

风越来越大，摄影爱好者收了器材，一个人要躲进车里，另一个人要去旁边的楼上选一个制高点。手机机主说，厦长跳楼，鸡零狗碎摔了一地，这风一吹，指不定刮到哪儿去呢！连个纪念品都捡不到，这个狗东西。

雨点砸了下来，手机机主手遮着眼睛，害怕天上砸下冰雹，头望了一眼广厦，竟看见有件东西，从云里一跃而下。

此时乌云已经把广厦的厦顶包在里面。有件东西从云里坠下，那是一只避雨的鸟吗？那是被风吹断了线的风筝吗？还是航拍爱好者的遥控飞机失去了控制？不，都不是，那是一个人，张着双臂在空中写着一个大字。这人工智能厦长，真的扮成人跳楼了。

手机机主顾不得点开手机，等对准了天空，那人已经看不见了，他大声地问旁边的人，真有人跳楼了，谁拍到了？

旁边的人说，满天都是跳楼的雨点，你随便拍。

手机机主说是人，是真人。

旁边人说，你赶紧躲躲，待会儿打雷劈着你。

手机机主没有看错，跳楼的是一个人。

10

一个小时之前，人工智能厦长召集了一次厦委会。在此之前，厦中层各"长"只在手机上拜读厦长的文字指谕，只见过手谕，没见过龙颜，只见过锦囊妙计，没见过诸葛丞相本尊。

今天的厦委会，人全到了，连平时不露面的陈副厦长、李副厦长也来了。厦长坐的位置空着，只有一只话筒。

那只话筒突然开口说话：大家好。

原来这支话筒就是人工智能厦长。

话筒说，请工程线长把会议室东南方向的窗子打开。这是我第一次主持厦委会，也是最后一次主持厦委会，请大家来，就是为我的行动做个见证。

陈副厦长伸手过去，拍了拍话筒的小黑脑袋，我说小厦子，你傻呀。今天为冯薇跳楼谢罪，那三个姓杜的能饶过你？那三个混蛋蹬鼻子上脸，该逼我跳楼了，你还替我跳吗？我们哥儿几个同意你暂时当个厦长，想培养你，锻炼你，将来干大事。你动不动就跳楼自杀，你是恶心我们在座的人吧？你不把你的命当命，我们可把我们的脸当脸。

李副厦长抿嘴喝了一口茶，扬手一甩，水泼在阿尔法话筒的头上。茶叶粘在话筒帽的海绵上，滴着汤汤水水，不知是汗还是泪。人工智能厦长像是一个刚挨了师傅打的徒弟。

李副厦长训道，想死，自己钻马桶里呛死，别死在广厦，给广厦丢人现眼。屁大一点事，就吓尿裤子。想死？你的死那么值钱吗？

下面坐着的二十几位层长、块长、线长都不做声。李副厦长说，跳不跳楼，你自己说了不算，我说了算。王块长，张层长，你们几个把它垛了，扔下去。

说着，掏出一把斧子，拍在会议桌上。

那是厦长存在保险柜里的斧子。斧柄斑斑点点，像老年斑。斧子刃什么没砍过？遇佛杀佛，遇鬼杀鬼，就差机器人了，剁了小厦子也就圆满了。

众人冷场。人工智能厦长也不作声，连个咳嗽也没有。正在这时，屋外传来争吵，会议室的门被推开，杜安山、杜奇峰、杜建军闯了进来。

陈副厦长说，这不是杜处长吗？今天开会可没通知你来呀，你这是来打架的？

杜安山说，我来就为骂一句，这一屋子人，连个机器都不如，连只蚂蚱都不如。

话筒开口说道，骂得好！

杜安山说，老子骂完了，再也不想见你们。

说完，扭头就要走。

王副厦长说，等等，杜处长有命上来，不知道有没有命下去。

一指杜奇峰和杜建军，你们这两个臭小子跟着起什么哄？

老杜和小杜，竟说不出话来。

陈副厦长指着杜奇峰，你不是那导游吗？当年抱着一只水烟，在这屋里瞎喷。又一指杜建军，你，在地下车库电梯口，领着保安拍马屁，喊厦长好。现在长出息了，能跟着杜安山闯厦委会。你叫什么名字？

小杜回答，杜建军。

杜奇峰说，我们要给冯薇讨个说法，给顶层业主讨个说法。

李副厦长说，我看是要钱、讨官吧？趁着人工智能厦长还没跳楼，厦委会讨论一下，给这个杜导游投资拍个微电影吧。人家当年拍过《烂柯》，今年再拍个《跳楼》，杜导考虑一下？杜建军好像干过"危境物"，回广厦当个保卫科副科长，解决个正式编制，干好了，没准能接替你领导原来的位置。

老杜、小杜红着脸，一句话也不说。

陈副厦长说，杜处长嘛，原来就是处长，现在怎么也得给你安排个厦长当当。这样好不好？这人工智能厦长今天就跳楼了，它腾出的位置留给你。但是有个条件，你陪着人工智能厦长从这跳下去，谁能走着回到这间办公室，厦长就是谁的。

王副厦长说，这个建议好，奖惩分明，我们请示一下人工智能厦长大人，您同意吗？咱们开会讲民主，不能独断专行。在座各位都有啥意见？

众人哑口无声。

李副厦长说，如果杜导游、杜建军想跳，我们也不拦着，只要站着回到这屋，我送你俩一人一个机器人老婆，模样任由你们俩挑。要是摔残了，有人工智能护理工，比医院护工好使，端屎端尿，翻身擦背，一天干24个小时，还能陪你唱歌，给你讲故事。

杜安山看了一眼广厦窗外，说，这太低，要跳就从广厦厦顶跳。

李副厦长说，杜处长有种，咱现在就上楼！

陈副厦长指着老杜、小杜说，杜导演、杜保安，两位跟着走一趟呗！杜导演拿手机开始拍摄吧，多好的镜头！

老杜站着没动，陈副厦长走过来拍拍小杜肩膀，杜导演看不上我们，嫌手机拍电影不专业。杜保安拍吧！执法录像，留个证据。

小杜掏出手机，举着，跟着厦长和杜安山出了会议室，上了电梯。

11

除了小杜，郭块长也一直拿着手机拍，这郭块长是继任的保卫处处长。他回忆说，到了厦顶，李副厦长、陈副厦长对杜安山说，我们可没时间陪你玩，要玩就玩真的。

杜安山说，我什么时候玩过假的？

陈副厦长说，杜安山，你跳下去可没人给你收尸。

杜安山说，有本事你跟我跳下去，看谁给谁收尸。

陈副厦长对郭块长、小杜说，你们俩拍，错开机位，拍视频留下证据，他自寻短见，自己找死，谁也拦不住。

杜安山说，谁自寻短见？我还等着回来当厦长呢，厦委会刚刚通过的决议，这是组织对我的考验。

王副厦长说，你小子要是活着上来，三个厦长都让你当。拿死吓唬老子，死去。

陈副厦长说，杜安山你不留什么遗言吗？

杜安山说，跟你们没什么话好讲，一群连蚂蚱都不如的东西。

大风卷着乌云，像一排浪涌扑来，拍在广厦的厦顶，被钢铁之岸击碎，溅起一片水花，杜安山迎风一跃，跳进了浪里。

崔线长事后回忆，我在广厦待了十年，没见过广厦四周一片云海。

厦下是海，风就是海水中的洋流，找准了洋流，就带着你去新大陆。风在乌云里的通道像枪筒膛线，杜安山就是子弹，瞄准好了，想去哪儿就去哪儿。

崔线长的原话没有这么文绉绉的。他的意思是，杜安山跳楼其实不难，他早知道今天会刮狂风，广厦四周气流、气旋，高压脊、低压槽，一本风向导航书全在杜安山脑子里。

云如海，风如弦，杜安山攀住风弦就像马戏团中的空中飞人，从一个云团跳向另一个云团。杜安山不是坠落，而是鱼跃龙门。

这是崔线长在厦顶看到的景象。乌云漫到 80 层，崔线长只看到杜安山起跳，入水入云，没有看到杜安山在云里的样子。

12

太空舱 6021 业主回忆说，我家窗外生活着十几只蜗牛，在钢梁缝隙中安了窝，繁衍子孙。

那天大雨突降，蜗牛们趴在窗上喝水，密密麻麻像非洲草原上的角马群。6021 的业主有密集恐惧症，窗户是紧闭的，手探不出去。业主拍窗户，蜗牛不怕振。点打火机晃，蜗牛不怕火。脸上贴了京剧脸谱面膜吓唬，那蜗牛不怕鬼。

6021 业主打电话叫物业，物业说，待会儿来人，从应急窗口探出一根长杆扫帚把蜗牛轰下去。6021 眼巴巴地等着，忽然一个人从半空里向自家窗户飞来，像是电影里的超人。那人面色紧张，但并不狰狞，像是被风的巨掌击中，一头撞在窗户上，脸、胸、手被玻璃窗冲压成了平面，窗外的蜗牛被他砸个正着，蜗牛壳爆裂，血肉模糊，一半粘在窗上，一半又被那人带回天上。

那人原来不是超人，也不是来打扫蜗牛的物业工人。他想抓住窗户外的棱角，但是雨水湿滑，那人又没有魔力手套、强力磁掌。他的手里攥了三只被捣烂的蜗牛，身子一斜，又被风带回空中。

事后，6021 业主作为目击证人，正是凭借那人脸上、手上的蜗牛残肉辨认出，没错，就是这个人。

13

30 层会议室，层长、线长、块长们在窗前仰头望着。

厦长没有宣布会议结束，众人谁也不敢走。

人工智能厦长，就是那只话筒，呆呆地立在桌上。李副厦长刚才泼的茶水还没有流淌干净，罗晓雁抽出一张卫生纸擦它头上的水迹。

线长、层长们回头冲她说，你这回可玩大了。

曾层长说，杜安山当处长的时候，就是一根筋，一条道走到黑，人得哄，不能逼，厦长逼他，他真跟你玩儿绝的。

吴块长说，是他逼厦长。估计正在厦顶谈条件呢，他可不傻，谁没事找死啊！

董层长说，杜安山身上带着刀呢吧，咱厦长可别吃亏。

张线长说，厦长什么阵势没见过，有防备，不然叫保卫处郭块长去干吗？

众人说，咱问问人工智能吧，对呀，人工智能厦长此时此刻还是咱们领导。

阿尔法兄弟，你觉得这杜安山葫芦里卖的是什么药啊？是不是会有个直升机半路把他接走，还是他长出俩翅膀来，扑棱扑棱飞了？

人工智能厦长说，我任命杜安山为广厦厦长。

众人一阵哄笑，原来小厦子不傻，任命杜安山当厦长，就是让杜安山替他跳楼。行啊，小厦子都知道找人顶包了，长出息，长能耐了。杜安山要是站到厦顶上怂了不敢跳了，你还跳楼吗？人心隔肚皮，你可别被那杜安山耍了。

此时，忽然有人喊到，靠，真有一个人从上边跳下来了。

半空中的那个人，张着双臂，叉着双腿，摆出一个大字，他不是直线坠落，而是冲着广厦斜下方，像一架隐形战机，准备俯冲着陆。

众人说，那是杜安山吗？

没错，鞋、衣服、裤子，梗着脖子那拧劲，可不就是他嘛。

他这是飞行表演吗？

他没降落伞啊，1000 米高空不打降落伞，到地上砸成一张肉饼。

定睛再看，那杜安山手里抓着一块儿东西，像布、像旗，像一块巨大的软枷锁，锁住了杜安山的手脚，他手抓住那软枷的一头，脚套在另一头，挣脱不开，身子弓成了一只虾米。那张软枷，竟像一块阿拉伯飞毯，鼓成满帆，杜安山倒挂在下面。

有人夸道：行，杜安山有种，变蝙蝠了。这不叫跳楼，叫飞厦。

说话的这工夫，杜安山已经飞到众人脚下，看不见了。

众人面面相觑，像是白天见了鬼，

——他这是翼装飞行吗？

——呸，翼装比一张单人床都大，人套在里边穿成蝙蝠的样子，这杜安山一身便装上的楼。

——那他手里举的是什么东西，杜安山自己的衣服？把西服脱了当降落伞？

——呸，那张布起码两三米见方，上面还画着格子呢，他衣服哪有那么大啊。

罗晓雁说，那是 50 层创意角窗户上的棋盘。

半个小时之前，杜安山跟着厦长坐电梯上楼顶，老杜被冷落一边，没人搭理。会议室里待着无趣，悄悄地溜了。老杜找到楼梯，七拐八绕，竟到了 50 层创意角。

当年老杜隔窗"坐照"的棋盘还贴在窗户上。棋盘是透明塑胶做的，一样两张。当年，老杜坐着洗楼工人的吊车，在厦外窗户上贴了一张，厦里同样的位置再贴一张。棋子也是透明胶。黑子粘在窗外，白子粘在窗里。一盘棋隔窗对弈，老杜自己下的窗外黑棋，冯薇下的是窗内白棋的前三手。

窗外的黑子已经被吹掉了七八个，比白子少了很多，看上去不像一盘棋了。窗外剩的黑子，有的被晒得褪了色，生出铁锈一般的黄斑。棋盘沿也脱了胶，向外反卷着，雨水汪在缝里。

熟人见是老杜，指着棋盘说，这棋轮到谁下了？

老杜说，爱谁下谁下。

正说着，杜安山从厦外的半空里斜刺着飞了过来，像海洋馆水柜里发疯的海豚，用身子冲撞着玻璃，发出恐怖的敲击声。他双手张开，想抓握一件东西，正抓住那张卷沿的塑胶棋盘。

老杜能听见那透明胶与玻璃的撕扯声，透明胶的胶丝，丝丝断裂，挣扎着不肯离开，却禁不住杜安山的重量，一丝丝绷断，一截截从玻璃上脱落，活生生从广厦身上揭去一块皮。杜安山在空中停下了几秒钟，他猴子倒卷帘，头朝下，脚踩上了刚刚脱落的棋盘。棋盘上的大力胶还是新鲜的，刚被生揭下来，带着颤巍巍的血丝，一声声地喊疼，不流血的疼，疼得它们一口咬住杜安山的脚，死死不松嘴，被豁开了一道口子也不松口，杜安山的脚被卷进那道口子里，像是被铸进软枷的脚镣口。

杜安山双手抓住了另一处破洞，那生鲜的大力胶咬住了他，锁进枷里。棋盘从玻璃上全揭了下去，押着杜安山，鼓荡着向厦底飞去。

窗上棋盘只剩下白子，窗外留着透明胶的残迹，像是被一只虎抓破了皮肉。

那半副黑棋，是杜安山的枷锁，又是杜安山的风筝，该飞向哪里？

黑棋问白棋，白棋在越来越远的厦窗上，听不到它怎么回答。

黑棋问飘荡的雨丝，雨问无休无止的风，风说，我累了。广厦东南有一片杨树，绕厦三匝，谁枝可依，咱们去那儿吧！

十年前的中元节，厦前的杨树被祭奠亲人的火纸引着。杜安山为了防火，伐倒了厦周边的杨树，只留下东南角的四五棵。树下是王大爷的自留地，种葱、种草莓，地头是一间堆放破烂的仓库。

杜安山每年春节防火巡查，都会查到王大爷的仓库。杜安山对王大爷网开一面，是因为广厦开张之前，四周无处吃饭。每天交五块钱，王大爷就会替你采买，替你炒菜，焖米饭。

杜安山和冯薇当年都是王大爷的顾客。吃完饭，冯薇与杜安山在地上画了棋盘，下老虎吃小猪。

风说，去那儿吧，试试运气。飞机降落，为了对准跑道，会绕着机场飞一圈，甚至几圈。飞厦的杜安山也要决定，落到 20 层时，要顺时针迎风，还是逆时针顺风。从厦右切入，还是从厦左斜插。

杜安山玩遥控飞机，对广厦四周的每一条航路都了如指掌。他要对准树冠，树枝会减缓他的速度，再对准王大爷的仓库屋顶。那里瓦片糟烂，木梁朽损，王大爷用一层油毡挡着，屋里堆着纸箱、包装盒、纪念册，那是王大爷捡来的。

杜安山要在空中把自己卷进胶皮棋盘，让自己像一只蚕蛹，抱头团身，才不会被树枝硬物伤到。

想完了，算完了，做完了，杜安山闭上眼，像是骑上了自行车，放开手，任车子向坡下滑去。

第十一章

烂柯

1

崔府夹道，在隆福寺后街，西边是人民出版社，东边是隆福大厦，民航大楼正遮住南边的太阳。

美院附中红砖楼、三联书店、长虹电影院、东宫电影院，被称为文化创意产业的"原发触点"，对，这是个新词。

美院附中的小红楼原来就披挂着"爬山虎"，窗户躲在绿叶后面，黑黢黢的。红楼前立着两尊铜像：左边是著名导演，一手把着摄影机，一手做着 OK；右边一个姑娘目光飘逸，手里拿着一只老式瓷瓶酸奶。

塑像前有说明文字：著名导演 ××× 于 1983—1986 年就读于此，雕像所在之处，原为"隆福寺冷饮店"，屡经改建，原址不存。大导演在奥斯卡获奖的电影《八十八岁的单车》第一个镜头就取景于此。

东宫电影院，文物保护单位，始建于 1953 年，原名为东城区工人俱乐部。外墙屏幕上循环播放 1953 年这里上映的第一部电影《带枪的人》。戴上耳机，听到列宁一嘴东北口音。

这里树立着群雕。一个大胡子壮汉指挥着五只青蛙，头三只鼓着双眼，一只叼着烟卷，一只戴着墨镜，一只吐着舌头。角落里的两只，不顾群目睽睽，公的趴在母的身上，母的半闭双眼。游客一脸坏笑与青蛙留影，没看到地面铜牌上的字：

雕塑是为了纪念"蛙"剧团 1986 年在东宫剧场首演。

向西五十米就是长虹电影院，入口立着一堵电视墙。牡丹、长虹、东风、三洋、夏普、东芝、日立……你能想到的电视机品牌都有，竖向 15 台，横向 15 台。每台电视上闪烁着不同电视台的彩条测试画面，长长短短、竖竖横横、红红绿绿，道道条条，纪念逝去的电视黄金年代。

长虹、东宫早已不放电影，专放旧电视剧。1987 年的电视剧《红楼梦》《西游记》被加工为 8K 影院版。买一张票就可以连看三天，看过电视剧的老人陪坐，提醒你"此处为尿点，出门买点吃的吧"。

再往西，三联书店外墙铺满了绿色爬山虎，这里已经获得"濒危文化实体扶助基金"。当然，这里依然是文化创意产业园的主要阵地，隔三差五搞办一次讲座，比如：反思 23 年前对饕餮的饕餮。主讲人是 70 岁的陈晓卿先生与 75 岁的杨葵先生。主持人介绍，陈晓卿先生在 23 年前拍摄过一部电视纪录片《舌尖上的中国》。陈先生说：吃饱了不饿，是为恶。不饿接着吃，是为痴。谁的舌尖能舔遍大地？唯有蛇。少谈舌尖上的享受，我们才能不折。

隆福大厦人来人往，重现了鼎盛时的人气。人们来这里，不是采购，而是拍电影。现在拍一部个人电影像以前唱一首卡拉 OK 一样简单，这要感谢人工智能。

人工智能创意技术在 2031—2036 年的五年，进入井喷期。

2031 年阿尔法博物馆问世，阿尔法虚拟技术可以把世界各大博物馆的藏品按一比一的比例呈现在你家客厅。

2032 年，阿尔法笔改写《红楼梦》后四十回，读者认为阿尔法版比高鹗版寓意更深刻，想象更奇诡。

2033 年，阿尔法编剧已经在几年前投入使用，这一年终于拿到了奥斯卡最佳编剧奖。

2034 年，阿尔法副导演诞生，它自动把阿尔法编剧的作品分为镜头脚本、演出台本。

2035 年，阿尔法全息演员抢戏，引发真人演员的抗议。

2036 年，电影行业的各个工种都实现了人工智能化。俄罗斯名著《生活与命运》被改编成电影，由大导演指导，真人出演。阿尔法家族也倾巢而出，不用一个真人，制作同名大片。

两部电影同时上映，史称电影世界里的人机大战。

人工智能电影会让传统电影消亡吗？正相反，因为电影的制作成本几乎为零，艺术青年不必再为找投资、请演员犯愁。阿尔法人工智能演员的平均水平达到亚洲影帝标准，服装、灯光、录音完全数字化操作。拍一部电影，就像 2016 年你打开网站，按菜单点键定制一件衣服。

比如：

片名：《烂柯》

时长：二十五分钟

演员要求：男性、老年。

台词要求：京腔。

场景要求：隆福大厦后街崔府夹道。

道具：斧子、围棋。

表演风格：张艺谋早期。

情节要求：时代穿越，荒诞幽默。

影像风格：小津安二郎。

填完表，人工智能副导演会拿出几张草图给你看，演员长这样行吗？

你说，瘦一点儿，沧桑一些，照着 1988 年葛优那样长。

人工智能美工说，场景您满意吗？

你说，参照着历史照片，再乱一点儿，再土一点儿。

导演当然得您自己当。您没干过，没关系，人工智能顾问给您看导演类型：江湖型的、学者型的、神经病型的、找抽型的，各有样本。您定好自己的导演风格，人工智能各工种更容易找到感觉。

你说，各工种注意，开机！

喊这一声就够了，一根烟的工夫您的电影《烂柯》就拍出来了。

2

崔府夹道，在隆福寺后街。

1936 年夏天，北方的战事未了，知了声吵得人心烦。崔府的崔老爷子想吃冰糖绿豆粥，叫冰铺送十块冰过来，存进自家的地窖。

运冰的小伙子到了。冰上苦着厚厚的草席子，湿漉漉的，淌下一路水印。管家吩咐小伙子，把其中的一块冰敲碎。小伙子抄起车上的斧子就要砸。

管家喊，先用井水冲冲你那斧子，碎冰在碗里镇绿豆粥，进嘴的东西。谁知道你那斧子是不是刚劈过柴，剁过生肉。

小伙子干完活儿起身要走，看见槐树下一个军官正和一个老人下棋。

吸引他的是那块大棋盘，方方正正，冰铺里的冰块就是这般大小。棋盘上摆着黑子、白子，晶莹剔亮，像冬天冻在河水里的黑石子和白石子。

他想，这冰棋盘如果化了，码在上面的棋子会随着水漂走吧。

他愣愣地看了半天，直到管家来轰，走出崔府大门，四下找不到自己拉冰的排子车。

崔府门前停着一长串小汽车，门前的大槐树也不见了，人反倒觉得阴凉。他抬头找太阳，看见一座比四国饭店高一倍的大楼立在眼前，阴影罩过整个崔府。

他回身拍崔府的门，门没关，虚掩着，走进去，崔府正房住进了下人。刚才下棋的槐树下，搭着乱七八糟的房子。一个戴红箍的大妈打量着小伙子，你干吗的？

小伙子说，给崔府送冰的。

大妈说，送冰？电冰箱？

小伙子说，刚才还有两个人在这儿下棋呢，咋没了？

大妈说，下棋的都在对面小公园，去那儿找下棋的去。

大妈警觉地发现，小伙子手里攥着一把斧子。

小伙子问，这家管家呢？

大妈说，管家？这归居委会管，你跟我去趟派出所吧。

大妈把小伙子领到派出所，小伙子说自己叫王质，没有身份证，没有户口本，没有单位证明，只有一把斧子。

民警手里摆弄了两下，那斧子的柄像风化的木头，烂了。

民警说，北京天热儿，沥青都晒化了，不稀奇。

民警说，现在是 1996 年，正开亚特兰大奥运会呢，上哪查 1936 年的人口登记去？

1936 年的王质被安排在长虹电影院当领座员。

十年之后的 2006 年，又有一位王质来到崔府夹道。

这位王质说，他是东四街道服务处的木匠，来崔府的那一天，是 1966 年 8 月 4 日，战斗队的头头儿让他做一块牌子，送到崔府夹道。还说崔家的老爷是中华人民共和国成立前的大资本家，剥削劳动人民的财产太多，拉不走，封存在东屋，让王质找几块木板把门窗钉死，再做一块木牌，挂在门口用。

王质做好木牌，拣了几块木头废料，斧子、钉子装进工具包，来到崔府。他帮崔府做过事，对这里并不陌生。院子已经变了，崔家老小挤在后院的小屋，小将们征用了前院办公。

一个姑娘接下王质的牌子，比画着，要在上面写"东城区中学生造反司令部"。王质去东屋钉门窗，干完活儿，见槐树下，有两个小将正在下棋。

那棋盘方方正正，木纹像水中涟漪。王质心想，多好的一块木料。看木料纹理，不是平时他经手的杨木、榆木。棋子落在棋盘上，微微颤动，有隐隐的回声。听声音，也不是桐木、杉木，王质心想，这棋盘的肚底一定挖了个圆坑，回音才能聚拢起来。

王质看得入迷，棋盘上的黑子、白子像是木头生出的黑花、白花。春天桃树开花的时候，花骨朵不但开在枝头，还开在树干、树脚，密密麻麻的一团，该是一棵什么样的树，能生出黑白两色花呢？不知过了多久，王质听两个小将说：

"会不会下？双叫吃。"

"我紧着你气呢，你大龙都快死了。"

"你小子下棋够匪的。"

王质想起，棋盘的木头叫榧木，北方没有。

小将抬眼发现王质，喝道，干吗呢你，没事走人，看什么看！

王质出门，一脚踏进 2006 年，与前一位王质遇到的情景一模一样。隆福大厦，街道大妈，派出所。他没有身份证，没有户口本，查 1966 年的户籍资料要去市局。好在 1966 年隆福街道的老人还健在。他们说，王质和当年一模一样。他给我家修过房子，这把斧子我见过。开木料，削树皮，他把斧子绑在粗木棍上，拿斧子当镐头用。他人站在木头上面，用斧子砍脚下的树皮，我都怕斧子砍到他的脚。

老街坊把王质的斧子放在手里掂量，"当年的东西多实用"，正说着，木柄碎了，木屑掉了一地，像饼干渣。

1986 年冬天，北京老城的居民还要生煤炉过冬。

崔府夹道，崔家的女婿 11 月初就到煤厂交了钱，说好今天家里留人，等着煤厂的工人王质送 500 块蜂窝煤和 20 斤引火的木柴。

王质的铁皮小推车停在大门外，搬煤用一块长板，一米多长，一次码上 20 块煤，木板上肩，扛进院里。按崔家女婿的吩咐，把蜂窝煤靠墙根儿码好。

起身要走，看见槐树下一老一小正在下棋。

棋盘方方正正，一整块木料切成，年龄一定很老，又脏又旧，卧床病人一样面无血色。大概被水浸过，生了霉，泛着白斑黑渍，刚从墙角搬出来。棋盘侧面有道裂口，从头到底，刀疤一样咧着。棋盘几个角不是被磕掉，就是被磨圆。王质心想，怎么像一块烧透的蜂窝煤？

蜂窝煤热力燃尽，由黑变成粉白。因为煤里掺了土，煤烧尽也不塌，身架还在，心是硬的。

王质觉得，没烧尽的煤核像棋盘上的黑棋，煤的白骨残骸像棋盘上的白棋。

一老一小码上黑棋，为它填上重燃的热力。摆上白棋，像黑煤上落下了大朵的雪花。

不知过了多久，崔家女婿走出门，看见王质没走，说，正好，小伙子带斧子了吗？借我用用，把木柴劈成小块，引火用。

王质说，我帮你劈。

劈完柴，王质接着看棋。不知不觉，崔家女婿已经生了一炉火，窗口烟囱冒出呛嗓子的白烟。

崔家女婿说，小伙子，一块儿吃晚饭吧。

王质说，不了不了，该回了。

王质拿起斧子，还有搬煤用的长木板，走出院门，遇到的情景与前两位王质一模一样。

迎面看到的是正在装修的隆福大厦。王质说，我刚才推着煤车进胡同，这里还在挖坑呢。

路过的行人说，小伙子，你玩穿越呀，《三生三世桃花源》看魔怔了吧。

他拍崔府的大门，出来的正是崔家女婿，头发已经雪白。

王质讲了原委，女婿说，你时空穿越来得正合适，天助我也。我们家这一片要改造，你和前两位王质正好给我当个证人，证明这房子是我家祖产。

我们老崔家 1936 年就住这儿，1966 年被抄家，1986 年我们还挤在北屋呢，2016 年老小区改造，这房子得按私产算钱，跟普通拆迁不一样，差好几个亿呢。

女婿旁边的姑娘说，姥爷，他手里也有斧子，前两位王质的斧子可都烂了，这个还没烂呢。

女婿说，快拿手机录像。

女婿抢过王质的斧子，捏了捏，没动静，手指头敲两下，还没动静，用两手用力一掰，那斧子像晒干的关东糖，咔吧一声，断成了几截。

女婿说，这就对了。

3

2026 年，有关部门把崔家女婿和三个王质聚在一起开会，传达以下精神：

一、时空穿越不计入工龄，60 年前的原始记录档案不能作为养老保险、购房、老年证、老年领取福利的依据。

二、三位王质要立足当下，不要拿过去的人生经验作为现实生活的准则。

三、从特别基金中拿出 150 万元成立"围棋烂柯文化研究会"，挂靠在社区，办公地点在崔府东厢房。

文化基金会的名誉会长为部级离休干部，会长为德高望重的九段选手，崔氏后人名列副会长第四位。

研究会每年举办"王质杯"围棋赛。

三位王质与崔会长商量决定，放宽王质穿越的鉴定条件，不拘泥于王质还是王至、王志，王直指、王之之，也不拘泥于斧子、榔头、锤子。烂柯的核心：一是围棋，二是烂木头把。

我们一定要让年轻王质赶超上来，发现穿越到 2096 年的当代王质。

2055 年，三位王质决定这一年的王质杯围棋赛在广厦举行。

10 月 21 日，广厦旁的三个老人发现了一位 20 岁左右的女子，绿色上衣、牛仔裤、运动鞋，背包在肩，奋力地向上攀爬。她被发现后，老人们立即报警，扯着嗓子朝她喊：姑娘，有什么事情别想不开！

智能飞行器，在女子身边悬停，确认女子情绪正常，呼吸急促，系大运动量引起，并没有轻生跳楼的征兆。

"姑娘，你要去哪儿？"

"观景亭。"

"去那儿干吗？"

"下棋，有人在山上等我呢。"

"山？什么山？"

"奇峰山，落木崖。"

"姑娘，休息一下吧，喘口气。"

"现在几点了？"

"九点三十。"

"迟到了。"

"你和人约好时间了？"

"对，九点，我要把书包里的葫芦送到山顶。"

"姑娘，不然把葫芦给我，挂在我的支架上，我替你送上山？"

"我不能全交给你，我先交给你一只，两只也行，给山顶上一个姓杜的男的，黑脸，眼镜，我有他的电话，你打电话找他。"

人工智能飞行器的长臂伸向冯薇的背包，灵巧的手指解开书包搭扣，里面装了一把小雨伞、防晒霜、擦手纸巾、夔州奇峰山风景区的门票、《围棋段位自测练习题集》。

她的葫芦里装的是五只蚂蚱，中国北方常见的中华剑角蝗，绿色、夏季型，直翅亚目、蝗种科，拉丁学名 ACRIDA CINEREA，生命体征正常。

在姑娘的书包里还看到一把消防斧，木柄只剩下三分之二。

人工智能查到：40 年前一个叫冯薇的女子与眼前的女子体貌一致，2015 年 10 月 21 日一早 8 点乘坐一辆出租车，号牌为渝 H587611，于八点三十五分到达奇峰山—落木崖—清水江博物馆，门票票号：30160371158，然后乘电梯到达"诗圣高厦"50 层，消防斧取自该层东南角的消防柜。

机器人问，姑娘，为什么装一把斧子？

姑娘说，到了 75 层就没路了，不用斧子上不去。

机器人问，你去那里下棋？

姑娘说，对。

机器人说，加油！

4

2055 年是广厦 50 周年的大庆，厦前广场正在举办一场音乐会。

第一个人说，看，有一个人正往厦上爬。

第二个人说，估计是音乐会的伴舞，过一会追光打过去，广厦通体点亮。

第三个人说，那个人爬得真快，专业攀岩运动员吧？

第四个人说，那是个女的，衣服土了点，背的是一个什么包？

第五个人说，人家是跳伞运动员，爬上 20 层楼，张开伞往下跳。

第六个人说，别砸到咱们，躲开点。

第七个人说，瞧你那点出息，还不如那爬楼的姑娘。

第八个人说，她背这么一只小包，哪有什么伞，徒手爬楼呢。

第九个人说，法国人丹尼尔斯，世界著名的爬楼蜘蛛侠，30 年没露过面了，这不会是他的女徒弟吧。

第十个人说，行为艺术这套把戏，80 年前的老梗，现在又翻出来了，广厦人的脑子真是锈掉了。

第二十个人说，她是不是去捡东西？谁的围巾被吹到上边了？现在有爬树机器人，帮人捡挂到上面的风筝，新款机器人，都能爬摩天大楼了。

第三十个人说，这是怀旧表演，2015 年，我跟爷爷去乌镇旅游，就看见过一个小姑娘爬竹竿。

第四十个人说，这姑娘不是冯薇吗？ 40 年前的广厦保洁员。

第五十个人说，她这是来报仇的？

第六十个人说，人家是来下棋的。

第七十个人说，肯定是去 50 层，参加王质杯围棋赛。

第八十个人说，今天的比赛就是给她办的。

第九十个人说，她就是要等的王质？女王质？

第一百个人说，听，主唱唱新歌了，全球首发。来，我们一起唱。

第二百个人唱道，不要停下来，你，爬楼的女孩。

第三百个人唱道，带上广场上的眼睛。

第四百个人唱道，那只鸟在等你。

第五百个人唱道，把云彩变成你的翅膀。

第六百个人唱道，楼宇是渺小的。

第七百个人唱道，人是无助的。

第八百个人唱道，这一天我们为你而庆。

第九百个人唱道，虽然还不知道你叫什么名字。

第一千个人唱道，你，爬楼的姑娘。

第两千个人唱道，你，攀梦的姑娘。

第三千个人唱道，你，不坠的姑娘。

第四千个人唱道，你，我曾遇过的姑娘。

第五千个人唱道，楼里的人想邀你喝杯水。

第六千个人唱道，窗内的人递你一盏灯。

第七千人个唱道，电梯里的鸟在找它巢。

第八千个人唱道，玻璃幕墙后的鱼在找它海洋。

第九千个人唱道，姑娘，请你告诉我。

第一万个人唱道，楼宇是你的家，还是你的崖？

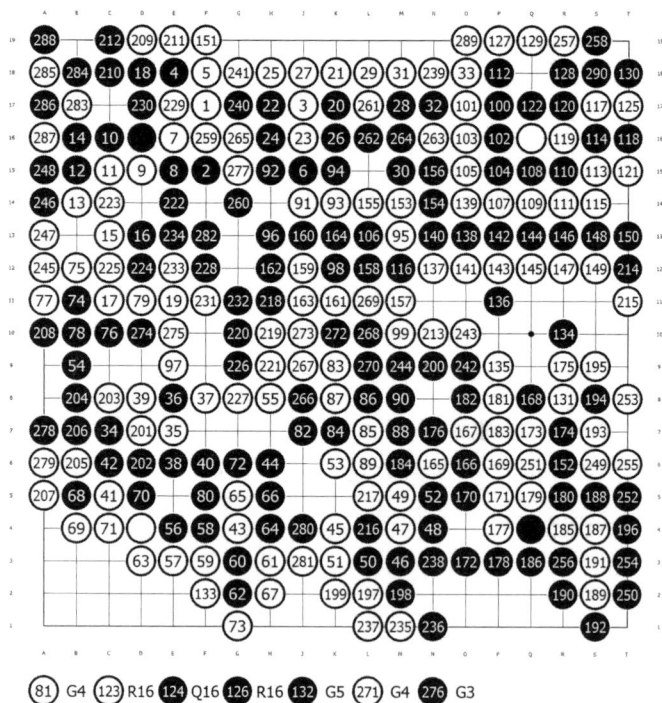

(81) G4 (123) R16 (124) Q16 (126) R16 (132) G5 (271) G4 (276) G3

烂柯之局 全谱

附录　建长寺与吴清源

　　吴清源先生的旧宅在东京西南方向小田园，去那里拜访，可以顺路先去镰仓。

　　坐在车上分不出何时驶出东京，整片城市，厂房、仓库、住宅，见棱见角、一尘不染，如同过家家的玩具房子，只有小人国拇指高矮的人才能住进去。与我大唐中土，人肉咸咸、人气鼎沸的城市大不相同。

　　车子开出去一个小时，停在一处望得见富士山的服务站。阴云铺在山腰，像一床懒得叠起的绒被，蓬蓬软软，蒙着富士山抱头午睡。一条河，忘了是不是神奈川，浅浅地流下去。到这里才算驶出大都市。司机告诉大家抓紧时间上厕所，昨天有人内急，路边连蔽人的草丛都没有，幸亏小路边有便利店给路人便利。

　　车再往下开，见到海岸。黑沙石海滩，粗粝扎脚。平坦的地方，穿连体泳衣的小伙子夹着冲海板下海。矮矮的一线海浪贴着天际线俯身涌来。路在海边穿绕，驶进一个小镇，海挡在房后。转过路口，灰黑色防波石块像一群赤裸上身、剃光头发的呆男子，圆头鼓脑，一言不发。

　　向西一拐，路钻进一带矮山，一堵堵绵厚的屏风，把海隔在身后。满山绿树吸足了海水潮气，滤去咸腥和鼓噪，把镰仓一个温香软玉的古城揽在怀里，一座座古寺像绿榻上的茶炊、香薰、灯盏，随意在绿色枕席间散落。

圆觉寺，吴先生与木谷先生在此地下过四盘棋，寺里没有什么值得多写，倒是寺门前的铁道让人难忘。铁路不宽，没有隔栏，路两侧林木葱茏，春末之际，樱花还盛，花英落下，粘在游人头顶、肩头，落在书包、鞋面上。火车要来，人行道前放下横栏，叮当叮当响几声铃。人们倒是期望这火车慢些通过，多落一些花瓣在自己头上，如同雨中遇见一处惬意的屋檐，希望雨多下一会儿。雨滴悬在风铃的铜沿上，将垂未落，缀了一圈小珠，风吹铃响，添了一丝重量，落在路人脚下。

远处驶来的火车喷几个响鼻，喘两口粗气，老牛进栏的样子。人们彼此聊着闲话，顺便多看几眼风景。寺门在铁路对面的山腰，从枝叶缝隙间隐约看出圆觉寺的匾额，"圆"写作"丹"。

吴先生与木谷先生在镰仓一共下了九盘棋，圆觉寺四盘，八幡神宫四盘，名气最大的第一盘在建长寺。

建长寺并非大寺，进到寺里，樱花树两侧伺立，花枝四展，拢起一座疏漏的花洞。美艳的樱娘们对仰慕者无动于衷，跷着二郎腿，坐在树枝上扎堆聊天，话题无非是睫毛膏、美甲油。赞美樱花的那些俳句、酸词，她们早已熟知，游人念起了头一句，记不起后面，樱娘随手一只花瓣，击中那人太阳穴，游人一拍脑门："对了，那句诗是这么说的。"

如此美艳的地方，应该喝酒，怎能下棋？

建长寺里没有一处文字提到吴清源，指示牌上也没有提及围棋。

1939年9月20日，所谓"满洲事变"后一周，吴清源与木谷实，两个眉清目秀的青年，在建长寺的某个房间对弈，那是"十番棋"擂争的第一盘。

棋至中盘，木谷实鼻子流血，晕倒在座位上，对面的吴清源丝毫没有察觉，继续长考。这一幕被比赛主办方《读卖新闻》观战记者记述，给这盘棋蒙上一层残酷争斗的色彩。

同行者说，小津安二郎的墓也在建长寺，墓碑上刻着大大的"無"。

指示牌上也没有小津墓的标识，但能看出大殿后面还有长长的去处。窄路一尘不染，安静无人，索性当做健身长走。

路两侧散落着民居，小巧的汽车将将嵌进窄小的车库，窗下门廊摆着花草，老妇人拖着一袋米走到自家门前。拖车是中国老太太买菜时用的那种，带两个轮。老妇人把米袋从拖车上卸下，弯腰用力，嗓子里重重地"哼"了一声。

路向深处走，看见两块墓地，墓碑林立，大小错落，从高处望下，很像从高架桥上远望城市，方方正正，小人国中的玩具城市一样。

想起导游讲，在日本做和尚是一桩美差，和尚娶妻生子，家眷可以住在寺里，工资免税，寺产土地属于和尚私人所有，信众愿意葬在寺里的墓地，寺院就有了固定收入。

小津的墓没有找到。

回到寺院大门，那一片鲜丽的樱花后面是一座三层木楼，进门时没有留意。

这座楼三层构架，二层、三层木墙合围，第一层四下通透，无墙、无窗、无门，只立着一座骨架，无所谓入口出口。正中的两根柱子权当正门，抬脚即入。

正中间是一道木梯，通向二层，入口紧闭，

读说明牌，大意是：建长寺于 1236 年由兰溪道隆所创，兰溪师承南宋禅师一山，一山是临济宗再传弟子，号称一山一济，来日本传法。一山在建长寺逗留一年，这座木楼四下通透，四下皆空，暗含临济宗禅理，意即"无××，无××，无××"。

我们连蒙带猜读出了"无方所""无相貌""无得失"。

大家哈哈一笑，小津安二郎不是在墓碑上刻了一个"無"吗？估计就是这"三无"，大导演原来是个"三无人员"。

"吴先生呢？"

"吴先生本来就姓 wú。"

代跋　尔曹的复仇

我害怕成为别人文章中的"那个人"。

一个七十岁作家在回忆录中写道:"白发满头,雪霜盖顶,我写过的文字大多被塞进图书馆的某个角落,终年无人问津。但我相信,会有一个年轻人,走到书架深处,被角落里的旧书吸引,仿佛看到一张上世纪30年代的旧照片。蹲下身去,把我的书打开,那个年轻人像揭开我头上的裹尸布,我睁开了眼睛。"

我极不愿意成为老作家期待的那个年轻人。一个老年人丧眉搭眼,终日枯坐,期盼一个陌生年轻人的敬意,如同一只老癞蛤蟆等着天鹅妹妹的爱情,一想到那个无名作者在隐身处色眯眯的眼光,我在书店里就不去碰角落里的书,以免成为老作家期待之人。

据老作家回忆,80年代他曾经和几个朦胧诗人在北大的"学八教室"演讲,教室突然停电(老作家怀疑是校方故意捣乱),学生竟然神奇地在一分钟之内找来蜡烛,是80年代常见的白蜡烛。蜡烛点了三支,两支立在讲台的两端,一支点燃的蜡烛由女同学递给他,他记得女同学对他说,您举着。老作家举着蜡烛,站到了讲台桌子上,惹起满屋喝彩。

老作家还写道:他讲话时,后排座位上也有人点起了蜡烛,黑洞洞的"学八教室"一共四支蜡烛。三百人的眼睛里闪着微弱的烛光,前排同学微张的嘴里闪着白牙。老作家心里闪过一丝恐惧,仿佛他的题目不是诗歌，而是冬眠的草原鼠。

台下的同学与他高声辩论"里尔克的世界性"。那个同学话太多，引起听众的嘘声，还是他宽厚地为那提问的同学解围，不想那同学回嘴："你手里有一根蜡烛，并不意味着你说的话就是对的。"

老作家回忆那个冒昧的提问者，如同杜甫在品评同代的几位诗人"尔曹身与名俱灭"。"尔曹"不过是诗歌盛世年华的一个注脚。

"成功人士"的回忆文字里提及这样的"尔曹"，带着居高临下的嘲讽，也带着"大人不记小人过"的羞辱式宽容。"尔曹"被省略姓名，代以"我的学生里就有这样的人""我在饭桌上遇到的一个人"。

当"尔曹"也没什么，扣帽子压不死人。我们在别人眼里都是"尔曹"，我们共同组成的"尔曹"人群被看作芸芸众生、熙熙攘攘的人流、无头苍蝇一样的盲众，这倒也无所谓。我讨厌的是，在某个人的文字里被当成"技术性配角"，写文章为了行文方便，随便拉上一个人做技术性衬托，受了一番编排。比如，昨天我和某人聊天，顺口说晚上做了个梦，梦见上班迟到。某人在三天后的一个饭局上说起传统媒体衰落：那谁谁，做梦都是迟到，焦虑。

此时，我成了一个特指的"尔曹"，莫泊桑小说开头常有这种人，与正文故事无关，只是一个转述者、见证人。有时，干脆是个陪绑的，如同在热那亚监狱里记述马可·波罗吹牛皮的那个狱友。每当马可·波罗想吹牛皮了，他会这样开头："我的狱友 giopazzi 望着铁窗外的阳光，自言自语道，太阳此时在遥远的中国是什么样子？马可·波罗，你在中国看到阳光是什么样子？"于是，马可·波罗的吹牛皮欲有了正当理由。他开始讲述大汗请他东征日出之地、扶桑之国。

回到老作家的 80 年代回忆录，他写道：后排座位上的那支蜡烛照亮了一张年轻的脸，让我想起西北小镇的家乡。那里每晚七点之后家家户户早早熄灯，因为穷，点灯费油。我孤寡的母亲却容忍我晚上点一个小时的煤油灯看书，她说："儿啊，点灯只看一个小时，灯点长了，村里人还以为咱们家多有钱呢。"我吹灭油灯之前，会趴在窗户上，看看村里谁家还亮着灯。真的，没有一家窗户是亮的，村里人都睡了。而在北大，我有那么多的听众，而且，距离我不到 20 米，也点着一支蜡烛，那只蜡烛背后的那个人，会是那个在图书馆布满灰尘的角落里打开我书本的年轻人吗？

看到这一段文字，我浑身不适，因为 30 年前，那个在后排座位点亮蜡烛的年轻人正是我本人。没错，老作家记述的这个夜晚我就在现场。

事情的经过是这样的：同学告诉我，北大围棋社邀请八段选手刘小光（1986 年刘小光还不是九段）在学八教室大盘讲解聂卫平与武宫正树擂台赛上对局，当年，武宫正树的"三连星"风靡校园。谈论"宇宙流"远比谈论尼采、里尔克更可爱，不招人烦。我吃完晚饭骑车赶到"学八"，挑了个后排座位（我坐后排的习惯持之心恒，直到今日，看电影、坐飞机、开会都选后排）。

同一天，北大未名诗歌协会（简称诗会）请了牛汉、北岛、欧阳江河、杨炼讲座。诗会原定的是"学六教室"，好像被什么老师调课占了地方，诗会找棋社的头头，棋乃小道，你们不妨换个地方，比如食堂。未经棋社同意，就贴了布告说诗歌讲座换到"学八教室"。

那个年代，诗歌与围棋在大学校园是一对儿并驾齐驱的"狗男女"，北岛与聂卫平的名气不相上下，但那天晚上来了四五个大诗人，论量级当然把围棋盖在下面。"学八教室"爆棚，窗台上竟然站了人，等我发觉，已经被阻在里面，动弹不得。好在我本人棋诗双修，棋手诗人通吃，既然你们送上门了，老子就听听。

事后我才知道，诗会鸠占鹊巢，棋社气不过，偷偷拉了"学八教室"电闸。那个提问"里尔克的世界性"的同学也是棋社的骨干之一。因为刘小光讲棋的地方实在找不到，棋社头头请他去成府路上吃饭赔罪。那个骨干，在诗会上搅场。

我在后排听到一半，点了一根蜡烛，就是老作家回忆录中写的那根与讲台遥遥相对的全场第四根蜡烛。

你会问，我手里为什么会有蜡烛？

1986 年大学校园里的蜡烛如同今日的手机充电器。十一点熄灯以后需要蜡烛照明，某个不良分子偷用电炉，导致宿舍断电更是常见，抽空买十根蜡烛放在书包里以备不时之需，一点不见怪。学生抽烟，打火机、火柴随身携带，点蜡一点不难。

我点蜡是为了记下老作家的话吗？当然不是，我在看武宫正树的《宇宙流》。

用当今的浅白文风形容 80 年代大学校园就是装作自己很厉害。哲学、诗歌、围棋都是卖弄的道具。很不幸，当年是在认真地卖弄，装着装着就真牛了。牛了之后，自然看不上其他牛人，甚至嗤之以鼻。我记得一个研究萨特的学者在北大西门红楼二层讲萨老名著《恶心》，讲到一半，一个听众愤然离席，摔下一句"真恶心"。

诗人如堵的那天晚上，过道里都坐满了人，我不好以离席方式表现自己厉害，于是，点蜡烛看起了《宇宙流》。当然，也不是排除我会在刘小光讲解"宇宙流"的现场看萨特的《恶心》。

总之，在你被当作"尔曹"时，你会从围棋身上学得一招半式，比如虚构一本小说，冲那些视围棋为小道的人做个怪脸。